Samuel Zehendner

Der Puppenspieler

Ein Schwaben-Krimi

Oertel+Spörer

Prolog

Das entsprach nicht seinem Plan. Wieder und wieder öffnete er die Schubladen, eine nach der anderen, obwohl er um die Sinnlosigkeit dieses Unterfangens bereits wusste. Das war nicht möglich. Er ließ sich auf dem Schreibtischstuhl nieder und starrte auf die Scheibe. Manchmal erschrak er vor seinem Spiegelbild, vor diesem Mann mit dem kahlrasierten Schädel, der ihm da entgegenstarrte. Klein, mit Tränensäcken unter den Augen, auf dem riesigen Sitzmöbel zusammengesunken, die Kleidung schwarz wie in der Kunstszene üblich. Das neutrale Schwarz hatte er sich bereits vor Jahren angewöhnt. Es machte den Kopf frei für das Wichtige. Das Elementare. Was seine äußere Erscheinung anging, war er nie eitel gewesen. Aber dieses verwitternde Männchen im Spiegel; konnte das wirklich er sein? Für einen Augenblick war ihm, als ob ihn jemand von draußen beobachtete.

Er mochte sein neues Büro nicht. Er hasste Fenster ohne Vorhänge, seit er lernen musste, dass manche Wände Ohren und die Dunkelheit Augen haben konnten. Aber er hatte seinen Posten hier in Tübingen so überstürzt angetreten, dass er noch keine Zeit gefunden hatte, sich um Vorhänge zu kümmern. Jetzt bereute er das. Er fühlte sich ausgeliefert. Langsam stand er auf, um das Fenster zu öffnen.

Im Innenhof davor war niemand, durch das spitzgiebelige Glasdach schimmerte das Licht des darunterliegenden Theaterfoyers herauf. Er wusste ja, dass sie alle unterwegs waren auf Abstechern, wo sie Stücke spielen würden, die er noch von seinem Vorgänger ererbt hatte. Das Landestheater war leer. Er wusste, man erwartete von ihm als neuem Intendanten, sich dort sehen zu lassen. Es wäre üblich gewesen, den Honoratioren vor den Kameras die machtverliebten Hände zu schütteln, Kunst musste sich mit Politik umgeben, wenn sie auch morgen noch finanziert werden wollte. Das alles wusste er. Aber er hatte Wichtigeres zu tun. Er verlor seine Zeit.

Immer noch stand er am Fenster. Die kühle Luft, die von draußen hereinströmte, tat wohl, beruhigte ihn aber kaum. Die Wut kochte zu heftig in ihm. Was waren die nächsten Schritte?

Er spürte, dass die Kraft aus ihm rann wie Sand durch die Verengung einer Sanduhr. Seit Monaten schon. Seine Körner waren gezählt. Wieder wurde ihm schmerzhaft bewusst, dass er sie nicht würde aufhalten können. Was er vorhatte, musste schnell geschehen.

Es klopfte an die Tür. Seine schöne Sekretärin wahrscheinlich. Sie würde sich zum Feierabend abmelden wollen. Weil er hoffte, dass es gegen seine Wut helfen könne, knetete er sich die Muskeln zwischen Daumen und Zeigefinger, bis es wehtat. Er wollte keinen Menschen sehen. Unter keinen Umständen.

Die Menschen. Wie falsch sie waren. Egoistisch. Kleingeister. Mochte die Fassade noch so edel sein. Freundschaft, Liebe, Mitgefühl, Reue – das waren auch nichts weiter als schlechte Masken, die die Menschen sich vor die eigene Selbstsucht hielten. Am Ende taten sie das, was ihrem eigenen Vorteil diente. Er hatte es erfahren müssen, auf bitterste Art und Weise. Wieder und wieder. Nun war es genug.

Es klopfte ein zweites Mal. Diesmal fordernder. Warum ging sie denn nicht einfach?

Zu diesem Zeitpunkt hatte er nur noch drei Minuten und dreiundzwanzig Sekunden zu leben.

Noch hatte Elmar keinen Grund gefunden, den Sonnenschirm in die Abstellkammer hinunterzutragen; noch war es warm genug für die Basilikumpflanzen, die sich vor dem gusseisernen Geländer den letzten Sonnenstrahlen entgegenreckten; noch saß man gut hier oben, auch wenn der Wind schärfer wurde und er sich eine Fleecejacke übergezogen hatte, bevor er zu seinem Dachbalkon hinaufgestiegen war. Schmale Nebelfäden hingen über der Platanenallee auf der anderen Seite des Neckars, als hätte sich der Rauch aus seiner Gauloises ins Unendliche verlängert. Wie immer ein erhebender Anblick.

Die Marschmusik der französischen Blaskapelle, die in diesem Augenblick aus den Gassen der Altstadt heraufschallte, erinnerte Elmar an sein Rendezvous. Als Musiker hätte er auf diese Untermalung verzichten können, allzu eingängig waren die Rhythmen der Combo, aber sie gehörten in Tübingen ebenso zum Ende des Sommers wie die Invasion der Erstis auf der Wilhelmstraße. Elmar steckte Zigaretten und Feuerzeug in seine Jeanstasche, um sich auf den Weg die vielen Treppenstufen nach unten zu machen. Tinka hatte darauf bestanden, dass er am Stand vorbeikommen sollte, an dem sie auch dieses Jahr Entenconfit und Cuvées aus dem Lubéron verkaufte.

In der Altstadt war bereits die Hölle los. Der Umbrisch-Provenzalische Markt war seit Jahren ein Magnet für Menschen, die sich beim Flanieren zwischen Käseständen, Kunsthandwerkbuden und Lavendelgeruch der

Illusion hingaben, die warme Jahreszeit möge niemals enden. So nah das Reich des ewigen Sommers – und gleichzeitig so fern.

Der Stand, an dem Tinka wie jedes Jahr aushalf, befand sich direkt unterhalb der Stiftskirche auf dem Holzmarkt. Sie stand hinter der Theke und bediente gerade zwei Damen mittleren Alters.

»Vom Ratatuuui brauchet Se net so viel druff mache«, befahl die Dickere, die rechte Hand stramm unter den Henkel ihrer Handtasche geklemmt. »Des hendma au dahoim.«

Ihre Begleiterin nickte würdevoll, bevor sie hinzufügte: »Mir nehmet lieber noch ebbes mehr von der Ente.«

Elmar sah das Unwetter in Tinkas Augen grollen.

»Pro Portion nur ein Schlegel«, zischte sie, schluckte ihren Ärger jedoch herunter, als sie Elmar bemerkte.

Ehe er es sich versah, hatte sie ihn am Kragen seines offenen Hemdes über den Tresen zu sich herangezogen, um ihm ihre Zunge derart tief in den Rachen zu schieben, dass den beiden Damen im Angesicht der ungebändigten Leidenschaft Hören und Sehen vergehen musste. So was hatten sie mit Sicherheit auch nicht »dahoim«. Wortlos verzogen sie sich mit ihren Porzellantellern an einen der Stehtische vor dem Stand.

Elmar spürte, wie sich Tinka während ihrer Knutschorgie langsam entspannte. Als sie ihn schließlich freigab, atmete er auf, der Wutausbruch war gebannt; fürs Erste zumindest.

Hätte man ihm damals, vor etwas mehr als einem Jahr, erzählt, dass seine Affäre mit dem Blumenmädchen aus der Wagenburg nicht mit dem Sommer dahinwelken würde, hätte er nur lachend abgewinkt. Tinka war anders, anders als alle Frauen, mit denen er sonst etwas angefangen hatte, eigentlich auch anders als seine sonstigen Bekannten. Aber trotzdem oder vielleicht auch gerade deshalb zog sie ihn immer wieder in ihren Bann. Sie waren kein Paar im engeren Sinne, vielmehr vermieden sie tunlichst, genauer zu definieren, was das zwischen ihnen eigentlich war. Bisher gefiel es ihnen beiden jedoch zu gut, um es zu beenden. Nur ihre Gefühlsausbrüche, die hatte er regelrecht fürchten gelernt.

»Und du«, fragte sie ihn mit einem spitzbübischen Grinsen, »Ratatouille zur Ente?«

»Gib mir ordentlich«, sagte Elmar, »Entenschlegel im eigenen Fett einlegen kann ich auch selbst.«

»Alter Angeber«, lachte Tinka und zog ihre Schürze aus, »ich mache Pause und esse mit dir. Valérie, est-ce que tu peut assumer?«

Die Besitzerin des Standes nickte, Tinka füllte zwei Portionen ab, schnappte sich eine Flasche Wein und zwei Gläser und kam, Elmar konnte nur staunen, wie geschickt sie sich dabei anstellte, um den Tresen herum, um sich zu ihm an den leicht abschüssigen Stehtisch zu stellen.

»Freut mich, dass ich dich auch mal zum Essen einlade«, sagte sie, während sie die Gläser füllte, »schöne Abwechslung.«

Sie stockte, als sie bemerkte, dass Elmar sie belustigt anschaute. Dann zog sie den Mund schief und sagte:

»Jaja, ist ja gut. Ich kann die beiden da drüben auch ein bisschen verstehen. Was ändert sich hier? Absolut nichts. Seit Jahren derselbe Trott, kleinstädtische Idylle tagein, tagaus. Und Fachwerk.«

»Immerhin ist gerade der Umbrisch-Provenzalische Markt«, warf Elmar ein. Er wusste nur zu gut, wie schnell Tinkas Laune wieder kippen konnte.

»Ist doch auch jedes Jahr dasselbe«, sagte Tinka dumpf. »Dieselbe Kapelle, dasselbe Confit und ich möchte wetten, dass die beiden auch nächstes Jahr wieder hier ihren

Schlegel futtern, um sich vom heimischen Sauerbraten zu erholen.«

Tinka nahm einen tiefen Schluck Wein. Nachdenklich betrachtete sie das Glas, auf dem ein Comic mit knutschenden Fischen vor einer Sonnengrimasse abgedruckt war.

»Ich korrigiere mich«, sagte sie pathetisch, »jedes Jahr bekommen die Weingläser auf dem Umbrischen Markt ein neues Motiv! Na dann: A votre santé!«

»Willst du gar nicht wissen, wie mein Gespräch mit dem neuen Intendanten gelaufen ist?«, fragte Elmar.

»Doch natürlich. Schieß los!«

Bevor er antwortete, steckte Elmar sich ein Stück der hauchzarten Ente in den Mund, wo er sie lange mit der Zunge hin- und herbewegte, um sich auch nicht das kleinste bisschen Aroma entgehen zu lassen. Tinka trommelte mit den Fingerspitzen auf der Tischplatte.

»Jetzt sag schon, Elmar!«

»Na ja … einen Vertrag habe ich noch nicht, aber eine mündliche Zusage, dass ich für seine nächste Inszenierung Bühnenmusik komponieren soll.«

»Für welches Stück?«, fragte Tinka wie gebannt. »Elmar, jetzt lass dir doch nicht jede Information aus der Nase ziehen.«

»*Der Besuch der alten Dame* von Dürrenmatt.«

»Mensch, Elmar, ein Engagement beim Zachersky. Das ist ja mal ein echter Hammer.«

»Zugegeben, eine andere Liga. Immerhin hat der Zachersky europaweit praktisch an jedem Haus von Rang und Namen inszeniert.«

»Weiß man mittlerweile, warum er sich ausgerechnet auf die Intendantenstelle ans Tübinger Landestheater beworben hat?« Seufzend schaute sie zu den beiden Damen hinüber, die gerade dabei waren, die letzten Fleischfasern von den Knochen zu nagen. »Ich meine, Tübingen, come on. Was will einer wie der hier bei uns in der schwäbischen Provinz?«

»Solange ein Engagement für mich dabei herausspringt, ist mir das eigentlich herzlich egal. Ich mache wirklich gerne die Begleitung bei Theatersport, aber auf Dauer schmerzt das Improvisieren mit Menschen, die weniger musikalisch sind als ich.«

»Du verkanntes Genie.«

»Was willst du denn damit sagen? Bist du etwa neidisch?«

»Ach was«, sagte sie, »obwohl ... in deinem Leben passiert wenigstens etwas. Das einzig Aufregende in meiner nächsten Woche ist die Abschiedsparty von Conny, die jetzt nach Freiburg zieht. Nicht gerade erhebend.«

»Du könntest dein Studium zu Ende bringen.«

»Iss deine Ente, Elmar!«

Während Tinka sich demonstrativ ihrem Teller widmete, ließ Elmar den Blick über die Menschen schweifen, die an ihnen vorbeiströmten. Hemdkrägen, aber keine Anzüge, die Männer mit Hornbrillen, leger um den Hals geschlungene Schals, viel Schwarz, als bunte Tupfer hier und da Halstücher der Tübingerinnen. Der Markt war wie gemacht für die Bewohner der Universitätsstadt, das Angebot war erlesen, die Preise waren happig und außerdem musste man schon mindestens das Abitur in der Tasche haben, um mit den auf Schiefertafeln ausgewiesenen Gerichten überhaupt etwas anfangen zu können, geschweige denn sie beim Bestellen korrekt auszusprechen. Auf dem Umbrischen blieben die Bildungsbürger unter sich. Die Studenten, die auf den Stufen vor der Stiftskirche billigen Wein aus Pappbechern tranken, waren ein stimmungsvoller Kontrast, der das eigene Savoir-vivre noch heller strahlen ließ.

Ein pummeliger Mann fesselte Elmars Aufmerksamkeit, der mit der Zielsicherheit eines Torpedos durch den träge dahingleitenden Menschenstrom pflügte. Sein Cordjackett, das vor langer Zeit auch in der Bauchgegend gepasst haben musste, trug er offen, um den Hals einen gestreiften Schal, auf dem Kopf einen ausgebeulten Borsalino. In ebendiesem Augenblick rammte er einen älteren Herrn, der nicht rechtzeitig zur Seite sprang und vor Schreck sein Weinglas fallen ließ. Zwei knutschende Fische und ein Sonnenuntergang zerbarsten in tausend Teile.

»Bring dich in Sicherheit«, lachte Elmar zu Tinka hinüber, »dein Privatdetektiv ist im Landeanflug.«

»Mein Privatdetektiv?«, gab sie zurück. »Wohl eher dein Privatdetektiv, wenn ich an eure gemeinsame Mordermittlungen letztes Jahr zurückdenke.«

»Aber du bist seine Nachbarin.«

»Nur weil wir beide auf demselben Wagenplatz wohnen, erhebe ich noch lange keine Besitzansprüche auf ihn. Aber – du hast recht, heute Abend habe ich ihn eingeladen. Wir haben uns lange nicht zu dritt getroffen. Da ist er ja auch schon. Grüß dich, Beppo.«

Etwas außer Atem ließ der kleinere Beppo Tinkas Umarmung über sich ergehen, schüttelte Elmar abwesend die Hand, bevor er lange den Inhalt ihrer Teller beäugte. Elmar schmunzelte. Er wusste, dass Beppo jeder Sinn für kulinarische Raffinessen vollständig abging.

»Gibt es vielleicht auch was … Normales«, fragte der Privatdetektiv kleinlaut, »so was wie Spätzle zum Beispiel? Oder Maultaschen.«

»Das hast du doch auch zu Hause«, sagte Tinka mehr als eine Spur zu laut. Sie lachte.

Bevor Elmar ebenfalls einen Kommentar einwerfen konnte, spürte er das Smartphone in seiner Tasche vibrieren. Überrascht erblickte er die Nummer von Siggi von

Schnackenberg auf dem Display, die Spielleiterin des Improvisationstheaters, in dem Elmar seit vielen Jahren als Musiker auftrat.

»Musst du da jetzt rangehen?«, maulte Tinka, aber Elmar wiegelte mit einem genuschelten »Könnte wichtig sein!« ab.

Als er wenig später das Smartphone sinken ließ, blickten Beppo und Tinka ihn erwartungsvoll an.

»Ich muss zur Krisensitzung zu Siggi nach Hause«, sagte er knapp, »Intendant Zachersky hat die Zusammenarbeit mit dem Teatro Arlecchino beendet.«

Die Spielleiterin des Teatro Arlecchino hatte sie ohne große Begrüßungsfloskeln in ihre Dreizimmerwohnung gebeten. Beppos Anwesenheit kommentierte Siggi nicht weiter und er, Elmar, befand es nicht für nötig, dessen Hiersein zu erklären. Tinka war zu träge gewesen, um mitzukommen, aber Beppo hängte sich wie eine Klette an ihn, als wittere er hinter dem Anruf der Spielleiterin einen neuen Fall. Elmar wusste, dass Siggi Beppo nicht sonderlich gut leiden konnte. Zwar hatten der Musiker und der Privatdetektiv tatsächlich erfolgreich den Mörder von Patrick, einem Ensemblemitglied Elmars, gestellt, jedoch hatte Siggi Beppo nie völlig verziehen, dass sie bei dieser Recherche die meiste Zeit die Liste der Verdächtigen angeführt hatte.

Auf dem Couchtisch aus verschraubten Weinkisten stand eine Kaffeetasse voller Schokoladenpapierchen. Einige waren bereits gewandert, über den Rand bis auf den Parkettboden, wo sie es sich zwischen einer leeren Chipstüte, herumliegenden Zeichenskizzen und anderem Krempel gemütlich machten. Ordnung war noch nie Siggis Ding gewesen.

»Dieser Lackaffe! Dieser Kulturschnösel!«

Siggi rieb ihre Hände gegeneinander. Die kurz geschnittenen hennarot gefärbten Haare der Spielleiterin standen wirr und feucht von ihrem Kopf ab. Offenbar hatte sie nach dem Duschen keine Zeit mehr zum Föhnen gehabt.

»Er hat uns wirklich abgesägt«, zeterte Siggi und knallte ihre Faust so auf den Tisch, dass die leere Bordeauxflasche einen kleinen Sprung machte.

Zwischen ihren Augenbrauen zog sich eine beinahe senkrechte Zornesfalte hinunter zur Nase. Welche Anstrengungen es doch kostet, böse zu sein, dachte Elmar.

»Siggi«, unterbrach er sie, »fang bitte ganz von vorne an, damit wir verstehen, was überhaupt passiert ist.«

»Heute fand das Antrittsgespräch mit dem neuen Intendanten statt.« Siggi atmete tief durch, bevor sie weitersprach: »Eigentlich ein Routinetermin. Theatersport läuft zu gut, als dass es je ein Tübinger Theaterintendant gewagt hätte, ernsthaft mit dem Teatro Arlecchino zu brechen.«

»Frau Schnackenberg«, sagte Beppo, »so ganz habe ich den Zusammenhang nie begriffen: Ist das Teatro Arlecchino denn nicht ein fester Bestandteil des Landestheaters?«

»Nein, Beppo«, erklärte Elmar, »wir sind eine freie Gruppe, die aber regelmäßig auf den Bühnen des Theaters auftritt.«

»Das ist sogar vertraglich festgelegt«, ergänzte Siggi. »Das Theater erhält einen festgelegten Prozentsatz der

Einnahmen unserer Shows und stellt im Gegenzug Technik, Beleuchtung, Einlasspersonal, ist für den Ticketverkauf zuständig und so weiter und so weiter. Für das Theater also eine Einnahmequelle mit wenig finanziellem Aufwand und einem kalkulierbaren Risiko. Aber anscheinend zählen diese harten Fakten nicht bei unserem gefeierten Globetrotter.«

»Was hat er denn gesagt?«, fragte Elmar ungeduldig.

»Der beendet die Zusammenarbeit«, schnaubte Siggi mit zusammengebissenen Zähnen, »sortiert uns aus. Ende der Fahnenstange.« Sie ballte ihre Fäuste. »Aber was erwartest du von jemandem, der vom deutschen Bühnenverein geadelt worden ist. Kaum funkelt der ›Faust‹ auf dem Schreibtisch, glauben diese überdotierten Intellektuellen, die ganze Welt tanze nach ihrer Pfeife. Als ich diesen legendären ›Faust‹ heute in der Hand hatte, habe ich ihn mir genau angeschaut. Soll ich dir etwas sagen? – Er ist innen hohl. Genauso hohl wie der Zachersky.«

Sie lachte trocken. Immer mehr glichen sich ihre Gesichtszüge den Fabelwesen an, die die Besucher aus allen Ecken des Zimmers anglotzten. Trolle, Kobolde, Froschmenschen und Nachtalben, von der Hausherrin persönlich gezeichnet, wie Elmar wusste. Ein Werk ihrer Fantasie oder ein Spiegel ihres wahren Innenlebens?

»Intendant Zachersky wollte also die Verträge mit dem Teatro Arlecchino nicht verlängern?«, fragte Beppo nüchtern.

»Theatersport ist ihm zu klamaukig. Eine solche Juxveranstaltung will er nicht weiter unterstützen …«

»Hast du Zachersky nicht erklärt, dass Theatersport am Landestheater eine Tradition hat, die man nicht einfach ausradieren kann?«, fragte Elmar. »Das ist er unserem Stammpublikum schuldig.«

»Worauf du einen lassen kannst, aber …« Siggi tippte sich gegen die Stirn, während sie weitersprach: »… meterdickes Holz. Ein Sturkopf, wie er im Buche steht.«

»Siggi«, begann Elmar vorsichtig, »du hast dich doch nicht wieder im Ton vergriffen?«

Siggi wies Elmars Vorwurf mit einer Handbewegung weit von sich.

»Ach was, Elmar«, schnaubte sie, »du kennst mich.«

»Eben, Siggi! Deshalb frage ich ja.«

»Also hör mal! Ich habe ihm ganz sachlich erklärt, dass wir so nicht mit uns umspringen lassen, ganz sachlich, wie es meine Art ist. Aber durch diesen Dunst aus Selbstverliebtheit dringt man nicht mit objektiven Argumenten.«

»Ist Theatersport am Landestheater also damit gestorben?«, fragte Elmar, der es immer noch nicht fassen konnte. »Vielleicht kann ich ja noch mal an seine Vernunft appellieren.«

»Vergiss es«, lachte Siggi trocken. »Wenn es um sein Ego geht, ist Zachersky ein knallharter Hund. Dafür geht er über Leichen.«

»Ich finde, du urteilst zu schnell«, widersprach Elmar. »Als ich heute Mittag bei ihm war, wirkte er auf mich ganz umgänglich.«

»Du warst auch bei ihm?«

»Ja, Zachersky hat mich für die musikalische Mitarbeit unter seiner Regie angefragt«, antwortete Elmar und verschränkte die Arme. Siggis Unterton gefiel ihm nicht.

»Elmar! Du wirst in keiner Produktion unter Zachersky mitarbeiten!«

»Warum denn nicht, Siggi? Nur weil du …«

»Weil ich es nicht dulde, wenn einer meiner Mitarbeiter diesem dahergelaufenen Geck auch noch in den

Allerwertesten kriecht, nachdem er uns vor die Tür gesetzt hat, darum!«

»Siggi, es ist immer noch meine Entscheidung, für wen ich …«

»Elmar, mit dem Zachersky wird nicht mehr diskutiert«, sagte Siggi mit der Endgültigkeit einer fallenden Guillotine, »mit dem sind wir fertig. Selbst wenn er auf Knien angekrochen kommt und mich um Verzeihung anflehen würde, mein Entschluss steht fest. Es gibt genug Bühnen in der Region, die wissen, was sie an Theatersport haben.«

Es schellte im Flur. Dankbar für die Unterbrechung, die ihr das letzte Wort sicherte, stemmte sich Siggi aus ihrem Sessel und stapfte aus dem Wohnzimmer. Beppo und Elmar warfen sich vielsagende Blicke zu.

»Schon mal über Meuterei nachgedacht?«, wisperte Beppo, aber Elmar winkte ab.

»Das ist ihr Temperament. Sie beruhigt sich wieder.«

Im Flur musste Siggi die Tür geöffnet haben, denn eine knurrige Männerstimme schallte herüber. Siggi antwortete, ohne dass sie etwas verstanden. Dann wieder die Männerstimme. Irgendetwas an diesem brummigen Bass kam Elmar seltsam bekannt vor. Mit einem Mal saß Beppo kerzengerade auf seinem Sessel. Wer war das da im Flur?

»Elmar, wir müssen hier verschwinden«, sagte Beppo hastig.

Kaum gesagt, zerrte er den Musiker auch schon mit sich durch die Flügeltüren, die in das Nachbarzimmer führten, in dem Siggis Bett stand. Vorsichtig schloss er sie hinter sich, ohne das Licht anzuschalten. Elmars Augen gewöhnten sich nur langsam an die Dunkelheit.

»Warum verstecken wir uns?«, flüsterte er, aber Beppo legte nur mit Nachdruck seinen Zeigefinger auf die Lippen und tippte auf seine Ohren, denn jetzt betraten die anderen das Wohnzimmer.

»Haben Sie Besuch, Frau von Schnackenberg?«, fragte die Reibeisenstimme.

Zum Glück sprach er laut genug, sodass man ihn durch die geschlossenen Türen problemlos verstehen konnte.

»Wie Sie sehen, ist niemand in meinem Wohnzimmer.«

Elmar konnte die Verwunderung in Siggis Stimme deutlich hören, ebenso den Plumps, mit dem sie sich jetzt auf ihren Sessel fallen ließ.

»Dürfte ich erfahren, warum die Polizei mich zu so später Stunde mit einem Hausbesuch beehrt? Habe ich die Nachtruhe meiner Nachbarn gestört, Kommissar Baumann?«

Axel Baumann, Beppos ehemaliger Vorgesetzter beim Tübinger Kriminalkommissariat. Deswegen also dieses Versteckspiel. Elmar hätte beinahe laut gelacht. Kommissar Baumann war alles andere als gut auf den Privatdetektiv zu sprechen, nachdem der ihm im letzten Jahr in die Parade gefahren war. Nicht nur hatte Beppo einen Mörder überführt, vielmehr hatte die Kripo den Mord selbst gar nicht als einen solchen erkannt. Als er Kommissar Baumann den Täter präsentierte, war er doppelt brüskiert worden. Vermutlich wirklich besser, wenn er den Privatdetektiv hier nicht entdeckte.

»Frau von Schnackenberg, Sie waren heute Abend bei Intendant Zachersky im Büro?«

»Ja, wir hatten eine Besprechung«, antwortete Siggi.

Worauf wollte Kommissar Baumann hinaus? Wenn der Chef der Kripo persönlich erschien, konnte es sich kaum um einen Routinebesuch handeln, noch dazu um diese Zeit. Auch sein Tonfall verhieß nichts Gutes.

»Was haben Sie gemacht, nachdem Sie das Theater verlassen haben?«

»Ich bin nach Hause gegangen«, sagte Siggi.

Elmar hörte, dass sie jedes Wort sorgfältig abwog. Kommissar Baumanns bedrohlicher Unterton schien also auch ihr nicht entgangen zu sein.

»Kann das jemand bezeugen?«

»Mein Mitarbeiter, Elmar Arnold. Er ist kurz vor Ihnen gegangen.«

Das war glatt gelogen. Nicht auszudenken, wenn der Kommissar die Tür öffnete und sie hier entdeckte.

»Und dieser Mitarbeiter war den ganzen Abend bei Ihnen?«

»Warum fragen Sie mich das alles, Herr Baumann?«

»Ich kann Sie auch vorladen, wenn Sie sich nicht kooperativ zeigen«, polterte Kommissar Baumann. »Es geht hier schließlich um einen Mord!«

Ein Mord? Elmar spürte, wie sich Beppo neben ihm näher auf die Türflügel zubewegte, um auch ja keine Kleinigkeit zu verpassen. Wenn er sich bloß nicht anlehnte. Jedes noch so kleine Knarzen könnte sie verraten.

»Ein Mord?«, hörten sie jetzt auch Siggi verdutzt fragen. »Wer ist denn ermordet worden?«

»Hagen Zachersky«, antwortete Baumann, »der neue Intendant an Ihrem Theater. In seinem Büro.«

Dann herrschte erst einmal Stille auf der anderen Seite der Tür. Totenstille.

»Möchten Sie ein Taschentuch?«, fragte eine weibliche, deutlich jüngere Stimme.

Kommissar Baumann war also nicht alleine. Siggi antwortete nicht. Zumindest hörten sie nichts.

»Es tut uns leid«, fügte die Stimme der Polizistin noch hinzu.

Aber Kommissar Baumann war wohl der Meinung, dass jetzt genug Zeit mit Gesten der Menschlichkeit verschwendet worden waren.

»Um was ging es in Ihrem Streit mit Zachersky?«, fragte er ohne Umschweife.

»Gestritten würde ich das jetzt nicht nennen«, wich Siggi aus, »eher eine Auseinandersetzung wegen künstlerischer Differenzen.«

»Man hat Sie bis draußen brüllen hören.«

»Ja natürlich, Kunst ist meine Leidenschaft«, gab Siggi zu, »da vergreife ich mich schon mal im Ton. Aber das hat nichts zu bedeuten.«

»Weichen Sie nicht aus, warum haben Sie gestritten?«

»Intendant Zachersky stellte die Kooperation mit unserem Theater infrage. Aber Streit würde ich das trotzdem nicht ne...«

»Sie haben den Intendanten einen blutigen Schwanzkopf genannt«, fuhr Kommissar Baumann dazwischen. »Außerdem«, die nächsten Worte las er anscheinend von einem Notizzettel ab, »einen überdotierten Sesselfurzer, einen verbohrten Elfenbeinturmnazi und einen skrupellosen Faschisten. Und dann haben Sie ihm gedroht, dass Sie dafür sorgen würden, dass er seinen Posten verlieren würde. Das ist kein Streit, das ist Eskalation.«

»Woher wissen Sie das alles so genau?«, fragte Siggi entrüstet.

»Netter Versuch, Frau von Schnackenberg«, sagte Baumann lachend, »als wenn ich Ihnen meine Quellen offenlegen müsste. Für heute haben wir genug von Ihnen gehört, halten Sie sich uneingeschränkt zur Verfügung, falls wir Sie zu einer weiteren Vernehmung vorladen müssen.«

Beppo und Elmar warteten mit angehaltenem Atem auf das Davonrauschen des Polizeiautos. Der Privatdetektiv unterbrach die Stille als Erster.

»Bei euch am Theater ist ja mal wieder mächtig was los«, flüsterte er.

»Wie schaffst du es eigentlich, Beppo, immer genau am richtigen Ort zu sein?«

»Intuition«, mutmaßte der Privatdetektiv, »oder Karma. Ich habe gespürt, dass bei dem Treffen was für mich rausspringen würde. Und wie du siehst: ein neuer Fall. Tatata.«

Stolz klopfte er sich gegen den Brustkorb und öffnete vorsichtig die Tür zum Wohnzimmer. Siggi war verschwunden. Aus dem Bad rauschte leise das Wasser, das sie sich vermutlich literweise ins Gesicht schaufelte. Sie setzten sich, um zu warten. Beppo streckte sich auf dem Sessel wie eine Katze, die sich auf die Jagd vorbereitet.

»Ich bin schon etwas eingerostet, was die Mordermittlungen angeht«, sagte er und stopfte sein Hemd zurück, das aus der Hose gerutscht war. »Wo fangen wir denn an? Am Theater oder in Zacherskys Wohnung?«

»Mein Gott, Beppo, lass Siggi doch erst mal zu sich kommen. Und außerdem: Wer hat denn etwas von wir gesagt?«

»Ach so, ich dachte nur, weil wir beide letztes Jahr …«

»Hast du gerade zugegeben, dass du gerne mit mir zusammenarbeitest?«

»Na ja, gerne ist vielleicht etwas übertrieben.« Beppo rutschte auf seinem Sessel hin und her. »Aber du musst zugeben, dass wir es gemeinsam ziemlich weit gebracht haben. Weiter, als jeder für sich alleine je gekommen wäre.«

Im Flur ging die Badezimmertür. Noch bevor Siggi ins Wohnzimmer zurückgewankt kam, schnitt Beppo Elmar mit einer deutlichen Kopfbewegung das Wort ab. Es war besser, wenn er jetzt das Gespräch übernahm.

»Frau Schnackenberg«, fragte der Privatdetektiv mit einer ebenso deutlichen Geste in Elmars Richtung, »geht es Ihnen etwas besser?«

»Da seid ihr ja wieder«, sagte Siggi, ohne überrascht zu klingen. »Wart ihr im Schrank?«

Die winzige Frau versank in dem riesigen Sitzmöbel und vergrub das Gesicht in den Händen.

»Es bekommt eine tragische Routine: Jedes neue Jahr bringt eine neue Mordverdächtigung gegen mich. Ich bin verflucht!« Sie starrte an der leeren Weinflasche vorbei ins Zimmer. »Scheiße, Scheiße, Scheiße. Dass ich aber auch ausgerechnet heute zum Termin in sein Büro gegangen bin.«

»Ich bin mir sicher, dass die Polizei den Fall objektiv und professionell lösen wird«, sagte Elmar. »Die haben doch bestimmt aus den Fehlern der letzten Ermittlung ihre Konsequenzen gezogen.«

Beppo grunzte nur. Wie professionelle Polizeiarbeit in der Tübinger Polizeidirektion aussah, hatten sie alle zu ihrem Leidwesen erfahren müssen. Und Baumanns Auftritt machte nicht gerade Hoffnung, dass es diesmal anders laufen würde.

»Wo ist eigentlich das Problem?«, fragte Elmar. »Warum sollten sie dich verdächtigen?«

»Weil es naheliegend ist«, blaffte Siggi zurück. »Weil ich ein Motiv habe. Ich könnte ihn ja umgebracht haben, um Theatersport zu retten.«

»Das ist doch absurd.«

»Man weiß nie«, sagte Siggi. »Und dass ich laut geworden bin, muss ich zu meiner Schande bestätigen. Seine Sturheit hat mich wahnsinnig gemacht.«

»Wenn du dir sonst nichts vorzuwerfen hast, Siggi«, versuchte Elmar sie zu beruhigen, »dann hast du auch nichts zu befürchten.«

»Sie haben sich doch nichts vorzuwerfen, Frau Schnackenberg?«, fragte Beppo jetzt auch noch mit Nachdruck.

Der Spielleiterin blieb der Mund offen stehen.

»Beppo«, ging Elmar dazwischen, »dieses Thema haben wir doch letztes Jahr zur Genüge ausdiskutiert.«

»Haben Sie oder haben Sie nicht, Frau Schnackenberg?«

Beppo knabberte an seinen Fingernägeln.

»Ich muss das fragen«, sagte er zu Elmar. »Bevor wir weitermachen, sollten wir genau bedenken, was eigentlich vorgefallen ist; was gegen Frau Schnackenberg verwendet werden könnte.«

Siggi antwortete, ohne Beppo anzusehen.

»Nichts! Absolut nichts, was ich bereue. Und ich habe ihm auch nicht gedroht. Das habe ich wirklich nicht.«

Beppo nickte. Fürs Erste schien ihm das zu genügen.

»Es scheint Sie also jemand angeschmiert zu haben«, kombinierte er. »Jemand hat Ihren Streit mitbekommen, davon der Polizei berichtet und kurzerhand ein paar kleine Details dazu gedichtet. Dieser Jemand muss sich in der unmittelbaren Nähe befunden haben, immerhin konnte Baumann Sie wörtlich zitieren.«

Siggi überlegte.

»Im Grunde kann es nur jemand im Vorzimmer des Intendantenbüros gewesen sein. Jemand muss auf der anderen Seite der Tür gestanden haben.«

Elmar nickte. Wie gut Gespräche auch von der anderen Seite einer Tür zu verstehen waren, hatten Beppo und er ja gerade selbst erlebt.

»Und wer könnte das gewesen sein?«

»Dort hat Virginia ihren Schreibtisch, die Sekretärin«, sagte Siggi. »Sie hat mich zu Hagen geführt, als ich ankam.«

»Aber die Sekretärin hätte doch auch gesehen, dass Sie das Büro nach dem Streit wieder verlassen haben.«

»Soweit ich mich erinnere, saß sie nicht an ihrem Platz, als ich rausstürmte«, überlegte Siggi. »Ich kann mich aber auch täuschen. Ich war etwas aufgewühlt.«

»Würde Virginia denn solche Lügen über dich erzählen?«, fragte Elmar. »Immerhin ist sie seit Jahren unsere Ansprechpartnerin am Theater.«

»Virginia war immer loyal. Ein Glücksfall, dass Zachersky sie nach seinem Amtsantritt übernommen hat.« Siggis Augenbrauen schnellten nach oben. »Wisst ihr was, sie wohnt in der Nähe. Ich gehe vorbei. Dann kann ich das direkt mit ihr klären.«

»Vielleicht ist es besser, wenn Beppo und ich das übernehmen«, sagte Elmar. »Wer weiß, was hinter diesem Mordfall steckt, und der Polizei wird es kaum gefallen, wenn sie dich um ihre Kronzeugin herumschleichen sieht, oder?«

Beppo nickte heftig zur Bekräftigung. Er war schon ganz kribbelig, Elmar erkannte es an seinen zuckenden Mundwinkeln.

»Nein, Elmar«, sagte Siggi schneidend, »das erledigst du alleine. Du kennst Virginia ebenfalls schon eine Weile. Und wenn du abends eine schöne Frau besuchst, wird das in Tübingen keinen Argwohn erregen.«

»Aber ich…«, versuchte Beppo sie noch umzustimmen.

»Herr Vogel, glauben Sie wirklich, dass ich für eine Undercover-Aktion ein Klischee wie Sie schicken würde? Nehmen Sie einige Kilo ab, waschen Sie sich die Haare und kaufen Sie sich einen neuen Hut!«

Virginia Escarate-Davila wohnte in der Einliegerwohnung eines Reihenhauses, tiefer drinnen in der Südstadt, wo die Gärten malerischer wurden. Den maulenden Beppo hatte Elmar auf einer der Bänke an der Steinlach geparkt, in deren schwarzem Wasser Unmengen Herbstlaub Richtung Bahnhof trieben. Warum Elmar die Anweisungen seiner Chefin widerspruchslos befolgte, wusste er selbst nicht genau, vielleicht leuchtete es ihm ein, sich unauffällig an die Angelegenheit heranzutasten. Noch wussten sie ja gar nicht, was eigentlich passiert war.

Virginia meldete sich nach kurzem Klingeln an der Sprechanlage.

»Olá! Wer ist da?«

»Hallo Virginia, ich bin es, Elmar Arnold. Der Musiker vom Teatro Arlecchino. Ich war heute Mittag bei dir im Büro.«

»Oh Elmar«, klang es aus der Sprechanlage.

Dann öffnete sich die Tür, allerdings nur einen Spalt breit. Virginia machte keine Anstalten, die Sicherheitskette auszuhängen.

»Was willst du denn hier?«, fragte sie stattdessen.

»Darf ich nicht reinkommen?«, fragte er.

»Ungern«, sagte Virginia durch den Spalt, »ich bin sehr durcheinander. Ich bin gerade erst heimgekommen.«

Der Spalt war breit genug, um hineinsehen zu können. Dort stand sie im Flur, von Halogenstrahlern beleuchtet. Ihre Haare, die wie frisch geschälte Kastanien glänzten, trug sie zu einem Pferdeschwanz zusammengebunden, was sie streng wirken ließ, um einiges älter, als sie war. Das Make-up ebenfalls perfekt wie immer, so perfekt, als sei sie geradewegs vom Badezimmerspiegel aus an die Tür geeilt.

»Hagen Zachersky ist ermordet worden«, sagte Elmar.

»Dios mio, ich weiß«, sagte sie mit wackeliger Stimme. »Ich kann es immer noch nicht fassen. Wie er dalag, ganz steif … schrecklich, que Horror.«

»Du hast ihn gesehen?«

Virginia Escarate-Davila nahm die Brille vom Gesicht. Ihre stahlblauen Nägel fingerten in ihrem Augenwinkel nach einer imaginären Wimper.

»Ja, ich habe ihn gefunden. Ich bin furchtbar durcheinander«, sagte sie, als sie sich die Brille wieder auf die Nase schob.

»Was ist passiert?«, fragte Elmar. »Wie ist er ermordet worden?«

»Ich weiß es nicht, Elmar«, antwortete Virginia mit leerem Blick, »ich weiß es nicht. Als ich die Bürotür öffnete, lag er auf dem Boden. Alles voller Blut. Ein Gemetzel, Por dios, so etwas habe ich noch niemals erlebt. Ich bin sofort rückwärts wieder raus und habe die Polizei gerufen. Hoffentlich finden sie den Täter bald. Es macht mir Angst, dass er noch da draußen unterwegs ist.«

»Hast du bereits eine Zeugenaussage gemacht?«

»Ja natürlich. Mich haben sie als Erste vernommen.«

»Aber du hast nicht mitbekommen, was vorher passiert ist?«

»Nada. Ich war nicht in meinem Büro.«

»Warum nicht?«

»Elmar, auch ich brauche manchmal Pausen. Ich war zum Abendessen im Theaterlokal.«

»Und als du wieder rauf bist, hast du den Intendanten gefunden?«

»Nein, nicht gleich. Die Tür war ja verschlossen. Und Hagen konnte keine Störungen leiden. Also arbeitete ich bis zehn. Ich habe mit den ganzen Kündigungen gerade so viel zu tun, dass ich Nachtschichten einlegen müsste, um alles zu schaffen. Als er dann immer noch nicht herausgekommen war, begann ich mir Sorgen zu machen. Auf mein Klopfen erhielt ich keine Antwort, da öffnete ich die Bürotür – und dort lag er. Auf dem Boden neben seinem Schreibtisch. Tot. Por dios.«

»Aber wer könnte Hagen Zachersky ermordet haben?«, fragte Elmar.

»Ich habe wirklich keine Ahnung, keine Ahnung, wer so etwas tut.«

»Siggi soll bei ihm gewesen sein.«

»Eure Spielleiterin? Oh ja, sie war da. Es gab einen Streit zwischen den beiden, das konnte ich bis in mein Vorzimmer hören.«

»Vielleicht hat sie ihn ja niedergeschlagen. Immerhin soll sie ihm gedroht haben«, sagte Elmar, ohne anzudeuten, woher er diese Information erhalten hatte.

»Möglicherweise. Wir alle kennen Siggis Ausbrüche.«

»Und das hast du auch der Polizei erzählt?«, fragte Elmar.

Virginia zögerte einen Augenblick und betrachtete Elmar argwöhnisch.

»Als Zeugin habe ich doch eine Aussagepflicht.«

»Hast du auch mitbekommen, wie der Streit zu Ende ging?«

»Nein, ich bin ja dann essen gegangen.«

»Während die beiden so heftig stritten, dass Drohungen fielen?«

Wieder tat sie zwei Atemzüge, bevor sie antwortete.

»Aber das konnte ich doch nicht vorhersehen. Ich …«

Die Sekretärin verstummte und schaute Elmar mit Rehaugen an. Dass ihre Gedanken rotierten, sah er deutlich an ihren flackernden Pupillen. Sie atmete tief durch.

»Nein, ich bin nicht gleich zum Essen. Ich bin über den Flur zu Tarik«, sagte sie schnell, »um Hilfe zu holen.«

»Wer ist das?«

»Tarik Atasoy? Das ist unser neuer Oberspielleiter. Hagen hat ihn aus Berlin mitgebracht, als er seine Intendantenstelle antrat.«

»Und dieser Tarik Atasoy sollte dir also helfen, den Streit zu schlichten?«

»¡Ya esta! Ich traute mich nicht alleine rein, so laut wurde da gebrüllt. Als wir zurückkamen, war aber alles ruhig. Natürlich ging ich davon aus, dass sich das Problem von alleine gelöst hatte und Siggi nach Hause gegangen war.«

»Aber du hast nicht sofort im Zimmer nachgesehen?«

»Nein. Wer rechnet denn gleich mit dem Schlimmsten. Tarik und ich sind gemeinsam ins Lokal gegangen.«

»Weißt du ungefähr, wann das war?«

»Ich habe nicht auf die Uhr geschaut, so gegen acht wahrscheinlich.«

»Und später hast du die Leiche entdeckt?«

»Ja, so gegen zehn. Seitdem weiß ich nicht mehr, wo mir der Kopf steht. Elmar, ich bin wirklich erschöpft, desculpe-me. Das Ganze hat mich sehr aufgewühlt.«

»Glaubst du, Sigrid hat es getan?«

»Ich weiß es nicht, Elmar. Ich arbeite schon einige Jahren mit ihr zusammen. Da fällt es schwer, einen Mord zu unterstellen. So weit würde ich nicht gehen.«

»Aber du schließt es auch nicht aus?«

»Ich bin völlig durcheinander, Elmar, entschuldige, dass ich im Augenblick nur wirres Zeug von mir gebe.«

»Nur für den Fall, dass Siggi in dieser Sache zu Unrecht verdächtigt wird und wir eigene Ermittlungen aufnehmen: Könnten wir auf deine Unterstützung zählen?«

»Natürlich«, sagte Virginia schnell, »ich möchte auf keinen Fall, dass eine Unschuldige verdächtigt wird.«

»Danke, Virginia«, sagte Elmar, »das wird uns die Arbeit erleichtern, denn du kommst an alle wichtigen Dokumente heran.«

»Außer an die, die sich im Zimmer befinden«, schränkte die Sekretärin sogleich ein. »Der Tatort wurde ja versiegelt.«

»Dann will ich dich nicht länger stören«, sagte Elmar. »Falls wir dich brauchen, kommen wir bei dir im Sekretariat vorbei.«

»Wieso wir?«

»Ich und Sebastian Vogel.«

»Ist das dieser Privatdetektiv, mit dem du letztes Jahr unterwegs warst?«

»Genau der.«

»Ihr nehmt diese Sache ziemlich ernst.« Sie sah Elmar fest in die Augen. »Dann kann ich beruhigt schlafen gehen.«

»Gute Nacht, Virginia.«

»Boa noite, Elmar. Entschuldige, dass ich nicht helfen konnte.«

Sie schloss geräuschlos die Tür und klackerte davon, augenblicklich verlosch das Licht im Flur. Elmar stand alleine draußen. Aber nicht lange.

»Höchst mysteriös, die ganze Begebenheit«, erklang Beppos Stimme hinter dem Fächerahorn, der tagsüber im Vorgarten des Hauses für etwas Farbe sorgte, »höchst mysteriös.«

Wie ein riesiger Igel kroch er aus dem Busch, Mantel und Hut übersät mit Blättern, die im Licht der Straßenlaterne knallrot leuchteten. Der Privatdetektiv war Elmar tatsächlich gefolgt.

»Du hast alles mitgehört?«

»Natürlich!«

»Und? Was hältst du davon?«, fragte Elmar.

»Die spannende Frage ist, ob Siggi diese Drohung gegenüber dem Intendanten wirklich ausgesprochen hat. Die eine sagt so, die andere sagt so. Das heißt: Eine von beiden lügt. Entweder Siggi oder diese Tippse.«

»Wie kommst du denn darauf?«

»Sie hat sich in ihrer Geschichte vom Essen im Lokal dermaßen verheddert, dass da etwas nicht stimmen kann«, sagte Beppo. »Aus irgendeinem Grund war es ihr nicht recht, zu erwähnen, dass sie bei Tarik Atasoy war. Das hat sie erst nachgeschoben, als es brenzlig wurde. Und bei Siggi ist es das Gleiche. Erst streitet sie ab, dass es überhaupt einen Streit gegeben haben soll, mit dem Auftauchen der Polizei sieht die Sache plötzlich ganz anders aus. Vielleicht lügt sie in Bezug auf die Drohung ja auch.«

»Du glaubst ernsthaft, dass Sigrid von Schnackenberg den Intendanten ermordet haben könnte?«, fragte Elmar.

»Warum nicht?«

»Zugegeben, sie reagiert ziemlich rabiat, wenn sie erregt ist, aber sie würde doch nicht einfach ihr Gegenüber niederschlagen.«

Beppo nickte jedoch vehement.

»Sie wird verdächtigt, so wie alle anderen auch. Solange ich nicht das Gegenteil bewiesen habe, ist jeder verdächtig, Elmar.«

»Vielleicht nimmst du deinen Beruf etwas zu ernst«, sagte Elmar.

»Überhaupt nicht. Ich will dich auch daran erinnern, dass du es warst, der im letzten Jahr beschlossen hat, Patricks Tod genauer zu untersuchen. Nach einem Gespräch mit Sigrid Schnackenberg, wohlgemerkt. Also erzähl mir jetzt nicht, dass du ihr einen Mord nicht grundsätzlich zutraust.«

Elmar hielt sich die Hand vor den Mund, weil ein Gähnen sich ungehemmt Bahn brach. Wie spät mochte es sein? Zwei Uhr. Er hatte gar nicht gemerkt, wie die Zeit vergangen war.

»Denk nur an Siggis Haare«, fuhr Beppo fort. »Ist dir das nicht aufgefallen? Sie waren nass, als wir kamen. Vielleicht hat sie geduscht, um die Spuren des Mordes zu beseitigen.«

»Vielleicht«, sagte Elmar. »Aber dafür müssten wir ja erst mal wissen, wie der Intendant überhaupt zu Tode gekommen ist. Ich fürchte, das muss bis morgen warten.«

»Diesen Atasoy sollten wir auch unter die Lupe nehmen.«

»Ich muss wirklich dringend in die Horizontale.«

»Also gut«, sagte Beppo, »holen wir uns erst mal eine Mütze Schlaf. Und morgen, da sehen wir weiter. Um neun am Theater!«

Es war keine Frage; es war ein Befehl. Noch beim Heimradeln fragte sich Elmar, warum er sich heute von jedem einfach willenlos herumschicken ließ. Das war sonst eigentlich gar nicht seine Art.

Als Elmar spätnachts ins Bett gekrochen war, hatte Tinka schon geschlafen, jetzt, als er noch schlafen wollte, saß sie bereits auf der Bettkante und rührte so unruhig in ihrer Tasse, dass der Löffel gegen das Porzellan schlug.

»Ich habe mir Folgendes überlegt«, sagte Tinka und nippte an ihrem Café au Lait. »Ich muss etwas ändern in meinem Leben.«

»Okay«, brummte Elmar, »aber doch nicht morgens um halb acht.«

»Andere Leute, die nicht unverdient so viel Geld geerbt haben wie du, lieber Herr Arnold, sind bereits seit Stunden auf der Arbeit und kneten die Brötchen, die sie verdienen. Kaffee?«

»Tinka, zum hundertsten Mal, du sollst die Finger von meiner Kaffeemaschine lassen«, sagte Elmar, drehte sich zur Seite und zog die Decke über den Kopf. »Der Druck kann gefährlich werden, wenn man nicht genau weiß, was man tut …«

»Und da sind wir genau beim Stichwort: Ich weiß jetzt, was ich tue. Sieh her.«

Missmutig schälte Elmar sich unter seiner Decke hervor, kniff jedoch sofort die Augen zusammen, weil ihm die aufgehende Sonne durch die schrägen Dachfenster ins Gesicht strahlte wie ein Spotlicht. Nur langsam konnte er auf das Bild scharf stellen, das Tinka ihm vor die Nase hielt. Es zeigte vor allem eines: Brüste. Ein Paar wohlgeformte, straffe Brüste, die einer blonden Schönheit gehörten, die sie stolz der Kamera präsentierte.

»Du willst in die Erotikbranche einsteigen?«, fragte Elmar überrascht.

Tinka schnaubte. Sie nahm einen tiefen Schluck Kaffee, der eine Milchschaumhaube auf ihrer Nase zurückließ.

»Femen, Elmar, Femen. Schon mal gehört?«

»Du willst bei der Russenpeepshow mitmachen?«

»Ukraine, die Aktivistinnen kommen aus der Ukraine. Und nein, ich werde mich nicht dem hierarchischen Apparat dieser Organisation unterordnen. Aber ich werde mich ihrer Protestformen bedienen. Zwei Brüste werden die Eintönigkeit der Biedermeierei beenden und Tübingen aus seinem Dornröschenschlaf der politischen Gleichgültigkeit erwecken.«

Elmar rieb sich angestrengt seine Schläfen. Wo genau hatte Tinka den versprochenen Kaffee hingestellt?

»Tinka, hör mal, können wir das ein andermal besprechen? Ich habe eine turbulente Nacht hinter mir.«

»Hast du ein Problem damit, wenn ich mit meinen Brüsten die Welt verbessere?«, fragte Tinka entrüstet. »Lange genug haben die beiden sinnlos ihr Dasein unter Bergen von T-Shirts gefristet; es wird Zeit, dass ich die politischen Aspekte meines Körpers entdecke und zur Freiheit führe. Die Formen der Unterdrückung in diesem Land sind perfide.«

Seufzend richtete Elmar sich auf. Er griff in das Chaos auf seinem Nachttisch und wurde tatsächlich fündig. Ein Edding. Er schraubte den Deckel vom Stift, zog sein Schlafanzugoberteil über den Kopf und begann zu schreiben, vorsichtig, denn er konnte das Ergebnis naturbedingt kaum sehen, ohne sich den Hals zu verrenken. Außerdem blieb die Farbe wegen seiner Brustbehaarung nur schwer haften. Tinka beobachtete schweigend seine Schreibversuche:

H U N G E R

»Schon verstanden, Elmar. Ich gehe Croissants holen. Aber danach reden wir über meine Idee.«

Sie sprang vom Bett, um sich auf den Weg zu machen.

»Das müssen wir auf ein andermal verschieben«, sagte er, während er sich noch einmal in die Kissen zurückwarf. »Nach dem Frühstück muss ich zum Theater. Gestern Abend ist Intendant Zachersky ermordet worden.«

Wenig später hob Elmar sein Fahrrad die Kellertreppen nach oben und steuerte es durch den engen Flur des denkmalgeschützten Fachwerkhauses, vorbei an der Batterie von Mülltonnen, mit denen die Stadtverwaltung den ökologischen Fußabdruck ihrer Bürger einzudämmen gedachte. Es war noch früh am Morgen, die meisten Stände des Umbrischen Marktes waren noch durch Plastikplanen verhängt, sodass er sich nicht mühsam durch das Gedränge der Touristen boxen musste, die im südländischen Flair schwelgten.

Nur um die Jakobuskirche herum herrschte bereits das übliche Treiben des Wochenmarktes. Bergeweise Reineclauden, Birnen und Weintrauben, Elmar bemerkte sogar Artischocken, die mit ihren violetten Blüten einen markanten Farbkontrast zwischen die Orange-, Gelb-, Rot- und Grüntöne setzten.

Ich sollte vor dem Mittagessen zurück sein, um noch einkaufen zu können, dachte Elmar, als er an dem Stand vorbeifuhr, der auf mehreren Metern Länge Käsesorten in nicht minder ausgefallenen Farben aufreihte. Blauer Käse. Konnte das schmecken?

Der Weg zum Theater führte aus der Altstadt hinaus. An der Ecke zur Neckarbrücke begann die Vollsperrung. Tübingen sollte schöner werden. Das hatte der Oberbürgermeister seinen Wählern versprochen und scheinbar hatte er tatsächlich vor, dieses Versprechen einzulösen. Zumindest wurde gebaut. Nach der Mühlstraße war diesen Herbst das verkehrstechnische Nadelöhr an der Reihe, die Brücke über den Neckar. Das bedeutete Vollsperrung für den Autoverkehr, Erneuerung des Fahrbahnbelages und Ersatzrouten für die Busse.

Als Radfahrer ohne eigenes Auto spürte Elmar lediglich die Beeinträchtigung durch die Verengung der Bürgersteige. Er fuhr am *Radfahrer-absteigen*-Schild vorbei, ohne zu bremsen. Elegant schlängelte er sich an den wenigen Passanten vorbei. In der schiffsbugförmigen Ausbuchtung hinter der ebenfalls stillgelegten Bushaltestelle spielte ein blutjunger Straßenmusiker *Wind of Change* auf der Gitarre.

Beppo erwartete Elmar bereits vor dem Landestheater.

»Hier ist die Hölle los«, warnte er, bevor die beiden das Foyer betraten.

Die Eingangshalle war prall gefüllt mit Menschen, die aufgeregt durcheinanderliefen. Hier und da entdeckte Elmar Bekannte aus den unterschiedlichen Abteilungen des Hauses. Thien, der vietnamesische Pächter der Theaterkantine, stand direkt am Eingang und schnatterte so aufgeregt mit einigen Schauspielerinnen, dass er Elmar nicht bemerkte. Vor dem Abo-Büro gruppierten sich die Maskenbildner um Olga Biesinger, die Leiterin dieser Abteilung, die mit verschränkten Armen in den Raum starrte.

Als Elmar die Hand zum Gruß hob, nickte sie ihm zu wie einem Kampfgenossen.

»Zum Gaffen hat das Volk die Augen.«

Leif, einer der Techniker, war von hinten an Elmar und Beppo herangekommen und schüttelte zur Bekräftigung den Kopf so heftig, dass Elmar befürchtete, eines der Piercings könnte sich aus seiner Lippe lösen. Wie die meisten anderen im Raum trug Leif schwarz. Bei ihm war das jedoch nichts Außergewöhnliches; der Techniker war sowieso immer vollständig in Schwarz gekleidet.

»Was soll der Tumult?«, fragte Elmar. »Das ist ja die gesamte Belegschaft.«

»Der Mord, Elmar«, sagte Leif, »die Leute sind völlig fertig. Du hättest gestern Abend dabei sein sollen, als wir bei unserer Ankunft mit dem Bus vom Blaulichtgewitter begrüßt worden sind. Im Vergleich dazu sind sie jetzt geradezu harmlos.«

»Aber warum sind schon wieder alle hier?«

»Die Leute wollen wissen, was passiert ist und wie es weitergeht. Deshalb hat die Theaterleitung eine Stellungnahme angekündigt.«

»Wusstest du, dass Zachersky Theatersport vom Spielplan streichen wollte?«, fragte Elmar.

Leif nickte.

»Ist dies auch Wahnsinn, so hat es doch Methode. Nicht nur Theatersport, Zachersky hat hier am Haus radikal klar Schiff gemacht.«

Bevor er weiter erklären konnte, kam Bewegung in die Menschenmenge. Ein ewiger Mittdreißiger bahnte sich seinen Weg durch die Belegschaft, flankiert von niemand geringerem als Virginia Escarate-Davila. Eine Dame im Hosenanzug folgte den beiden forschen Schrittes. Mit einer federnden Bewegung sprang der Mann auf die provisorische Bühne im Foyer, auf der das Theater Lesungen und Latenight-Shows veranstaltete. Seine Beine steckten in ausgewaschenen Skinny Jeans der Sorte slimmer fits nicht, sein Vollbart stand den out-of-bed-mäßig zur Seite gestylten Haaren an inszenierter Nachlässigkeit in nichts nach. Das grün-schwarz-weiß karierte Hemd trug er offen, darunter ein billiges Shirt mit Aufdruck.

»Hattet ihr schon das Vergnügen?«, fragte Leif Beppo und Elmar. »Unser neuer Oberspielleiter Tarik Atasoy, eines der Wundergewächse, die Zachersky aus der Hauptstadt in die schwäbische Diaspora verpflanzt hat. Wo Geld vorangeht, sind alle Wege offen.«

»Und die Frau?«, wollte Elmar wissen.

»Virginia?«

»Nein, die kennen wir. Wer ist die Bestie in dem Hosenanzug?«

»Rita Degenhorst. Die neue Verwaltungsdirektorin. Im Unterschied zu Atasoy ist sie ein echtes schwäbisches Pflänzle, das hier quasi seinen Heimaturlaub vom Prenzelberg verbringt. Mit der Verwaltungsetage fing es an. Die hat Zachersky komplett ausgetauscht, bevor er seinen Posten angetreten hat. Dann kam der ganze Rest.«

Tarik Atasoy klatschte in die Hände, um für Ruhe zu sorgen. Das Getuschel der Anwesenden brandete noch einmal kurz auf, bevor es nach und nach erstarb.

»Leute, ihr habt alle mitbekommen, auf welch tragische Weise Hagen gestern Abend von uns gegangen ist. Wir sind alle schockiert über diesen sinnlosen Verlust.«

»Weiß man denn mittlerweile irgendetwas Genaueres?«, fragte eine Frauenstimme von irgendwo im Foyer.

»Hagen wurde in seinem Büro mit dem ›Faust‹ erschlagen. Mehr kann ich vorerst nicht dazu sagen, weil ich selbst nicht mehr weiß.«

Das folgende Getuschel machte jedes weitere Wort Tariks unhörbar. Er hielt inne, mochte es Taktgefühl sein oder einfach die Erkenntnis, dass ihm sowieso niemand zuhörte. Nicht nur war Zachersky auf brutale Weise ermordet worden, sein Mörder lief auch noch frei herum, diese Neuigkeiten wollten besprochen sein. Tarik wartete ungeduldig, bevor er in bemüht professionellem Ton weitersprach:

»Solange die Kripo die genauen Umstände seines Todes ermittelt, bleibt sein Büro versiegelt. Steht bitte uneingeschränkt für Fragen zur Verfügung. Ansonsten bemühen wir uns nach Kräften, den Theaterbetrieb mit dem nötigen Anstand am Laufen zu halten. Vorerst sind aber alle Vorstellungen bis zum Wochenende abgesagt.«

Ein Mann Anfang fünfzig, der nah an der Bühne stand und die Umstehenden um einiges überragte, hob die Hand. Auf seinem eierförmigen Hinterkopf war nur im unteren Drittel noch ein Kranz von Haaren übrig geblieben, die er raspelkurz geschoren trug. Tarik starrte so betroffen in die andere Ecke des Foyers, als würde er eine Schweigeminute einlegen. Bemerkte er die Meldung nicht oder übersah er sie geflissentlich?

»Entschuldigung, Herr Atasoy.«

Die Stimme des Mannes erreichte auch die letzte Ecke des Raumes mühelos. Da es hier nichts mehr zu Überhören gab, fuhr Tarik herum.

»Ja, Herr ... Gollnisch?«

»Die Gedenkfeier morgen. Betrifft es die auch?«

»Sie sprechen über die Veranstaltung zum Mauerfall? Natürlich – wieso denn nicht? Wollen Sie denn etwa trotzdem ...?«

Langsam drehte der breitschultrige Mann den Kopf, sodass Elmar ihn im Profil sehen konnte. Unter der Glatze erblickte er ein Gesicht, in das ein gelebtes Leben eine Landschaft voller Höhen und Tiefen eingegraben hatte.

»Ist das nicht Kurt Gollnisch«, flüsterte Elmar überrascht, »Kurt Gollnisch, dieser Liedermacher aus dem Osten?«

»Wer?«, fragte Beppo zurück.

»Erkläre ich dir später. Hör zu, was er sagt.«

Gollnisch begann langsam zu sprechen:

»Wir können diesen Abend nicht einfach absagen. Dieser Abend war Hagen ein Herzensanliegen. Sein Tod erscheint so sinnlos. Alles, was ich tun kann, ist zu trauern. Und das kann ich am besten, wenn ich singe.«

»Sie wollen den Gedenkabend einfach trotzdem stattfinden lassen, Herr Gollnisch?«, fragte der Oberspielleiter perplex.

»Wir handeln damit in Hagens Sinne.«

»Wir wissen ja noch nicht einmal, was überhaupt passiert ist.«

Die Schultern des Liedermachers sackten ein wenig in sich zusammen, als er sich wieder Tarik Atasoy zuwandte.

»Ich werde nichts unternehmen, das nicht vom Theater mitgetragen wird. Aber als Weggefährte Hagens bitte ich Sie, Herr Atasoy, um diesen Abend. Hagens Kunst war grenzenlos. Der Tod ist doch nur eine weitere Mauer, die er eingerissen hat. Lassen Sie uns keine Mauern in unseren Köpfen errichten.«

Seine Stimme war bei den letzten Worten brüchig geworden. Hilflos blickte Tarik Atasoy zu Virginia, die kaum merklich nickte.

»Also gut, Herr Gollnisch«, sagte er schließlich. »Vielen Dank, dass Sie sich bereit erklären, die Gestaltung in die Hand zu nehmen. Ich bin mir sicher, dass Ihnen das mit dem nötigen Fingerspitzengefühl gelingen wird.«

Verhaltenes Klatschen aus dem Foyer. Keiner wusste so recht, ob es üblich war, was der Liedermacher gerade vorgeschlagen hatte, so kurz nach einem Mord. Kurt Gollnisch hob leicht seine Rechte, um Tariks Lob abzuwehren.

»Alle anderen Vorstellungen bis zum Wochenende sind aber storniert, laufende Proben beginnen übermorgen wieder nach Plan. Die Regie für die Alte Dame werde ich übernehmen, die kommissarische Intendanz ebenso, bis ein Nachfolger für Hagen gefunden ist.«

Tarik Atasoy unterbrach seine Rede kurz, um sich einige Schweißperlen von den Schläfen zu wischen.

»Sonst noch irgendwelche Fragen?«

»Ja«, ertönte es von hinten. »Ich hätte noch eine Frage, die uns alle etwas angeht.«

Olga Biesinger, die Leiterin der Abteilung Maske, trat einige Schritte vor, während ihr gewaltiger Busen vor Zorn bebte.

»So tragisch das alles ist«, begann sie und stemmte ihre kräftigen Hände in die Hüften, »was uns brennend interessiert, sind unserer Verträge. Nach dem Tod des Intendanten ist die Entlassung des gesamten Hauses ja wohl eine Farce, die ich als Betriebsrätin nicht ohne Weiteres hinnehmen kann.«

»Frau Biesinger«, ergriff jetzt Rita Degenhorst das Wort, »bitte verstehen Sie, dass die Theaterleitung zur Wirksamkeit der personellen Entscheidungen Zacherskys vor seinem Tod vorerst kein Statement abgeben wird. Wir müssen zuerst einmal in Ruhe die Lage sondieren, bevor wir übereilte Entscheidungen treffen, die wir hinterher bereuen.«

»Das einzige, was ich bereue, sind die letzten zwölf Jahre, in denen ich diesem Theater die Treue gehalten habe, nur um jetzt vom Willen eines Toten auf die Straße gesetzt zu werden.«

Gemurmelte Zustimmung von allen Seiten, die Olga nicht ohne Stolz zur Kenntnis nahm. Angriffslustig reckte sie Tarik Atasoy ihr Kinn entgegen.

»Leute«, schaltete sich wieder der Chefdramaturg ein, »wir alle gehen emotional am Rand. Warten wir ab, was die Ermittlungen der Polizei ergeben. Bis dahin rate ich euch, einen kühlen Kopf zu bewahren.«

Mit in den Taschen vergrabenen Händen sprang Tarik von der Bühne und eilte mit seinem Gefolge im Schlepptau davon, bevor noch jemand das Wort ergreifen konnte. Seine gelben Chucks quietschten auf den Fliesen im Takt mit dem Klacken von vier Damenabsätzen.

»So ein Affenarsch!«, machte Olga ihrem Ärger Luft, bevor sie wutschnaubend durch die Menge verschwand, die sich vor ihr teilte wie das Rote Meer vor den Israeliten.

»Und?« Elmar zog an seiner Zigarette. »Wie gefällt dir dein neuer Fall?«

Der Menschenauflauf hatte sich erstaunlich schnell aufgelöst, beinahe fluchtartig waren die Mitarbeiter aus dem Theater geströmt. Die beiden standen alleine im Freien vor dem Haupteingang und betrachteten die Backsteinfassade.

»Mein Fall?«, fragte Beppo nach einer Weile stillen Nachdenkens. »Wieso denn mein Fall? Bisher bin ich von niemandem beauftragt worden. Ohne Auftrag sind mir die Hände gebunden, wirklich in Ermittlungen einzusteigen.«

Elmar lachte, bis er husten musste.

»Und aus welchem Grund bist du sonst hier?«

»Fachliches Interesse«, sagte Beppo. »Vielleicht sollten wir die ganze Sache wirklich der Polizei überlassen, bei Mordermittlungen bewege ich mich als Privatdetektiv juristisch in einer riskanten Grauzone. Und ich bin nicht scharf darauf, meine Zulassung zu verlieren.«

Elmar kicherte immer noch. Wenn es nicht darauf ankam, war der Privatdetektiv ein miserabler Lügner.

»Also gut, Beppo, dann lass uns von hier verschwinden. Ich wollte sowieso noch auf den Umbrischen, um meine Käsevorräte aufzustocken. So einen Rohmilch-Camembert kriegt man hier in Deutschland nicht alle Tage.«

Das war natürlich nicht das, was der Privatdetektiv hatte hören wollen.

»Eine Sache habe ich noch nicht verstanden«, sagte er schnell. »Wie hat es der Mörder geschafft, den Intendanten mit seiner *Faust*-Ausgabe niederzuschlagen? Ich meine, Goethe ist schwere Kost, aber so schwer?«

Elmar grinste.

»Beppo, der ›Faust‹ ist einer der bedeutendsten Theaterpreise der Gegenwart, verliehen vom Deutschen Bühnenverein. Er ist quasi der Oscar für Theater in Deutschland. Die Trophäe ist sehr eckig und besteht aus Metall. Nicht dass ich viel davon verstehe, aber im richtigen Winkel getroffen, ist der ›Faust‹ mit Sicherheit dazu geeignet, einem Menschen den Schädel zu zertrümmern.«

»Ach so ist das«, sagte Beppo und pfiff durch die Zähne, »interessant. Interessant.«

In diesem Augenblick vibrierte Elmars Handy. Es war Sigrid von Schnackenberg. Die Spielleiterin des Teatro Arlecchino klang noch erschöpfter als am gestrigen Abend. Vermutlich hatte sie die ganze Nacht nicht geschlafen.

»Elmar, die Bullen waren hier und haben meine Fingerabdrücke abgenommen.«

»Ja, und?«

»Nichts weiter. Ich schwimme im Meer der Ahnungslosen. Habt ihr schon herausgefunden, was eigentlich passiert ist? Von der Polizei sagt mir keiner was. Ich fühle mich wie die Hexe, die auf ihre Verbrennung wartet, ohne zu wissen, warum.«

»Wir stehen noch ganz am Anfang«, antwortete Elmar, »eigentlich wissen wir nur, dass Intendant Zachersky mit seinem ›Faust‹ erschlagen wurde.«

»Das war bestimmt kein schöner Tod«, sagte Siggi betroffen.

Sie stockte. Dann seufzte sie so schwer, dass Elmar schon fürchtete, sie könne gar nicht mehr aufhören auszuatmen.

»Ich brauche die Nummer von Sebastian Vogel!«

»Das kannst du auch leichter haben. Beppo, es ist für dich.«

Elmar reichte das Smartphone weiter.

»Frau Schnackenberg«, stellte der Privatdetektiv mit beunruhigend blitzenden Augen fest, »womit kann ich dienen?«

»Herr Vogel. Was ich Sie jetzt fragen werde, fällt mir schwer, das wissen Sie. Aber ich muss anerkennen, dass Sie im letzten Sommer gute Arbeit geleistet haben. Ich befinde mich in einer Zwickmühle. Die Ermittlung der

Polizei scheint sich in eine Richtung zu entwickeln, die mir nicht gefällt.«

»Kommen Sie zum Punkt, Frau Schnackenberg.«

»Ich versichere Ihnen hiermit, dass ich mit dem Mord an Hagen Zachersky nicht das Geringste zu tun habe. Was auch immer in seinem Büro geschehen ist, ich bin daran nicht beteiligt gewesen.«

»Und jetzt soll ich Ihre Unschuld beweisen?«

»Ja«, sagte Siggi, »oder den wahren Täter überführen.«

»Frau Schnackenberg, ich werde tun, was ich kann.« Beppo zwinkerte Elmar zu. »Eine Frage habe ich auch gleich: Wann haben Sie das Büro des Intendanten verlassen?«

»Das weiß ich ziemlich genau«, sagte Siggi, »Es war 20 Uhr 15, als ich unten aus dem Flur trat. Ich dachte noch, wie absurd, dass es haargenau eine halbe Stunde benötigt, um eine sechsundzwanzigjährige Tradition in Tübingen auszuradieren.«

»Danke Frau Schnackenberg! Sie werden von mir hören.«

Siegesgewiss nahm Beppo das Smartphone vom Ohr, schaute dann irritiert auf das Display, bevor er es Elmar reichte. Elmar drückte auf den roten Telefonhörer.

»Jetzt«, grinste der Privatdetektiv, »habe ich meinen eigenen Fall.« Liebevoll tätschelte er sich sein Bäuchlein. »Sie hat mich höchstpersönlich darum gebeten, den Mordfall Zachersky aufzuklären.«

»Glaubst du ihr plötzlich, dass sie unschuldig ist?«

»Wo denkst du hin. Aber ich werde natürlich in ihrem Auftrag umgehend die Ermittlungen beginnen. Wen ich am Ende überführe, ist mir im Grunde egal.«

»Und, habt ihr über deine Finanzierung gesprochen?«

»Ein alter Fehler«, murmelte Beppo zerknirscht.

»Mach dir darum mal keine Sorgen«, kicherte Elmar. »Zur Not kann ich das ja wieder übernehmen. Mein Erbonkel, Gott hab ihn selig, hat sich bestimmt schon wund gelegen, so lange hat er sich nicht mehr im Grab umdrehen müssen. Es wird mal wieder Zeit, etwas von seinem Geld zum Fenster rauszuschmeißen.«

Beppo kratzte sich an der Nase und sah auf die abgewetzten Spitzen seiner Schuhe.

»Und du?«

»Was ist mit mir?«

Elmar schaute in die Herbstblätter der Bäume über ihnen.

»Na ja, ist nur dein Geld an Bord? – Oder könntest du dir vorstellen, auch wieder mit einzusteigen?«

»Ach Beppo.«

Elmar legte dem kleinen, dicken Privatdetektiv den Arm um die Schulter und drückte ihn herzlich. Später dachte er lange darüber nach, warum er sich dazu hatte hinreißen lassen.

Während Elmar bereits zu seiner ersten Befragung im Theater verschwunden war, betrachtete Beppo mit einigem Abstand den Haupteingang. Der erste Schritt war oft entscheidend. So viele Orte, die er ansteuern konnte, so viele Menschen, die er befragen konnte. Wie er bereits aus seinen letzten Ermittlungen wusste, war das Gebäude ursprünglich eine Stuhlfabrik gewesen, die man in den Siebzigern umgebaut hatte, weil das alte Theater aus allen Nähten platzte. Dies war auch der Grund, warum die Wege innerhalb des Hauses verschlungen waren wie das Labyrinth von Knossos. Beppo schmunzelte: Wichtig war nur, den Wollfaden nicht loszulassen.

Neben dem Haupteingang, der zur Theaterkasse, zum Foyer und großen Saal führte, gelangte man durch einen zweiten Eingang in die Verwaltungsetage, die sich einen Stock höher befand. Rechts davon stand ein Wagen, in dem für Passanten die Flyer für die Stücke der aktuellen Spielzeit auslagen.

Als eine seiner ersten Amtstaten hatte Zachersky den öffentlichen Auftritt des Theaters komplett umgestaltet. Jegliche Farbe wurde aus den Flyern und Plakaten verbannt. Stattdessen klares Schwarz und Weiß, was keine Ablenkung bot. Die Schrift, in der die Stücktitel präsentiert wurden, aufs gerade Notwendige reduziert: eindeutig, klar, ohne Serifen. Auf den Flyern schemenhafte, im Siebdruckverfahren hergestellte Abbildungen von Gegenständen oder Figuren, die beim Eingeweihten möglicherweise Assoziationen zum Inhalt der Stücke weckten.

Beppo nahm unschlüssig einige davon in die Hand. *Der Besuch der alten Dame*, illustriert durch eine Panthersilhouette. War das nicht das Stück, bei dem Elmar die Musik beisteuern sollte? Die Premiere war bereits in wenigen Wochen. Daneben hing die Ankündigung für den Gedenkabend, von dem der Liedermacher gesprochen hatte. *Neues Einiges* – so der Titel, darunter die Silhouette einer Menschenmenge, die feiernd auf der Mauer tanzte. Gollnischs Name stand daneben.

In diesem Augenblick kam ein junger Mann aus dem Nebeneingang, der in die Verwaltungsetage führte. Ihm hing eine schwarze Ledertasche über der Schulter, die er zurechtrückte, als er unschlüssig stehen blieb. Ansonsten war der Mann vor allem sehr jung, sehr groß und sehr rothaarig.

»Entschuldigung«, sagte er, als er Beppo gewahr wurde, »Sie sind nicht zufällig vom Theater?«

»Nicht direkt, aber ich komme gerade aus dem Foyer des Theaters.«

»Aha«, sagte der Mann abwesend.

Der rechte Zipfel seines Karohemdes hing lose über seinen Gürtel, ohne dass er es bemerkte.

»Haben Sie irgendeine Ahnung, was da drinnen passiert ist?«, fragte er nach einer Weile.

»Intendant Zachersky ist ermordet worden«, sagte Beppo.

»Ja«, sagte der Mann, »das hat mir die Sekretärin bereits berichtet. Ich hätte einen Termin bei ihm gehabt.«

Er stockte wieder für einen Augenblick.

»Ich kann es noch gar nicht richtig realisieren. Er ist wirklich tot. Wie schnell es vorbei sein kann. Ich glaube, dass ist das erste Mal in meinem Leben, dass ein Mensch ermordet wurde, den ich persönlich kannte. Ein seltsames Gefühl.«

»Woher kannten Sie Zachersky denn?«, fragte Beppo prompt.

Der Mann blickte ihn überrascht an. Hatte er einen zu fordernden Ton verwendet?

»Ich kannte ihn nicht wirklich. Ich bin Journalist und wollte ihn interviewen. Dumm gelaufen. Und Sie?«

»Ich kannte ihn überhaupt nicht«, sagte Beppo. »Haben Sie vielleicht eine Visitenkarte?«

Der rothaarige Mann zuckte mit den Schultern, kramte seinen Geldbeutel hervor und reichte Beppo eine Karte.

Daniel Lurke – freischaffender Journalist – Historiker.

»Herr Lurke?«

»Ja.«

»Haben Sie noch einen Kugelschreiber?«

Als Daniel Lurke ihm auch diesen reichte, drehte Beppo die Karte um, notierte seinen Namen und seine Handynummer auf der Rückseite und reichte sie zurück. Der Rothaarige betrachtete irritiert die Karte.

»Was soll ich damit?«

»Sie können mich anrufen, wenn Sie irgendetwas Neues über den Mord erfahren«, sagte Beppo. »Es würde mich interessieren.«

Dann schob er den verdutzten Journalisten zur Seite und betrat durch denselben Eingang das Theater, aus dem Daniel Lurke gekommen war. Vermutlich ist der Mörder auch hier raus, dachte Beppo, während er den unteren Flur entlangging. Im Treppenhaus kam ihm ein Streifenpolizist entgegen, der zügig Richtung Ausgang strebte.

Im Flur war jedes freie Stück Wand zugekleistert mit Plakaten, Ankündigungen und Probenplänen. Nur eine Tür stand offen. *Intendanz Sekretariat* stand auf dem Schild.

Trotz der Anweisungen Atasoys saß Virginia Escarate-Davila hinter ihrem Schreibtisch, zuverlässig wie ein Schweizer Uhrwerk.

»Das Sekretariat ist geschlossen«, sagte sie ohne aufzusehen, während ihre Fingernägel im Stakkato auf der Tastatur herumhämmerten.

Wie am Abend zuvor sah sie blendend aus. Hätte Beppo dem gestrigen Gespräch nicht vom Gebüsch aus lauschen müssen, dann wäre ihm sicher nicht entgangen, dass sie die Pastellfarben ihrer Garderobe über Nacht durch graue Farbtöne mit vereinzelten schwarzen Akzenten ersetzt hatte, was wohl ihre Trauer zum Ausdruck bringen sollte.

»Mein Name ist Sebastian Vogel«, stellte Beppo sich vor, »ich habe ein paar Fragen an Sie.«

Virginias graublaue Augen lösten sich vom Monitor. Die Zeit schien für einige Sekunden stehen zu bleiben, als sie Beppo fixierte. Ja, der Privatdetektiv hatte den Eindruck, dass sie sich erst jetzt, in diesem Moment, seiner Anwesenheit wirklich bewusst wurde.

»Ich bin bereits von der Polizei befragt worden«, sagte sie überrascht.

»Elmar schickt mich«, sagte Beppo, »im Auftrag des Teatro Arlecchino.«

»Ach, Elmars Privatdetektiv«, sagte sie ebenso freundlich wie unverbindlich. »Der, der Sigrid von Schnackenbergs Unschuld beweisen möchte.«

»Niemand Geringeres.«

»Herr Vogel, es tut mir leid, aber wir müssen unser Gespräch verschieben. Hier bricht alles zusammen, seit Hagen tot ist. Ich habe einen Berg von E-Mails abzuarbeiten, wie Sie sich wahrscheinlich vorstellen können.«

Hartnäckig blieb Beppo in der Tür stehen. So leicht ließ er sich nicht verscheuchen.

»Sie führen doch bestimmt Buch über seine Termine. Also wer hier gestern alles ein und aus gegangen ist.«

»Natürlich.«

»Könnte ich diese Liste haben?«

»Na gut«, seufzte sie, »ich drucke Ihnen die Termine aus. War's das?«

Noch ehe sie ausgesprochen hatte, war die betreffende Datei gefunden, der Kurzbefehl auf der Tastatur gedrückt und das Papier schob sich vor Beppo aus dem Laser-Jet. Er überflog die Liste. Am Vormittag das Gespräch mit Elmar, um Viertel vor acht das Treffen mit Siggi, bei dem die Kooperation mit dem Teatro Arlecchino beendet wurde. Also leider keine Neuigkeiten.

»Was hat Zachersky gestern in der restlichen Zeit gemacht?«, fragte Beppo.

»Gearbeitet. Vor allem an seiner neuen Inszenierung, nehme ich an. Wissen Sie, Hagen war ein Schreibtischtäter, der alle seine Ideen wie am Reißbrett plante, bevor er in den Probenprozess einstieg. Er war ein Perfektionist.«

»Ich dachte, er hat die gesamte Belegschaft entlassen?«

»Das macht er doch nicht selbst, Herr Vogel«, erklärte sie und hielt einen Moment kopfschüttelnd inne. »Tarik und Rita…« Erneut schüttelte sie lächelnd den Kopf. »Verzeihung, Herr Vogel, wir sind beim Theater alle per Du. Ich meine natürlich, Herr Atasoy und Frau Degenhorst, die beiden haben diesen Verwaltungsakt durchgeführt.«

»Einen Verwaltungsakt?«

»Ja, einen Verwaltungsakt.«

»Und warum hat er dann Siggi persönlich vorgeladen?«

»Das hat natürlich eine andere Tragweite. Und Hagen war Theatersport von Beginn an ein Dorn im Auge. Vermutlich hat er es deshalb zur Chefsache erklärt.«

»Was war Hagen Zachersky für ein Chef?«

»Hagen? Wissen Sie, wenn ich nicht mit exzentrischen Menschen umgehen könnte, dann wäre ich am Theater falsch. Er hatte sehr genaue Vorstellungen.«

»Worin genau besteht eigentlich die Arbeit eines Intendanten?«

»Er leitet das Haus. Die Aufgaben sind vielfältig: Verwaltung, Kooperation mit der Presse, Koordination der verschiedenen Bereiche des Hauses, Generierung von Drittmitteln, Entwicklung eines künstlerischen Profils und vieles mehr. Er ist der Kapitän, der die Richtung des Schiffes bestimmt. Hagens Schwerpunkt war der künstlerische Aspekt seiner Arbeit. Die hat er mit großem Elan betrieben.«

»Haben Sie irgendeine Auffälligkeit beobachtet? Irgendetwas, was sich an seinem Verhalten verändert hat?«

Sie überlegte kurz, dabei wanderte ihr Blick zu einer angelehnten Tür, die Beppo bisher nicht aufgefallen war.

»Ich kenne ihn ja erst seit Kurzem«, sagte sie, »er hat sich sehr zurückgezogen, hat viel gearbeitet. Vor allem alleine an seinem Schreibtisch. Und er sah schlecht aus. Wenn Sie mich fragen, dann stand er unter Stress.«

»Wie äußerte sich das?«

»Er wirkte fahrig, unkonzentriert, ausgerechnet er, von dem man hörte, dass er früher immer als Erster ins Theater kam und als Letzter nach Hause ging.«

»Vielleicht saßen ihm die Kündigungen im Nacken?«

»Ja, mag sein.«

»Kein Mensch hat Zachersky gezwungen, diesen Schritt zu gehen«, wandte Beppo ein.

»Da haben Sie natürlich recht.«

»Wissen Sie, was hinter dieser radikalen Maßnahme steckte?«

»Ich bin froh, dass mein Aufgabenbereich genauer definiert ist als der eines Intendanten; in die künstlerischen Belange mische ich mich gar nicht erst ein. Aber es ist üblich, dass ein Intendant nach seinem Antritt das gesamte Ensemble austauscht. Das gehört zum nomalen Prozedere.«

»Ist Ihnen gestern sonst noch etwas aufgefallen? Ein Besuch außer der Reihe oder so etwas?«

»Lassen Sie mich überlegen.« Virginia legte ihren Finger auf ihr Kinn. »Doch, am Nachmittag war Kurt Gollnisch da.«

»Dieser Liedermacher?«

Beppo erinnerte sich gut an den großen Mann mit dem kahlen Kopf.

»Ja genau. Nachdem er mit dem Zug aus Dresden angekommen war, wollte er bei mir die Schlüssel fürs Hess abholen.«

»Was für ein Hess?«, fragte Beppo.

»Das ist unser Gästehaus; es liegt nur ein paar hundert Meter die Straße runter. Dort gibt es neben zwei Probebühnen einen Flur mit mehreren Zimmern für Mitarbeiter, die nur vorübergehend in der Stadt sind. Wie auch immer, er fragte, ob er Hagen kurz begrüßen könne. Eigentlich mochte Hagen keine Störungen, wenn er arbeitete, aber für seinen alten Freund machte er eine Ausnahme. Am Ende war Gollnisch über eine Stunde bei Hagen im Büro.«

»Reichlich lange für ein kurzes Hallo«, wunderte sich Beppo. »Über was haben die beiden denn so lange geredet?«

»Die beiden haben vermutlich gleich den morgigen Abend besprochen. Gollnisch hat schon die ganze Zeit davon geredet, während er hier bei mir wartete, bis Hagen ihn hineinbat. Es war ihm sehr wichtig.«

»Ich verstehe. Und sonst war niemand bei ihm?«

»Ich bin natürlich ständig im Haus unterwegs. Immer gibt es irgendwo etwas zu besprechen, zu überbringen, zu begutachten. Solange ich aber auf meinem Platz sitze, bekomme ich alles mit. Wer zu Hagen wollte, musste ja durch mein Vorzimmer.«

»Ach, dann führt die angelehnte Tür dort direkt zu Zacherskys Büro«, bemerkte Beppo betont unaufgeregt. »Ist denn der Tatort noch gar nicht versiegelt?«

»Es ist der einzige Zugang. Die Herren von der Spurensicherung sind schon den ganzen Morgen da drin.«

Beppos Sinnesorgane waren mit einem Mal hellwach. Während er weiter mit der Sekretärin plauderte, versuchte er sich in Zeitlupe in Richtung der Türöffnung vorzuarbeiten, die verheißungsvoll wie ein unausgepacktes Weihnachtsgeschenk auf ihn zu warten schien. Bevor er jedoch einen Blick auf den Tatort erhaschen konnte, kam ein junger Mann aus dem Zimmer, der in einem weißen Overall steckte. Er schnaufte einmal tief durch, bevor er sich mit einem Taschentuch den Schweiß von der Stirn tupfte und hinter sich die Tür zuschlug. Beppo stöhnte. Zu langsam.

»So, der zweite Teil des ersten Angriffs ist fast durch, Fräulein Karate«, sagte der Mann, der mit seinen glatt rasierten Wangen von einem Abiturienten kaum zu unterscheiden war.

»Escarate«, korrigierte die Sekretärin ohne vom Bildschirm aufzublicken, dem sie sich augenblicklich wieder gewidmet hatte.

Der Jüngling schien für einen Augenblick wie aus der Bahn geworfen. Schnell versicherte er sich durch einen Blickkontakt mit Beppo einer Komplizenschaft unter Kerlen, bevor er ein unverständliches »Wie auch immer« murmelte.

»Wo haben Sie denn zum zweiten Mal angegriffen?«, fragte Beppo.

Ihm war das Fachchinesisch natürlich noch aus seiner eigenen Zeit bei der Polizei geläufig. Genauso gut wusste er aber auch, wie gerne Polizisten ihren Beruf erklärten, gerade Berufsanfänger.

»Zweiter Angriff heißt Spurensicherung«, sagte der auch sogleich.

»Und damit sind Sie jetzt fertig?«

»Leider noch nicht ganz, aber ich mach mal Pause.«

»Darf ich Ihnen eine Zigarette anbieten?«, fragte Beppo.

»Eigentlich nicht mehr. Hab aufgehört. Wobei heute ...«

Die halbvolle Schachtel steckte immer in Beppos Jacketttasche. Für Notfälle. Wollte man jemanden zum

Sprechen bringen, gab es nichts Besseres, als ihm etwas für den Mund anzubieten. So manches Schloss hatte er auf diese Weise wie durch ein Wunder bereits geöffnet. Und dieser Polizist hier schien jung genug zu sein, um sich nicht mehr an Beppos eigene Zeit bei der Polizei zu erinnern.

Virginia Escarate-Davila hüstelte energisch.

»Draußen«, sagte sie entschieden und wies aus dem Fenster.

Olga Biesinger schaltete den Wasserkocher an, der mit etwa zehn Sekunden Verzögerung ohrenbetäubend zu rauschen begann. Was war der Grund für ihren wütenden Abgang im Foyer gewesen? Um das herauszufinden, war Elmar die Holzstiegen hinaufgestiegen, vorbei an der Gipsbüste von Goethe im ersten Stock bis in die Maske ganz oben unter dem Dach. Aus dem Fenster hatte man eine gute Sicht auf das Dach des Foyers ein Stockwerk tiefer, das wie ein Innenhof im Zentrum des Gebäudekomplexes lag und die angrenzenden Büros und Besprechungsräume mit Licht versorgte. Von den Mitarbeitern des Hauses wurde es als Raucherbalkon in den Probenpausen genutzt.

»Mein lieber Schwan, Olga, denen hast du aber gezeigt, dass mit dir nicht gut Kirschen essen ist.«

»Die alte Olga kann es noch.«

Erneut gluckste die Maskenbildnerin ihr Seehundlachen. Sie blickte in den Spiegel, schob sich eine der wasserstoffblonden Haarsträhnen hinters Ohr und seufzte.

»Das ist das Schreckliche am Altern: Der geringste

Anflug von Freude – und du siehst zerknittert aus wie eine alte Zeitung.«

Sie ließ sich schwerfällig auf der abgewetzten Chaiselongue nieder, über der ein riesiges neonpinkes Elchgeweih von der Decke baumelte. Sie nach ihrem wahren Alter zu fragen, hätte Elmar nie gewagt, er schätzte Olga auf höchstens Mitte fünfzig, wusste aber auch, wie sehr sie es liebte, mit dem eigenen Verfall zu kokettieren.

Elmar selbst hatte auf einem der höhenverstellbaren Schminkstühle Platz genommen. Der Raum war nur wenige Meter breit, dafür lang wie ein Schlauch. An der rechten Wand war eine Spiegelfront installiert, vor der sich auf einem Bord Bergketten von Haarspray- und Kunstblutdosen, Wimpernklebern, Naturhaarpinseln und anderen Schminkutensilien entlangzogen. Kugelrunde Lampen schufen eine blendfreie Beleuchtung. Ansonsten war bis unter die Decke jede verfügbare Fläche des Raumes zugehängt mit Perücken, Masken, ausgefallenen Hüten und Haarteilen, Erinnerungen, die der Regentin des kleinen Königreiches unter dem Dach zu kostbar schienen, um sie einfach wegzuwerfen.

»Du bist sehr aufgebracht, Olga.«

»Das kann man wohl sagen. Im dreizehnten Jahr entlassen zu werden – eine bodenlose Unverschämtheit!«

Sie hielt inne, wobei sie Elmar genau betrachtete. Mit einem Mal wurde ihm unwohl unter ihrem Blick, der sein Gesicht abtastete wie ein Scanner.

»Was muss ich denn da sehen«, sagte sie bestürzt. »Elmar! Hase! Das ist ja beinahe eine Monobraue.«

Sie stand vom Sofa auf, kam auf ihren Crocs herübergeschlurft, legte den Finger an Elmars Kinn und schob seinen Kopf damit hin und her wie einen willenlosen Kürbis.

»Wann ist denn in diesem Gesicht das letzte Mal richtig aufgeräumt worden?«

Mit routiniertem Griff langte sie in ihrem Brustbeutel nach einer Pinzette. Als sie ansetzte und zog, durchfuhr es Elmar kurz und stechend.

»Auch wenn wir im künstlerischen Bereich arbeiten, sollten wir doch wie jeder andere das Recht haben, uns eine Heimat aufzubauen. Nicht jeder Künstler ist ein Wandervogel.«

Elmar hätte zustimmend genickt, gab sich jedoch alle Mühe, bewegungslos sitzen zu bleiben und nicht vor Schmerz zu schreien, während Olga Härchen um Härchen aus seiner Glabella zupfte.

»Im dreizehnten Jahr, ein Jahr vor der Unkündbarkeit. So was finde ich einfach nur link.«

Sie hielt kurz in ihrer Behandlung inne.

»In letzter Zeit hört man das immer wieder von den großen Häusern. Sie mögen von Kunst reden, von Idealen, aber im Grund geht es den Herren von der Intendanz doch vor allem ums Geld. Die Kasse muss stimmen und da trennt man sich eben lieber von langjährigen Mitarbeiterinnen und engagiert dafür irgendwelche Häschen direkt von der Berufsschule. Für die stellt ein Festvertrag alleine schon einen halben Lottogewinn dar. Beim Kleingedruckten schaut so eine Zuckerfee dann mit Sicherheit nicht genau hin, wenn sie es denn überhaupt lesen kann. Schlimm für uns Professionelle. Erfahrung wird einfach nicht mehr wertgeschätzt.«

»Und wie geht es für dich weiter?«, fragte Elmar mitfühlend.

»Was weiß ich. Für eine neue Festanstellung bin ich wohl zu alt. Außerdem will mich bei meinen Gehaltsvorstellungen sicherlich kein Haus. Als ich hier angefangen habe, hatte ich gehofft, dass das Tingeln als Selbstständige von Filmset zu Filmset endlich ein Ende haben würde. Der familiäre Charakter dieses Landestheaters, das hat mir gefallen. Ich habe mich hier wohlgefühlt, aber mir bleibt nichts anderes übrig, als erneut in den Reigen einzusteigen.«

»Aua!«

»Stell dich nicht so an.«

»Du tust mir weh!«

»Hase, diesen Schmerz erwartet ihr Männer von Frauen an weitaus empfindlicheren Körperregionen.«

»Hast du denn gar kein Mitleid, Olga?«

»Wenn es jemand nicht besser verdient, nein!«

»Du spielst doch nicht etwa auf Zachersky an?«

»Hase, niemand hat einen solchen Tod verdient. Selbst der Zachersky nicht. Aber es fällt mir gar nicht so leicht, aufrichtiges Mitleid zu empfinden.«

»Mutige Worte, Olga. Noch hat sich die Polizei nicht auf einen Verdächtigen festgelegt, soweit ich weiß.«

»Okay, ich bin stinksauer. Und Zacherskys Tod verschafft mir eine gewisse Genugtuung. Aber wie du siehst, führt nicht mal die Ermordung eines inkompetenten Intendanten dazu, dessen Entscheidungen zu überdenken. Die Welt ist schlecht, aber manchmal ist sie noch schlechter.«

Anscheinend war sie mit ihrer Behandlung fertig, denn sie betrachtete mit erhobener Pinzette ihr Werk. Ein letztes Mal setze sie an, um eine besonders störrische Borste herauszurupfen. Elmar rieb sich die Nasenwurzel.

»So, das hätten wir. Mach dir um mich keine Sorgen; ich komme schon klar. Ich stehe mit beiden Beinen im Leben, ich bin mobil und mich braucht niemand außer ich mich selbst. – Besonders schlimm ist es für die Schauspielerinnen. Als Frau findest du in der Branche nicht so leicht ein neues Engagement, ganz besonders, wenn du Kinder hast. Was alleine so ein Umzug in eine andere Stadt kostet. Aber von den jungen Dingern wird das einfach erwartet. Dass der Zachersky nicht einmal bei Alleinerziehenden eine Ausnahme gemacht hat, finde ich einfach nur link.«

Olga schlurfte zurück zu ihrem Sofa, fläzte sich in die Kissen und schüttelte ihre Crocs ab. Ihre Füße steckten in selbst gestrickten Wollsocken.

»Hand aufs Herz, Olga. Wer ist es gewesen?«

»Ach Elmar, Darling, das werde ich dir gerade auf die Nase binden, nachdem du im letzten Sommer mit deiner Detektivarbeit das ganze Theater schalou gemacht hast.«

»Wir haben immerhin einen Mörder überführt.«

Olga schnaubte so fest, dass sich ihre Nüstern zu gigantischer Größe aufblähten.

»Wo warst du denn gestern Abend, Olga?«

Das Lachen brach aus ihr heraus, wie gestautes Wasser aus einem porösen Staudamm.

»Elmar, du bist köstlich, Hase, wenn ich dich nicht besser kennen würde, wäre ich jetzt beleidigt. Aber nein, ich habe beim Abstecher in Balingen die Maske betreut. Schauspielerinnen gepudert, Perücken gesteckt, falsche Bärte geklebt, Tränen getrocknet – was man eben so macht als Maskenbildnerin.«

»Und wann seid ihr zurückgekommen?«

»Ich weiß es gar nicht mehr ganz genau. So gegen Mitternacht.«

»Zu spät, um noch irgendetwas Auffälliges beobachtet zu haben …«, sagte Elmar mehr zu sich selbst.

Olga rutschte auf dem Sofa hin und her, bis ihre Socken unter ihrem Gesäß verschwanden.

»Also, Elmar«, sagte sie, »mal angenommen, also wirklich nur mal angenommen, ich wüsste irgendetwas – was würde ich wohl tun?«

Elmar zuckte mit den Schultern.

»Ich würde mich hier auf diesem Sofa zurücklehnen, eine Tasse Tee schlürfen und die Genugtuung genießen, dass sich die Männerwelt mal ordentlich abstrampeln muss, um einen ihrer Artgenossen zu Fall zu bringen.«

Sie lachte, es klickte, das Rauschen stoppte, das Wasser blubberte nur noch leise vor sich hin.

»Ah, endlich«, sagte Olga und schwang sich von ihrer Chaiselongue, »die Wasserkocherin.«

Strumpfsockig marschierte sie hinüber in ihre Teeecke.

»Was darf ich dir anbieten, Hase? Darjeeling oder Grüntee?«

Der Raucherhof inmitten des Gebäudekomplexes wurde zur Hälfte von einem spitzgiebeligen Glasdach ausgefüllt, durch das Licht bis in das darunterliegende Foyer fallen konnte. Ein wenig erinnerte es Beppo an die Pyramide vor dem Louvre, nur in einer deutlich kleineren, deutlich schwäbischeren Variante. Auf der anderen Hälfte standen einige überfüllte Aschenbecher sowie ein ausgebleichter Sonnenschirm. Hinter dem gläsernen Dachfirst konnte Beppo Virginia in ihrem Büro entdecken. Obwohl er mit dem Polizisten in den Gängen des Theaters lange unterwegs gewesen war, waren sie letztlich beinahe im Kreis gelaufen. Die Sekretärin arbeitete wieder emsig. Die Fenster daneben mussten zum Büro des Intendanten gehören, kombinierte Beppo. Sie waren geschlossen.

Der junge Polizist neben ihm saugte mit geschlossenen Augen das Nikotin in sich hinein. Um keinen Argwohn zu erregen, nahm sich Beppo seinerseits auch eine Kippe aus der Schachtel, hielt sie jedoch noch unangezündet zwischen den Fingerspitzen. Hier würde ein wenig Trickserei von Nöten sein.

»Ich bin Schauspieler«, erklärte er deshalb, »und habe demnächst ein Casting für eine Rolle beim *Tatort*.«

Wie erwartetet ließ der Jüngling von der Spurensicherung einen Laut der Verachtung hören.

»*Tatort*? Das hat doch mit echter Polizeiarbeit nichts zu tun.«

»Eben deshalb wollte ich mich mit Ihnen unterhalten«, sagte Beppo. »Mich stört es nämlich auch, dass immer so viele Abläufe falsch dargestellt werden. Man merkt einfach, wenn die Darsteller noch nie an einem echten Tatort waren. Die Authentizität fehlt.«

»Da haben Sie aber wirklich recht.«

»Als Schauspieler muss man wissen, wie es dort aussieht, welche Geräusche zu hören sind, wie es riecht.«

»Tatsächlich. Das wusste ich gar nicht.«

»Gäbe es denn die Möglichkeit«, fragte Beppo, »dass ich mal einen klitzekleinen Blick hineinwerfe?«

»Oh nein, das ist ausgeschlossen. Da haben wir unsere Vorschriften«, antwortete der junge Polizist beinahe erschrocken. »Und unter uns: Ich würde es Ihnen auch nicht empfehlen. Das da drin ist eine echte Sauerei. Alles voller Blut. Nichts für Amateure.«

Es läuft leichter als gedacht, stellte Beppo mit Genugtuung fest.

»Wie halten Sie das nur aus?«, fragte er weiter.

»Harte Nummer heute. Jemand muss mehrfach auf den Toten eingeschlagen haben.«

»Nach so kurzer Zeit können Sie das schon sagen? Sie sind ja ein echter Profi.«

»Na ja«, wiegelte der Mann ab, »ich bin noch gar nicht

lange bei der Spurensicherung. Das eine oder andere kann ich aber schon erkennen.«

»Sie ziehen aus der Verteilung des Blutes Rückschlüsse auf die Art des Mordes?«

»Na klar. Hätte der Täter nur einmal zugeschlagen, dann wäre aus dem Schädel eine saubere Blutlache ausgetreten und über das Parkett gelaufen. Aber das Blut war überall. Auf dem Schreibtisch, an der Wand, auf den Büchern. Solche Spritzer entstehen dann, wenn der Täter ein weiteres Mal in eine bereits blutende Wunde trifft. Das ausgetretene Blut bleibt am Schlaginstrument kleben und verteilt sich bei jedem Ausholen im Zimmer. Ein richtiges Spritzmuster.«

»Wie Sie das so erzählen«, sagte Beppo mit Bewunderung in der Stimme, »so ganz emotionslos. Das muss ich mir unbedingt für meine Rolle merken.«

Sein Gegenüber lächelte geschmeichelt.

»Ach wissen Sie, das ist halt mein Job.«

»Hoffentlich werde ich am Set nicht ohnmächtig, wenn ich das Kunstblut sehe«, ermutigte Beppo den jungen Mann in dem weißen Overall. »Ist der Tote denn an diesen Verletzungen gestorben?«

»Vermutlich. Ich tippe auf eine heftige Impressionsfraktur am Hinterkopf mit Einblutungen ins Gehirngewebe.«

»Impressionsfraktur? Wie Sie sich ausdrücken können!« Beppo riss beim Sprechen die Augen weit auf, um sein Erstaunen zu unterstreichen. »Für mich klingt das alles nach böhmischen Dörfern.«

»Jaja, ein gewaltiger Schädelbruch. Gar nicht lustig. Bei einem Schlag alleine wäre das Opfer möglicherweise nur handlungs- und bewegungsunfähig geworden, aber so wie der draufgedroschen hat, wollte er die Sache endgültig erledigen.«

»Und was bedeutet das für Ihre Ermittlungen?«

»Es müssen heftige Emotionen im Spiel gewesen sein, wenn ein Täter noch weiter zuschlägt, obwohl das Opfer schon bewusstlos auf dem Boden liegt, also total irre. Wir können auch gar nicht mehr sagen, welches der erste Schlag war, dafür ist es einfach zu viel Matsche. Wollen Sie eigentlich noch irgendwann mit dem Rauchen anfangen?«

Beppo hatte die Zigarette in seinen Händen vollkommen vergessen. Schnell steckte er sie an. Der Blick seines Gegenübers wurde argwöhnisch, als er Beppos jämmerliche Versuche beobachtete, beim Ziehen so wenig Rauch wie möglich in seine Lunge gelangen zu lassen.

»Was für Menschen machen so was nur?«, lenkte Beppo zurück auf sein Thema.

»Das können Sie laut sagen, eine Riesensauerei! Ansonsten gibt der Tatort nicht viel her. Typische Mischspuren. Der reinste Taubenschlag. Es lohnt sich eigentlich gar nicht, Fingerabdrücke zu nehmen, von DNA-Proben ganz zu schweigen. Aber vielleicht finden wir ja etwas auf der Tatwaffe.«

In diesem Augenblick öffnete sich das Fenster des Intendantenbüros.

»Herr Vogel«, ertönte eine Beppo wohlbekannte Reibeeisenstimme, »was machen Sie denn hier?«

Beppo erwog wegzulaufen, aber bevor er einen geeigneten Fluchtweg ausmachen konnte, war Kommissar Baumann bereits ungelenk aus dem Fenster geklettert und kam zu ihnen herüber. Es war nicht leicht für seinen ehemaligen Vorgesetzten, sich an dem pyramidenförmigen Glasdach vorbei zu manövrieren, dem er sein Übergewicht lieber nicht anvertrauen wollte. Breitbeinig baute er sich vor Beppo zu seiner vollen Größe auf.

»Pfuschen Sie etwa schon wieder in meiner Ermittlungsarbeit herum?«, fragte Baumann wie ein Keiler im

Angriffsmodus. »Worüber haben Sie beide sich denn unterhalten?«

Glücklicherweise schien Beppos Informant bereits zu dämmern, in welch missliche Lage er sich mit seiner allzu losen Zunge gebracht hatte.

»Der Herr hier war so freundlich, mir eine Zigarette anzubieten, während ich ein wenig Pause mache«, erklärte er schnell. »Das ist doch nicht verboten, Herr Baumann.«

»Für Sie immer noch Kommissar Baumann, Rögge.«

»Entschuldigen Sie, Kommissar Baumann.«

»Hat er Sie über den Mord ausgefragt?«

»Nein, hat er nicht«, antwortete Beppo prompt. »Was hätte ich auch dazu sagen sollen?«

»Wie meinen?« Baumann fuhr herum.

»Ich meine, dass ich ja nichts zu dem Mord sagen kann«, erklärte Beppo sanft, »weil es ja Herr Rögge ist, der die Spuren am Tatort aufnimmt.«

»Sie hat doch keiner gefragt, Vogel!«, kläffte Baumann unwirsch.

»Privatdetektiv Vogel, wenn ich bitten darf.«

»Wir haben nur ein wenig geplaudert«, schaltete sich jetzt auch Rögge wieder ein. »Ich habe ihm erklärt, mit wie viel Unverstand die beim *Tatort* …«

»Sie plappern entschieden zu viel, Rögge. Nur damit wir uns da ein für alle Male richtig verstanden haben: Kein Wort zu Zivilisten, solange der Fall nicht abgeschlossen ist.«

»Natürlich, Kommissar Baumann.«

»Und jetzt zu Ihnen, Vogel.«

»Privatdetektiv«, sagte Beppo und fixierte Baumann.

»Was?«

»Privatdetektiv Vogel.«

»Wollen Sie mich auf den Arm nehmen?«, knurrte der Kommissar.

»Oh nein, Herr Baumann, das ist meine Berufsbezeichnung. Eingetragenes Gewerbe.«

»Sie finden sich wohl besonders witzig. Ich will Ihnen jetzt mal was sagen, Sie Spaßvogel. Wenn Sie wieder in meiner Mordermittlung herumpfuschen, dann werden Sie mich aber kennenlernen.«

»Danke, ich hatte bereits das Vergnügen.«

»Ich sorge dafür, dass Ihnen Ihre Lizenz aberkannt wird, wenn Sie nicht augenblicklich Land gewinnen.«

»Schade, ich wollte Ihnen gerade meine Hilfe anbieten.«

»Haben Sie heute einen Clown gefrühstückt?«

»Ich dachte nur, dass Sie interessiert daran sein könnten, wenn ich über weitere Informationen verfüge.«

»Die Polizei hat die Lage absolut im Griff.«

»Also dann nicht«, sagte Beppo und wandte sich zum Gehen.

»Verschwinden Sie!«

»Ihr letztes Wort? Na dann. Einen wunderschönen Tag noch, Herr Baumann.«

Beppo warf die noch brennende Zigarette schwungvoll in den Aschenbecher, zumindest hatte er auf den Aschenbecher gezielt, traf jedoch so gegen den Zigarettenberg darin, dass die Kippe wie ein Kiesel über den Rand hüpfte. Er beugte sich hinunter, um sie aufzuheben, blieb eine Weile gebückt stehen, kniff die Augen zusammen, ließ einen kurzen Pfiff hören und erhob sich wieder. Mühsam unterdrückte er ein Grinsen. Das hier lief einfach zu glatt.

»Macht nichts, wenn es etwas schneller geht, Vogel!«

»Privatdetektiv, Herr Baumann«, flötete Beppo beim Fortgehen, »Privatdetektiv!«

Kaum im Treppenhaus, sprintete er eine Etage nach oben und versteckte sich im Flur, der zur Schneiderei und in die Maskenabteilung führte. Wenig später trampelte Axel Baumann die Treppe nach unten. Wie Beppo es erhofft hatte, kam Rögge erst nach einer Weile hinterhergeschlichen.

»Psst Rögge«, sagte Beppo, während er die Treppe herunterkam, »warte mal kurz.«

»Sie haben mich ja ganz schön reingelegt«, sagte Rögge vorwurfsvoll.

»Kommt nicht wieder vor«, entschuldigte sich Beppo. »Schau doch mal auf dem Boden neben dem Aschenbecher. Du wirst einen Blutstropfen finden. Zwei weitere befinden sich übrigens auf dem Weg zu dem Ausgang, durch den wir gerade gekommen sind. Ich möchte wetten, der Mörder ist durch das Fenster übers Dach geflohen und dann hier durch die Tür ins Theatergebäude.«

»Aber das Fenster war von innen verschlossen«, wunderte sich der junge Polizist.

»Da haben wir jetzt was zum Nachdenken.«

»Wann haben Sie das …?«

»Man muss eben die Augen offen halten.«

»Vielen Dank, Herr Privatdetektiv.«

»Nichts zu danken. Nenn mich Beppo.«

»Ich heiße Björn.«

»Alles klar, ich mache dann mal die Biege.«

Lächelnd blickte Beppo dem Jungbullen hinterher, wie der seinem Leitstier die Treppe nach unten folgte. Sein Plan war aufgegangen, nicht nur hatte er Einblicke in die Ermittlungsergebnisse der Polizei erhalten, nein, er hatte noch Björn Rögge aus der Patsche helfen und ihm genügend Material an die Hand geben können, um seinen Fauxpas wieder auszubügeln. Der gute Björn wird sich bei Gelegenheit erkenntlich zeigen, dachte Beppo. Dafür verwette ich meinen Bauwagen.

Eine Tasse Tee alleine hatte nicht ausgereicht, als dass Olga all ihren Frust über die Unmenschlichkeit des Theaterbetriebes hätte loswerden können, über die Männerwelt ganz zu schweigen. Aber irgendwann wurde es Elmar zu bunt. Es war ja auch noch ein Mord geschehen. Der Weg nach draußen führte ihn durch das italienische Lokal, die Theaterkantine, in der sich Zuschauer, Künstler und andere Theatermitarbeiter zwanglos vor oder nach den Vorstellungen mischen und bei Pizza und Pasta über die Inszenierungen philosophieren konnten. Jetzt waren die Tische verwaist. Thien, Pächter und Kellner in einer Person, stand hinter dem Tresen auf einer Klappleiter, deren oberste Sprosse jedoch immer noch nicht ausreichte, als dass der Vietnamese die Tafel über dem Spirituosenbord erreichen konnte. Auf Zehenspitzen schrieb er mit Neonschrift auf ihr die Empfehlung des Tages.

»Morgen Thien«, begrüßte ihn Elmar.

Der Kellner ließ einen kurzen Schrei im Falsett hören, der wohl Erschrecken darstellen sollte, drehte sich auf dem Tritt um die eigene Achse, wedelte genüsslich mit den Armen, bis er sein Gleichgewicht wiedergefunden hatte, und lächelte dann breit zu Elmar hinunter.

»Du hast mich beinahe zu Tode erschreckt, Elmar.«

»Nicht lustig, Thien.«

»Wie du meinst. Na, undercover hier?«

Durch das hautenge Oberteil des Kellners schimmerte ein tätowierter Adler im Sturzflug.

»Ich schaue mich nur ein wenig um.«

»Schon etwas herausgefunden?«

»Nichts von Bedeutung. Gibt es etwas, was du mir sagen möchtest, Thien?«

»Bestell das Tagesgericht«, sagte der Kellner, klopfte mit dem Farbstift gegen die Tafel und schaute zu dem Musiker hinunter.

»Grundgütiger, Elmar«, rief er überrascht aus, »du hast dir doch nicht etwa die Brauen machen lassen?!«

»Ich rede von dem Mord«, sagte Elmar, ohne auf die Ablenkung einzugehen.

»Elmar, ich war den ganzen Abend hier und habe bedient. Du kannst Elena fragen, wenn du mir nicht glaubst, aber das tust du doch, nicht wahr?«

Er klimperte mit den Augenlidern, bevor er sich wieder der Tafel zuwandte und mit schwungvoller Geste eine geschlängelte Linie unter das Tagesgericht setzte. *Pizza Calzone* und als vegetarische Alternative *Spaghetti Puttanesca.*

»Findest du das nicht ein bisschen pietätlos?«, fragte Elmar.

»Pietätlos?«, äffte Thien arglos zurück. »Dass ich ein Alibi habe?«

»Nein, dass du heute im Lokal Unterhosen und Spaghetti nach Hurenart servierst, während ein Stockwerk über dir noch nicht einmal der Tatort gereinigt ist.«

Ertappt wippte der Kellner auf seinen Fußballen. Er grinste spitzbübisch.

»Ich wusste gar nicht, dass du Italienisch sprichst, du Tausendsassa.«

»Raus mit der Sprache. Was hat es mit Zachersky auf sich, dass du seine Ermordung hier mit einem Menü der besonderen Art feierst?«

Thiens zu dünnen Strichen gezupften Augenbrauen zogen sich wenige Millimeter zusammen. Die Stirn blieb glatt. Hatte der Kellner da etwa nachgeholfen?

»Wer hat behauptet, dass es um Zachersky geht?«, fragte Thien scheinheilig.

»Das habe ich eben mal so messerscharf kombiniert, schließlich scheint hier kaum jemand am Haus ernsthaft zu bedauern, dass er weg ist.«

»Weißt du Elmar«, sagte Thien, während er die Klappleiter nach unten kletterte, »wenn du mich fragst, dann war Zachersky gar nicht das wirkliche Problem.«

»Besonders menschlich ist es nicht, über Nacht alle Abteilungen des Theaters auszutauschen. Da muss ich Olga ausnahmsweise recht geben.«

»Olga«, sagte Thien und ließ seine Pupillen kreiseln wie Murmeln in einem Betonmischer, »diese Möchtegern-Miss-Schwarzer sieht doch den Bart vor lauter Haaren nicht. Zachersky war ein alter weißer Mann, und wenn du Olga fragst, dann sind alle alten weißen Männer böse, weil sie auf Frauen herabsehen und als Sexisten geboren wurden. Olga hat sich so vollständig auf Zachersky eingeschossen, dass sie die wirklichen Machtverhältnisse am Theater gar nicht mehr erkennt.«

»Wie meinst du das?«

»Na, es ist doch ein offenes Geheimnis, dass die Entscheidungen am Haus nicht von Zachersky getroffen wurden.«

»Hast du dafür Anhaltspunkte?«

»Also ich kann mich jedenfalls nicht erinnern, jemals etwas mit ihm verhandelt zu haben. Das machte doch alles der Kronprinz, damit sich der Alte seinen künstlerischen Ergüssen hingeben konnte.«

»Du meinst Tarik Atasoy, den Oberspielleiter?«

»Bravo, Elmar, dein Geistesblitz erhellt meine bescheidene Spelunke.«

»Du willst also andeuten, dass nicht Zachersky hinter den Entlassungen steht, sondern dieser Atasoy?«

»Er hat sie ja auch alle ausgesprochen. Warum sollte er nicht dahinterstecken?«

»Das würde in jedem Fall erklären, warum er sich heute der Belegschaft gegenüber so wenig diskussionsbereit gezeigt hat.«

»Eben.«

»Er war gestern hier essen, nicht wahr?«

»Ja, gemeinsam mit der Stewardess, genau«, sagte Thien.

»Du meinst Virginia vom Sekretariat?«, fragte Elmar genervt nach.

Er kannte das. Gespräche mit dem Kellner glichen einer Fahrt auf einer Vespa durch die Alpen.

»Erinnerst du dich, wann sie hier erschienen sind?«

»Das müsste ich über die Bestellungen leicht herausbekommen«, sagte der Vietnamese und lief hinter den Tresen zur Kasse, wo er eine Weile auf dem Touchscreen herumdrückte. »Aha, da habe ich's auch schon. Schau her, 20 Uhr 32 hat er eine Pizza LTT bestellt und sie den gemischten Salat mit Putenstreifen, aber ohne Zwiebeln, wie immer. Er hat sie übrigens eingeladen, falls das irgendwie wichtig sein sollte.«

»Hat er dich auch vor die Tür gesetzt?«

»Keine Chance!« Thien grinste breiter als die Honigkuchenkatze. »Der Pachtvertrag läuft noch drei Jahre. Da hat sich nicht mal unser Aladin rangetraut.«

Sobald Rögge außer Sicht war, ging Beppo wieder die Treppe nach oben. Er wollte Kommissar Baumann kein zweites Mal in die Arme laufen. Der Boden im Flur vor der Schneiderei glänzte an einigen Stellen noch feucht. Beppo folgte dem Gang, der sich am Ende zu einem offenen Raum mit einer kleinen Küchenzeile öffnete, in der für gewöhnlich die Schauspieler in ihren Probenpausen zu Tee, Kaffee und kleinen Knabbereien zusammenhockten. Jetzt steckte dort nur ein Wischmobb verkehrt herum in einem ansonsten leeren Putzeimer wie eine kümmerliche Palme. Beppo sah sich um. Er konnte niemanden entdecken. Die Tür zur Schneiderei war unverschlossen.

Innen hingen halbfertige Kostüme an rollbaren Kleiderstangen und harrten ihrer Vollendung. An jeder Stange klebte ein Klebeband, auf dem stand, für welches Stück sie bestimmt waren. Mit den Augen eines staunenden Kindes wanderte Beppo durch den großen Raum. Er nahm sich die Zeit, auch in den entlegensten Ecken nachzusehen, aber weder hinter den grell-originellen Tierkostümen für *Unsere kleine Farm* noch bei der Ansammlung aus Tank-Tops, Springerstiefeln und Camouflage-Hosen für *Othello* entdeckte er etwas Auffälliges. Er ging wieder auf den Flur, zurück zur Treppe, die er heraufgekommen war.

Links entdeckte er eine geschlossene Tür. Er probierte die Klinke, die Tür ließ sich öffnen. Hinter ihr ein kleines Zimmer, an dessen Wand sich Waschmaschinen und Trockengeräte übereinandertürmten. Natürlich, auch Kostüme mussten von Zeit zu Zeit gereinigt werden. Es war so still, dass Beppo das Blut in seinen Ohren rauschen hören konnte. Er drückte einen der Knöpfe. Die Tür der Waschmaschine sprang auf, die Trommel war jedoch genauso leer wie die der anderen Maschinen.

»Was machen Sie denn hier?«

Beppo fuhr herum. Eine hagere Frau war herangekommen, eine Frau, deren Nickelbrille ihre Pupillen auf die Größe von Froschaugen anschwellen ließ. In der Hand hielt sie Wischmobb und Putzeimer, so als wollte sie Krähen verscheuchen.

»Haben Sie draußen gewischt?«, fragte sie vorwurfsvoll.

Beppo schüttelte den Kopf.

»Jemand hat den halben Flur unter Wasser gesetzt und dann das ganze Geraffel einfach stehen gelassen. Unmöglich!«

»Ich suche auch jemanden«, druckste Beppo, »jemanden, der hier durchgekommen ist. Vielleicht waren es Blutspuren, die hier weggewischt wurden…«

Die Frau mit den Froschaugen schnappte nach Luft.

»Blutspuren«, sagte sie langsam. Dabei zog sie die Brauen hoch, sodass ihre Augäpfel noch größer wurden. »Wollen Sie damit sagen, dass der Mörder hier herumgelaufen ist?«

»Möglich.«

»Aber… Das ergibt doch überhaupt keinen Sinn, wenn man fliehen will.«

Sie schielte den Gang entlang, als könne der Mörder jeden Moment aus der Wand auftauchen.

»Kennen Sie sich hier aus?«

»Das ist mein Arbeitsplatz. Ich bin Gewandmeisterin.«

»Waren Sie gestern Abend auch da?«

»Gott bewahre, zum Glück nicht. Nicht auszudenken, wenn ich dem Mörder in die Arme gelaufen wäre. Die ganze Schneiderei war nicht besetzt. Die meisten waren auf Abstecher in Balingen.«

Beppo nickte und knibbelte an seiner Unterlippe.

»Ich weiß, es ist eine etwas seltsame Bitte, aber könnten Sie einmal nachschauen, ob bei den Kostümen etwas fehlt? Ich habe da so einen Verdacht.«

»Kommen Sie«, nuschelte die Frau und eilte in die Schneiderei, wo sie in einem atemberaubenden Tempo die Reihen der Kostümstangen durchsuchte.

An der zweiten Stange schien sie fündig geworden zu sein oder, besser gesagt, nicht fündig, denn sie schob die

Bügel hin und her, als suche sie unter Zeitdruck die richtige Größe beim Winterschlussverkauf.

»Tatsächlich«, rief sie schließlich fassungslos aus, »Jagos Mantel fehlt. Ich bin mir sicher, dass ich ihn gestern früh dort aufgehängt habe. Das kann doch nicht sein.«

Nach einer weiteren Runde um die Stangen schien sie sich sicher zu sein. Sie starrte Beppo aus stummen Froschaugen an.

»Können Sie mir den Mantel beschreiben?«, fragte der Privatdetektiv.

»Ein schwarzer Herrenmantel. Schlicht. Leicht tailliert, verdeckte Knopfleiste und schräge Einschubtaschen. Größe vierundfünfzig.«

»Wie groß muss ein Mensch sein, damit er in einen solchen Mantel passt?«

»Einen Meter zweiundachtzig«, sagte die Gewandmeisterin, ohne überlegen zu müssen. »Normale Konfektionsgröße. Mein Gott, der Mörder war wirklich hier. In unserer Schneiderei. Was für ein Albtraum!«

»Sehen Sie es von der positiven Seite«, sagte Beppo und dachte bekümmert, dass ihre Augen bestimmt platzen würden, sollten sie sich noch ein weiteres Mal vergrößern. »Wir haben jetzt einen Anhaltspunkt für unsere Suche. Fällt Ihnen ein mittelgroßer Mann ein, dem der Mantel passen könnte?«

Die Gewandmeisterin sank bleich auf einen Klappstuhl, ohne sich um die darauf liegenden Stoffreste zu kümmern, die links und rechts zu Boden segelten.

»Benno Scherer!«, sagte sie so laut, dass es schon eher ein Schreien war.

»Benno Scherer«, wiederholte Beppo, »wer ist das?«

»Einer unserer Schweißer. Ihm passt der Mantel bestimmt.«

»Wo finde ich ihn?«

»Wenn er nicht nach Hause gegangen ist, in der Schweißerei«, sagte sie matt.

»Hat er denn außer seiner Konfektionsgröße noch weitere Verdachtsmomente«, fragte Beppo, während er den Namen in sein Notizbuch kritzelte.

»Benno ist vorbestraft. Nicht wegen Mordes, aber wegen bewaffneten Raubüberfalls. Er leistet zwar hervorragende Arbeit im Kulissenbau, aber ansonsten zieht er sich von allem zurück. Er spricht selten ein Wort, im Lokal meiden alle anderen seinen Tisch. Und dieser Blick, mit dem er dabei seine Umgebung beobachtet – richtig gruselig.«

»Ist er denn von den Entlassungen betroffen?«

»Soweit ich weiß, ja.«

»Und ihm würden Sie also einen Mord zutrauen?«

»Ich will ihm jetzt nichts unterstellen«, entgegnete die Gewandmeisterin erschrocken, »aber … Mein Gott. Wenn er es am Ende wirklich getan hat?«

»Wo finde ich denn diesen Schweißer?«

»Sie gehen im Flur links an der Maske vorbei, dann die Treppe mehrere Stockwerke hinunter, dort, wo die Goethe-Büste steht, bis Sie im Keller sind. Nach rechts geht es dann direkt auf die Bühne, aber wenn Sie geradeaus gehen, durch das Kulissenlager, dann landen Sie in der Schweißerei.«

»Vielen Dank. Sie sind ein Engel.«

»Passen Sie bloß auf sich auf. Mit Benno ist nicht gut Kirschen essen.«

Beppo eilte durch das verschachtelte Treppenhaus des Theaters bis ins Kellergeschoss. Er hatte schon einmal den hinteren Bühnenbereich betreten, damals als er seinen letzten Mord aufgeklärt hatte. Der Weg durch das

Kulissenlager war dann aber doch ein Erlebnis für sich. Vier bordeauxrot bezogene Fauteuils mit vergoldeten Stuckbeinen, aufeinandergestapelt auf einem Tisch im selben Stil, daneben die überlebensgroßen Gliedmaßen eines Styropor-Elefanten, gefolgt von jeder Menge Wellblech, das zu gewaltigen Säulen zusammengerollt an der Wand lehnte, dazwischen die Reste einer Premierenfeier: ein Tischchen voller Pappbecher, in denen Zigarettenstummel schwammen. Der ohne Struktur ineinander verschachtelte Krempel ergänzte sich zu einer absurden Installation wie aus einem anderen Kosmos, die in der Schweißerei endete. Hier roch es metallisch, nach Isolierschlauch und kaltem Rauch. Es war so kalt, dass Beppo fröstelte.

»Is geschlossen«, erscholl eine Stimme aus einer Ecke, die vom Eingang nicht einsehbar war. Beppo ging weiter in den Raum hinein. Vor der Hobelbank saß ein Mann auf einem Metallstuhl. Er aschte in ein Auspuffrohr, das, auf eine Stahlplatte geschweißt, den Mittelpunkt einer kargen Raucherecke bildete.

»Benno Scherer?«, fragte Beppo geradeheraus.

»Anwesend.«

Beppo kam einige Schritte näher und setzte sich auf einen der freien Stühle. Die Kühle der Sitzfläche drang durch seinen Hosenstoff hindurch.

»Alle anderen sind schon heimgegangen …«, begann er vorsichtig, während er Benno Scherer genauer betrachtete.

Beppo konnte die Größe des grobschlächtigen Mannes im Sitzen nur abschätzen, aber tatsächlich schien er mittelgroß zu sein und er war auch nicht besonders dick. Höchstwahrscheinlich würde er hervorragend in einen Mantel der Größe vierundfünfzig passen.

»Bist du ein Bulle?«, fragte Scherer nervös.

Der Mann schien Alkohol auszuschwitzen. Sein aufgedunsenes Gesicht und die rötlich geschwollenen Augen verrieten, dass es sich dabei nicht um einen Umtrunk außer der Reihe gehandelt hatte.

»Nein, ich bin Beppo.«

»Scheiße«, antwortete der Schweißer erleichtert, »das war knapp. Wenn du ein Bulle wärst, hätte ich wieder Ärger an der Backe, weil ich meine Fresse nicht halten kann. Beamtenbeleidigung und so.« Er starrte vor sich hin auf den Betonboden. »Scheiß Bullen.«

»Hast wohl oft Ärger mit der Polizei?«, fragte Beppo, der vermutete, dass ein persönlicher Ton hier am meisten erreichen würde.

»Nich' mehr. Ich pass jetzt besser auf. Will nicht gleich wieder einfahren.«

Benno Scherer schaute Beppo mit glasigen Augen an. Er hob seinen Ellenbogen, um sich im Nacken zu kratzen.

»Wer biste denn eigentlich, wenn du kein Bulle bist?«

»Tut nichts zur Sache«, sagte Beppo. »Dass ich hier ein bisschen herumschnüffele, darf die Polizei unter keinen Umständen erfahren. Die sind nicht gut auf mich zu sprechen.«

Prompt knuffte der Schweißer den Privatdetektiv anerkennend gegen die Schulter. Beppo biss die Zähne zusammen. Das Eis war gebrochen, aber dieser Benno schien die Wucht seines Körpers nur bedingt beherrschen zu können. Nach einigen weiteren Versuchen, sich das Vertrauen des Mannes zu sichern, kam Beppo zur entscheidenden Frage:

»Was sagst du zu dem Mord an Zachersky?«

»Schlimm, was ihm passiert ist. Das wünscht man keinem.«

»War er ein guter Intendant?«

»Von der Kunst versteh ich ja nicht viel. Ich mach halt meine Arbeit. Aber so Studierte gucken halt auf unsereiner runter. Da war der Zachersky keine Ausnahme. Aber mich einfach auf die Straße zu setzen … Dabei muss er doch wissen, was das für einen wie mich bedeutet.«

»Was für einer bist du denn?«

»Ich bin im Bewährungsprogramm. Da muss man doch Rücksicht nehmen. Ich find doch so leicht nix.«

Benno Scherer wich Beppos Blick aus und fixierte den Auspuffaschenbecher.

»Und jetzt schnüffeln überall die Bullen im Haus rum. Ich weiß schon, wie das läuft. Da is' ein Mord und da is' ein Exknasti. Da muss ein Bulle nicht lange rechnen. Und an allem ist der Zachersky schuld. Hätte ich nich' von ihm erwartet, dass der mich rausschmeißt, von ihm am allerwenigsten.«

»Warum nicht?«, fragte Beppo. »Er hat schließlich alle anderen auch entlassen!«

»Der Zachersky hat doch selbst mal gesessen«, sagte Benno und schnippte seine Zigarette in den Aschenbecher, »so was verbindet doch.«

Beppo traf Elmar auf der Terrasse vor dem Lokal, wo der Musiker das Ende der Erstbestandsaufnahme bereits mit einer Tasse Espresso eingeläutet hatte.

»Und?«, fragte er, als Beppo sich zu ihm an den Tisch setzte.

Nach der Schweißerei im Keller war es hier draußen in erfrischender Weise lauwarm.

»Jede Menge Chaos, Elmar«, sagte Beppo mit vor Begeisterung strahlenden Augen. »Verschaffen wir uns erst mal einen Überblick. Wo fangen wir an?«

»Wie wäre es beim Mord?«

»Also gut.«

In knappen Worten fasste Beppo zusammen, was er über den Zustand des Tatorts berichtet bekommen hatte. Sein Notizbuch lag dabei vor ihm auf dem Tisch, ohne dass er hineinsehen musste.

»So wie es aussieht, haben wir es also mit einem Übermaß an Emotion zu tun«, erklärte er. »Ein Streit, wahrscheinlich auch ein Kampf. Denn wenn hinter dem Mord kalte Berechnung stecken würde, dann hätte der Mörder ja von seinem Opfer abgelassen, nachdem es bewegungslos auf dem Boden lag. Also schon mal kein Auftragskiller.«

Elmar nickte. Daran hätte er als Letztes gedacht.

»Außerdem können wir davon ausgehen, dass der Mörder sich seine Kleider ziemlich versaut haben muss.«

»Brillant, Beppo«, sagte Elmar, »ein blutüberströmter Passant wäre ein Horrorelement, das auffällt in unserer Kleinstadtidylle. Es wird ein Leichtes, ihn zu finden.«

»Darauf ist unser Mörder auch gekommen. Durch das Vorzimmer konnte er sowieso nicht, weil dort Virginia jederzeit hätte erscheinen können. Also ist er durchs Fenster raus, um über den Raucher-Innenhof in die Schneiderei zu gelangen, dort einen Mantel zu entwenden, dank dessen er unbemerkt das Theater verlassen konnte.«

»Und im Theater hat ihn auch keiner gesehen, weil das halbe Haus auf Abstecher war«, ergänzte Elmar.

»Komischer Zufall«, bemerkte Beppo.

»Nein eigentlich nicht«, sagte Elmar, »als Landestheater versorgt das LTT das ganze Bundesland mit kulturellen Veranstaltungen. Dann karrt man das Ensemble samt

Kostüm, Requisite und Technik nach Was-weiß-denn-ich-was-Ingen hinterm Albtrauf oder im Schwarzwald und spielt vor Abonnentenpublikum in Mehrzweckhallen. Gestern wurden gleich zwei große Produktionen gegeben: *Der Sturm* in Balingen in der Stadthalle und irgendwas Modernes im Allgäu. Techniker, Maske, Schneiderei, Schauspieler. Alle waren weg. Als die Busse spätabends wieder hier ankamen, wurden sie bereits vom Blaulicht empfangen.«

»Als Tatverdächtige fallen also alle weg, die dabei waren. Schade, die groß angelegte Kündigungsorgie wäre eigentlich das ideale Motiv für eine Kollektivtat gewesen«, sagte Beppo. »Kriegen wir raus, welche von den Betroffenen in Tübingen geblieben sind?«

»Ich vermute, dass es irgendwo Pläne gibt. Vielleicht im Sekretariat?«

»Das mache ich. Zurück zum Mörder. Er wirft sich also einen Mantel von der Requisitenstange über, findet noch Zeit, den Flur zu wischen, und verschwindet wie ein Schatten aus dem Theater. Schade für ihn, dass uns sein Diebstahl in der Schneiderei nicht entgangen ist«, fuhr Beppo fort, »damit können wir den Kreis der Verdächtigen stark eingrenzen: Wir suchen einen Mann mit einer Körpergröße von eins achtzig. Außerdem einen, der sich im Theater auskennt.«

Elmar überlegte nicht lange.

»Tarik Atasoy! Der könnte doch so etwa eins achtzig sein, oder?«

»Wie die meisten anderen Männer auch«, konterte Beppo, »du zum Beispiel, Elmar.«

»Trotzdem sollten wir ihn im Auge behalten«, sagte Elmar trotzig.

»Ich habe an seine Bürotür geklopft, aber er war ausgeflogen. Wir werden ihn im Auge behalten. Wie auch

Benno Scherer. Der hat etwas zu verlieren, die Stelle am Theater ist für ihn enorm wichtig, der Rausschmiss hat ihn auf das Tiefste gekränkt. Vielleicht hat er gehofft, er könne bleiben, wenn er Zachersky aus dem Weg räumt. Oder er war so wütend, dass er nicht mehr Herr seiner Sinne war.«

»Das würde ja auch zum Tatort passen«, sagte Elmar.

»Genau. Und er ist bereits vorbestraft. …Aber das ist Zachersky anscheinend auch. Wusstest du, dass er im Knast war?«

»Wer jetzt«, fragte Elmar verblüfft, »der Zachersky?«

»Ich hab's von Benno. Den Grund konnte ich noch nicht herausfinden. Vielleicht hat der Mord ja auch damit zu tun; vielleicht hat Zachersky irgendein krummes Ding gedreht, das ihn jetzt einholt.«

Mit seinem Bleistift malte der Privatdetektiv beim Nachdenken verschnörkelte Rauten in die Ecken seines Notizblockes, die wohl die Windungen in seinem Gehirn nachvollzogen.

»Oder Benno hing in dieser Sache mit drin und war jetzt enttäuscht, weil sein ehemaliger Komplize ihn fallen ließ wie eine heiße Kartoffel. Aber das sind bisher alles Vermutungen: Mein Gefühl sagt mir, dass diese ganze Geschichte noch viel verzwickter ist, als wir bisher ahnen. Und ich habe meine Zweifel, ob ein Benno Scherer clever genug wäre, einen Mord zu vertuschen. Natürlich ist jeder versucht, den Schweißer, zu verdächtigen, vorbestraft, sozial unverträglich, Einzelgänger. Eigentlich ein idealer Täter. Aber zu offensichtlich. Und so einer lügt mir nicht dreist ins Gesicht, ohne dass ich das merke. Diesen Verdächtigen können wir getrost der Polizei überlassen. Wer weiß, ob der Mörder überhaupt am Theater zu finden ist.«

»Und darauf kommst du, weil…?«

»Ein Gefühl!«

»Ein Gefühl«, stellte Elmar resigniert fest, denn er kannte diese etwas kurvige Ermittlungstaktik ja bereits. »Was schlägst du stattdessen vor?«

»Vogelperspektive!«, sagte Beppo prompt. »Um zu verstehen, was hier am Theater wirklich gelaufen ist, müssen wir die Dinge mit Abstand betrachten. Wir sollten herausfinden, was für ein Mensch dieser Zachersky war, dann erfahren wir vielleicht auch, wer etwas gegen ihn haben könnte.«

Elmar nickte zustimmend, während er den letzten Rest Kaffee aus seiner Tasse löffelte.

»Ich Hornochse«, sagte Beppo und schlug sich mit der Hand so plötzlich gegen die Stirn, dass Elmar vor Schreck zurückwich. »Die Fenster! Das habe ich vollkommen vergessen.«

Elmar sah ihn verständnislos an.

»Die Fenster des Büros! Sie waren von innen verschlossen.«

»Ja und?«

»Na, der Mörder kann sich nicht nur unsichtbar machen. Er kann auch durch geschlossene Fenster gehen.«

»Ein Geist?«, fragte Elmar verblüfft. »Das glaubst du nicht im Ernst.«

»Die Nichtexistenz von etwas zu beweisen ist viel schwieriger als seine Existenz«, sagte Beppo bedeutungsschwanger und ließ seinen Blick nachdenklich über die Straße schweifen, auf der einzelne Passanten ohne Arg entlangschlenderten. »Ein Geist also …«

»Bevor du völlig abhebst«, unterbrach ihn Elmar, »wie gehen wir jetzt weiter vor?«

»Ganz einfach«, antwortete Beppo, »ich werde mein Medium befragen.«

»Dein Medium?«

Elmar schüttelte irritiert den Kopf, aber Beppo reckte beide Daumen nach oben und zwinkerte dem Musiker verschwörerisch zu.

»Du erinnerst dich doch an Heiderose Lübke, meine ehemalige Deutschlehrerin. Sie kennt sich nicht nur blendend aus in der Tübinger Bürgerschaft, nein, sie ist auch eine leidenschaftliche Theatergängerin. Sie gehört zu den wenigen Erleuchteten die *Theater heute* nicht nur abonnieren, sondern sogar lesen. Sie wird mir weiterhelfen können. Aber vorher schaue ich noch mal im Sekretariat vorbei, um die Probenpläne zu besorgen.«

Wenig später, Elmar hatte sich bereits von Beppo verabschiedet, per Handschlag, denn eine Umarmung am Tag musste ausreichen, stand Beppo wieder bei Virginia im Büro und ließ sich die Pläne geben. Tatsächlich war eine große Zahl von Mitarbeitern des Theaters fort gewesen. Das waren mehr wasserdichte Alibis, als Beppo auf die Schnelle zählen konnte. Gedankenverloren verließ er das Theater durch das Lokal.

»Willst du nichts bestellen?«, rief Thien, der Kellner, ihm quer durch den Raum zu. »Die Spaghetti nach Hurenart sind so scharf wie eine Nacht mit mir.«

»Kann ich nicht essen«, beeilte sich Beppo zu erklären. »Ich habe einen empfindlichen Magen.«

Thien streckte ihm die Zunge heraus.

»Faule Ausrede, Kommissario Oberschlau.«

»Ich muss arbeiten, Thien.«

»Du bist nicht der Erste, der hier die Leute mit Fragen durchlöchert.«

»Ich weiß. Elmar und die Polizei sind auch dran.«

»Das meine ich nicht. Als du oben warst, war noch einer da, der versucht hat, mich auszuquetschen. Rothaarig wie ein Löwenäffchen. Ganz scheußlich.«

»Daniel Lurke, der Journalist?«

»Ja, kann sein.«

»Ist er noch da?«

»Nein, schon gegangen. Aber vorher habe ich ihn noch auf meine Unterhose losgelassen.«

»Thien! Bitte! Das glaube ich jetzt nicht?!«

»Beppo, für wen hältst du mich?«, feixte Thien und boxte Beppo in die Seite. »Ich habe dem kleinen Ron Weasley nur das Tagesessen serviert. – Tragisch. Der Schlüppi schien ihm nicht sonderlich zu schmecken. Dieser Mord wahrscheinlich. Der Arme war ganz schön durcheinander.«

Beppo blickte die Straße entlang. Für einen Moment bereute er es, dem Journalisten seine Karte zurückgegeben zu haben, ohne vorher die Telefonnummer auswendig gelernt zu haben.

Die Rückfahrt in die Altstadt führte Elmar am Zinser-Dreieck vorbei. Hier, in der Durchgangsstraße zum Bahnhof, auf der noch vor wenigen Monaten reger Verkehr geherrscht hatte, waren die Bauarbeiten bereits abgeschlossen. DDR-Männchen in den Fußgängerampeln, Kopfsteinpflaster statt Mittelstreifen, rautenförmige Holz-Sitzbänke statt Auspuffgestank, selbst die Bäckerei hatte bereits einige Stühle und Tische auf die Straße gestellt. Und doch verrieten die Läden, die die blitzende Fußgängerzone säumten, dass es noch eine Weile dauern würde, bis sich dieser einst schäbige Teil der Stadt in ein Einkaufs- und Flanierparadies verwandelt haben würde.

Jedenfalls gibt man sich Mühe, dachte Elmar und betrachte die eingerüstete Fassade des Kaufhauses. Irgendwie ist alles im Umbruch, nicht nur am Theater. Von wegen immer gleiches Tübingen.

Jetzt, später am Tag, strömten die Menschen in dichten Scharen auf den schmalen Fußgängerwegen an der Baustelle vorbei. Elmar musste Slalom fahren. Schließlich wurde es so eng, dass er mit seinem Fahrrad kaum noch vorankam. Je mehr er sich der Brücke näherte, umso mehr stockten die Fußgängerströme. Der Grund erklärte sich Elmar schon bald.

»Ach du meine Güte«, entfuhr es ihm, als er begriff, was für ein Schauspiel vor ihm geboten wurde.

Auf der Neckarbrücke stand eine Planierraupe und oben auf erblickte er Tinka. Sie trug schwarze Leggings. Sonst nichts. In diesen Leggings sprang sie so wild auf der Baumaschine herum, dass ihre Brüste fröhlich wippten.

Die beiden Bauarbeiter standen daneben und versuchten, Tinka herunterzuwinken. Je wilder ihre Turnübungen, desto hektischer auch die Gesten der Männer. Die beiden Brüste auf dem Fahrzeug schienen sie vollkommen zu überfordern. Vermutlich waren die Bauarbeiter immer noch unsicher, ob sie nicht gerade träumten.

Elmar war mittlerweile so nah herangekommen, dass er lesen konnte, welcher Botschaft Tinka ihren Körper gewidmet hatte. *Grüner wird's nicht!*, geschrieben mit roter Farbe, die nicht ganz getrocknet war, denn sie lief bereits in Schlieren ihren Bauch hinunter wie frisches Blut.

Elmar hatte genug gesehen. Ohne zu zögern griff er sein Fahrrad und hob es mit einem kräftigen Schwung über die Absperrung. Mit einigen Tritten war er bei der Planierraupe angekommen.

»Tinka, Komm! Lass uns abhauen.«

»Och Elmar, immer wenn es grade am schönsten ist!«

Kichernd sprang sie von der Planierraupe.

Die Bauarbeiter verfolgten mit offenen Mündern, wie sich die barbusige Aktivistin auf Elmars Gepäckträger schwang und aus ihrem Leben verschwand. Elmar trat in die Pedale, so fest er konnte. Eine Gruppe japanischer Touristen hüpfte aufgeregt zur Seite, als er wild klingelnd wieder auf den Fußgängerdurchgang einbog.

Sebastian Vogel«, sagte sie mit ihrer unverwechselbar knisternden Stimme. Sie wischte sich die mit Erde verschmierten Finger an ihrer Gartenschürze ab. »Was für ein Pläsier, Sie hier zu sehen.«

»Hagen Zachersky, der Intendant des Landestheaters, ist ermordet worden«, sagte Beppo, noch bevor er das Gartentor hinter sich geschlossen hatte.

»Du lieber Gott, Zachersky!?! Jeder besetzte Thron im Olymp lässt einen verwaisten auf der Erde zurück. Passen Sie bloß auf sich auf, Sebastian. Dieses Theater ist ja das reinste Tollhaus.«

»So wie es aussieht, verdächtigt die Polizei eine Unschuldige. Ich will versuchen, Licht in die Sache zu bringen. Aber dazu muss ich erst herausfinden, wer Hagen Zachersky eigentlich war. Mir fällt beim besten Willen niemand ein, der sich dafür besser eignet als Sie, Frau Lübke.«

»Nur zu gerne, Sebastian«, sagte die rüstige Pensionärin geschmeichelt, »nur zu gerne. Ich bringe bereits meinem Wellensittich Französischvokabeln bei, weil sonst niemand mehr meinen belehrenden Worten lauscht. Wenn Sie mir helfen, den Lavendel umzutopfen, bin ich ungeteilt für Sie da.«

Seufzend kniete sich Beppo neben sie auf den Boden. Eine Nacktschnecke kroch am Hochbeet vorbei. Dass die beiden an einem der Tübinger Gymnasien erstmals aufeinander getroffen waren, lag bereits fast zwei Jahrzehnte zurück. Heiderose Lübke war streng gewesen, eine der strengsten Lehrerinnen, die man sich vorstellen konnte, so streng, dass niemand je die Hausaufgaben vergessen oder die Klassenarbeit geschwänzt hätte. Trotzdem oder gerade deswegen begegnete Beppo der alten Dame immer mit der größten Hochachtung. Beppo war froh, dass der Kontakt nie abgerissen war. Über die Jahre hatte sich ein herzliches Verhältnis entwickelt. Außerdem war Heiderose Lübke mit ihrem nahezu lückenlosen Erinnerungsvermögen für Beppos Arbeit zu einer unverzichtbaren Stütze geworden.

»Ich habe lange nichts von Ihnen gehört«, sagte seine ehemalige Lehrerin und zerschnitt die Nacktschnecke mit der Gartenschere.

Beppo seufzte. Es tat gut, dass es jemanden in seinem Leben gab, dem er nicht gleichgültig war.

»Sie kennen das ja, Frau Lübke, die Arbeit.«

»Kannte, Sebastian, ich kannte es. Aber für meinen Garten hat sich meine Pensionierung ausgezahlt. Schauen Sie nur, wie üppig der Mönchspfeffer blüht.«

Nach dem Umtopfen der Lavendelpflanzen fand Heiderose Lübke noch weitere Einsatzmöglichkeiten für Beppo, der ohne Murren erst die Blätter aus ihrer Einfahrt rechte, daraufhin das Fallobst unter dem Klarapfel-Baum zusammensammelte und schließlich auch noch mit der Leiter aufs Dach stieg, um dem Grund der Verstopfung in der Regenrinne nachzuspüren. Heiderose genoss es, mal einen Mann im Haus zu haben, und Beppo tat ihr die Gefallen gerne.

Belohnt wurde er mit einer dampfenden Tasse Schwarztee im Wintergarten seiner ehemaligen Lehrerin. Bevor sie anfing zu dozieren, zog sie das Spitzendeckchen glatt, das auf dem Korbtischchen lag.

»Hagen Zachersky«, begann Heiderose Lübke, »hat es in den letzten Jahrzehnten in der Theaterwelt zu einer derartigen Prominenz gebracht, dass es keiner von den Stadtoberen fassen konnte, als er ausgerechnet Tübingen zu dem Ort erkor, an dem er erstmals als Intendant ein ganzes Haus leiten würde. Seine Bewerbung empfanden viele als einen wahren Ritterschlag für das kulturelle Leben unseres Städtchens.«

»Und Ihre persönliche Meinung?«

Heiderose Lübke nippte an ihrer Teetasse, bevor sie antwortete:

»Wissen Sie, diese Regietheater-Matadore – ich kann ihnen nichts abgewinnen. Zachersky hatte keinerlei Respekt vor dem Originaltext. Die Werke eines Schiller, Goethe oder Shakespeare waren für ihn nicht mehr als ein Steinbruch, in dem er sich nach Belieben bediente, um seine Performance mit Textbrocken zu füllen. Was für eine Albernheit, großartige Stücke zu zerschlagen, um dann ihre Ruinen auf die Bühne zu bringen. Und als Publikum soll man das auch noch beklatschen, nein danke. Aber es entspricht eben dem Zeitgeist. Möchten Sie etwas Kandiszucker zum Tee?«

Beppo nickte. Der Löffel, mit dem er den Zucker in den Tee rührte, lag leicht in der Hand. Familiensilber mit Gravur.

»Ich verfolge die deutsche Regielandschaft nicht wirklich aufmerksam«, ermunterte er sie zum Weiterreden.

»Da haben Sie nichts verpasst, Sebastian. Zachersky

machte Ende der Achtzigerjahre mit Stücken voller nackter Haut und viel Blut von sich reden. Radikale Regiearbeiten, die das Bildungsbürgertum verschreckten, aber die Kritiker zu Begeisterungsstürmen hinrissen. In den Neunzigern war sein Terminkalender auf Jahre im Voraus gefüllt. Er ging auf allen großen Bühnen ein und aus. Anfang des neuen Jahrtausends wurde es dann ruhiger um ihn, es waren nicht mehr die ganz großen Häuser, an denen er inszenierte, das Publikum hatte sich sattgesehen am Zachersky-Gemetzel. Umso erstaunlicher, dass es ihm gelang, sich in den letzten Jahren noch einmal völlig neu zu erfinden, so erfolgreich, dass ihm der Deutsche Bühnenverein sogar den ›Faust‹ für die beste Regiearbeit verlieh, übrigens für eine Inszenierung von Don Carlos, die Zachersky in ein autoritäres Regime mit skrupellosem Geheimdienst verlegte, in dem die Kritiker einen Kommentar auf die Entwicklungen in der Türkei zu erkennen glaubten.«

»Und warum bewirbt sich so ein Schwergewicht in einer Stadt wie Tübingen?«

»Das war für alle Beteiligten völlig überraschend. Wie Sie wissen, musste der amtierende Intendant Gnädig wegen eines Burnouts unerwartet zurücktreten, sodass der Posten entgegen aller Gewohnheit erst kurz vor der Sommerpause ausgeschrieben wurde. Zachersky war dann unter den ersten Bewerbern. Ich kann Ihnen jedoch keine Antwort geben, warum er ausgerechnet Tübingen wählte. Immerhin hat unser Bundesland keine besonders gute Presse.«

»Vielleicht suchte er nach der Hektik des Großstadtlebens eine Auszeit im Grünen?«

»Mag sein, Sebastian, aber ganz im Ernst: Was den Erholungsfaktor unseres Städtchens angeht, dürfen wir uns keiner Illusion hingeben. Wer sich auskurieren will, findet genug Ortschaften mit historischem Stadtkern, deren beider Baggerseen nicht durch Entenkot, Algen und Nudisten verunreinigt sind.«

»Hat er vielleicht familiäre Bindungen?«

»Nicht dass ich wüsste. Er kommt ja aus den neuen Bundesländern.«

»Deswegen also war ihm der Gedenktag zum Mauerfall so wichtig«, sagte Beppo.

»Sie haben aber wirklich überhaupt keine Ahnung vom zeitgenössischen Theater, Sebastian«, sagte Heiderose Lübke nicht ohne eine Spur liebevoller Verachtung in der Stimme. »Hagen Zachersky ist in der DDR geboren, genauer in Dresden. Die Auseinandersetzung mit der fehlenden Freiheit spiegelt sich für den Eingeweihten bis heute in nahezu jeder seiner Arbeiten.«

»Und war er nicht sogar selbst im Gefängnis?«

»Oh ja, beinahe zwei Jahre.«

»Wissen Sie etwas über die Gründe?«

»Sie waren vermutlich politischer Natur«, sagte Heiderose, »Details kennt niemand. Zachersky schwieg sich immer über seine konkrete Leidensgeschichte aus, weil er der Meinung war, dass durch die Individualisierung die strukturelle Gewalt des Systems verwässert werde. Gleichzeitig machte er sich dadurch natürlich erst richtig interessant. Für Zachersky-Fans wurde es ein regelrechter Sport, aus der Zeichensprache seiner Inszenierungen Theorien abzuleiten, was ihm widerfahren sein könnte.«

»Aber das ist alles Spekulation?«

»Vollkommen. Von ihm selbst geschürt, indem er keine noch so wilde Theorie jemals dementierte. Aber ich versuche, Ihnen die Fakten wiederzugeben, die von anderer Seite bestätigt werden können: unauffällige DDR-Kindheit in Dresden, erst Pionier, mit vierzehn die

Jugendweihe, dann Mitglied in der FDJ. Bereits in dieser Zeit entdeckte Zachersky seine Begabung fürs Dramatische. Mit Klassenkameraden inszenierte er den *Ja-Sager* von Brecht für eine Zusammenkunft der FDJ. Die Aufführung war ein solcher Erfolg, dass sein Talent sogar vom örtlichen Parteikader wahrgenommen wurde. Die Folge war eine staatliche Förderung, die schließlich in einem Studium an der Filmhochschule Babelsberg gipfelte, das Zachersky mit Bravour 1986 abschloss.«

»Hagen Zachersky wuchs also als gehegtes Pflänzchen heran?«

»So kann man sagen. Zuerst versuchte er sich beim Film, später wechselte er dann ans Theater, das ihm mehr zusagte. Aber er erkannte die Schranken, die das System für seine Kreativität bedeutete. Die Zensur wurde immer mehr zur Belastung für einen Freigeist wie Zachersky. Es konnte nicht lange gut gehen. Noch im selben Jahr verschwand er in Hohenschönhausen, dem Untersuchungsgefängnis der Staatssicherheit. Verzeihen Sie, dass ich über die genauen Details seiner Verhaftung nur Vages berichten kann.«

»Ist das nicht seltsam?«, fragte Beppo.

»Ach wissen Sie, Künstler sind exzentrisch. Der eine redet über nichts anderes als sich selbst, der andere bleibt als Mensch völlig unsichtbar, weil er nur über seine Arbeit wahrgenommen werden möchte.«

»Und Zachersky gehörte zur zweiten Sorte?«

»Halb und halb. Er verstand es von Anfang an, das Geheimnis seines Schicksals für sich auszuschlachten.«

Sie machte eine Redepause und blickte durch die Scheiben nach draußen. Von dem Windhauch, der Bewegung in das blutrote Weinlaub brachte, war hier im Wintergarten nichts zu spüren. Stattdessen schuf die hereinscheinende Sonne eine behagliche Wärme.

»Es dauerte fast zwei Jahre, bis Zachersky von der Bundesregierung freigekauft werden konnte, ein Glück für ihn, denn der Freikauf wurde zur Initialzündung seiner Karriere. Mit Feuereifer stürzte er sich auf die Aufgabe, die westdeutsche Theaterszene zu erobern. Was soll ich sagen, Zachersky war zur richtigen Zeit am richtigen Ort. Nun, da seine Visionen nicht mehr gegängelt wurden, sprudelte er quasi über vor wahnwitzigen Ideen, die schon bald die ganze Theaterszene in Aufregung versetzten. Dass er sich dabei über die eigenen Erlebnisse konsequent ausschwieg, machte ihn nur interessanter.«

Beppo biss in ein malvenfarbenes Macaron, ohne zu bemerken, dass die Hälfte auf den Boden fiel. Heiderose Lübke sah streng über den Rand ihrer Teetasse.

»Entschuldigen Sie bitte.«

Beppo sammelte halbherzig einige Brösel vom Boden auf seine Untertasse. Allein ihr Blick verhinderte, dass er sie sich in den Mund steckte.

»In seinen Arbeiten wurde Zachersky immer radikaler. Das Vergangene empfand er als vergilbten Gobelin, den es von der Wand zu reißen galt. Nach vorne, nach vorne, nach vorne. Wie sonst hätte der Bürgerschreck es in der gegenwärtigen Kunstszene so weit nach oben geschafft.«

»Was uns zurück zu der Frage bringt, was so jemand in Tübingen sucht.«

»Ich weiß es ehrlich gesagt auch nicht«, sagte Heiderose, während sie Beppo nachschenkte, »aber einer wie Zachersky hat bestimmt eine Vision im Gepäck, irgendein ästhetisches Programm, das er zu verwirklichen sucht.«

»Und was könnte das sein?«

»Fragen Sie mich etwas Leichteres.«

»Vielleicht will er das Ansehen der Schwaben in der Republik wiederherstellen?«

»Köstlich, Sebastian«, lachte Heiderose knisternd, »die Bewohner der Stadt Hölderlins und Hegels können mehr als Hochdeutsch. Das sollte man den Banausen in Berlin berichten.«

Sie nahm einen winzigen Schluck aus ihrer Tasse.

»Frau Lübke, dieser Gefängnisaufenthalt geht mir nicht aus dem Sinn. Haben Sie eine Idee, wer mehr über die Verhaftung wissen könnte?«, fragte Beppo schließlich.

»Fragen Sie seine Witwe, Soraya Zachersky«, antwortete Heiderose Lübke, »soweit ich weiß, haben die beiden eine der Wohnungen im Egeria-Viertel ergattert.«

Beppo notierte sich sofort, was seine Lehrerin gesagt hatte.

»Sie ist übrigens eine ehemalige Opernsängerin. Machen Sie sich also auf einiges gefasst.«

»Bedauern Sie seinen Tod eigentlich?«, fragte Beppo.

Er kannte Heiderose Lübke lange genug, um zu wissen, dass sie mit ihren Gefühlen nicht hausieren ging.

»Sebastian«, antwortete Heiderose Lübke, »ich bin eine pensionierte Oberstudienrätin, die darunter leidet, dass Schauspieler nicht einmal mehr beigebracht bekommen, einen Blankvers im Rhythmus zu sprechen. Elektronische Musik im Theater finde ich verwegen. Sie können sich vorstellen, dass ich den Ideen eines Zachersky mehr als kritisch gegenüberstehe. Das Theater ist ein Ort der Kunst und Kunst sollte ein Ort der Freiheit sein. Aber diese Freiheit muss Grenzen haben, sonst wird es trivial. Summa summarum habe ich das Projekt Zachersky mit äußerst zwiespältigen Gefühlen beobachtet. Das hat sich durch seinen Tod nicht geändert.«

»Teilen noch andere Tübinger diese Ansicht?«

»Oh ja, viele Bürger hegten ernsthafte Sorge, dass unser schönes Landestheater in den Fängen eines solchen Intendanten vor die Hunde gehen könnte. Einige meiner Freundinnen berichteten mir, sie hätten bereits ihr Abonnement gekündigt.«

»Langsam kommt die ganze Stadt als Mordverdächtige infrage«, schmunzelte Beppo.

»Ein schlechtes Theaterprogramm ist bedauerlich, aber dafür geht man doch nicht über Leichen.«

Heiderose kicherte knisternd, bevor sie vom Thema abschweifte.

Als Beppo schließlich durch das Gartentor auf die Straße trat, sah er sie, wie sie hinter der Gardine stand und ihm nachblickte, eine Blechkanne in der Hand. Der Apfelbaum neben dem Häuschen mit den weißen Fensterläden leuchtete golden in der Herbstsonne.

Bei Elmar angekommen lümmelte sich Tinka in einem der Liegestühle auf der Dachterrasse, während er aus den Einkaufstaschen Baguette, verschiedenste Käsesorten, eine Dose Wildschwein-Pâté sowie schwarze Oliven, eingelegte Artischocken und einige Coeur-de-Boeuf-Tomaten zauberte.

»Kalte Küche heute«, sagte er, »aber trotzdem nicht zu verachten!«

Tinka hatte keinen Blick für das Bildungsbürgerzubehör, das Elmar vor ihr auf zwei rustikalen Holzbrettern anrichtete. Stattdessen beobachtete sie den Taubenschwarm, der über den Dächern der Altstadt schaukelte wie eine sich ständig neu formierende Regenwolke.

»Siehst du die Vögel, Elmar?«, sagte sie missmutig. »Sie fliegen alle mit dem Schwarm. Deprimierend.«

Die Freude über ihre aufsehenerregende Turneinlage war überraschend schnell verflogen.

»Sie haben ihre ganz eigene Anmut dabei«, erwiderte der Musiker, als die Tiere in diesem Moment eine abrupte Kehrtwende machten, um in einer der Gassen zu verschwinden wie in einer Felsspalte. »Sieh nur, wie geschickt. Ohne irgendwo anzustoßen.«

»Ich möchte keine Taube sein«, sagte Tinka.

Trotz des leuchtendbunten Ponchos, in den sie sich gewickelt hatte, war ihr kalt. Das erkannte Elmar an der Art, wie sie die bloßen Füße aneinanderrieb. Aber nichts in der Welt hätte sie bewegen können, heute schon die ersten Schuhe des Winters anzuziehen.

»Alleine dieses Wort: Taube. Taub. Gefühllos.«

»Sie sind auch ein Symbol des Friedens«, entgegnete Elmar mit einem schiefen Grinsen, von dem er wusste, dass sie es mochte. Tinka aber schaute gar nicht auf.

»Was ist das bitte für ein Frieden, in dem alles in Konformität erstarrt? Das bedeutet den Tod jeder Individualität, das ist Faschismus.«

»Dann liegen Kommunismus und Faschismus ja gar nicht so weit auseinander. Da sind doch auch alle gleich.«

»Elmar«, protestierte sie sofort, »nur weil die Versuche gescheitert sind, den Kommunismus politische Realität werden zu lassen, heißt das noch lange nicht, dass seine Ideen schlecht sind.«

»Aber die Gleichheit aller Menschen bildet doch die Grundidee«, beharrte Elmar. »Wo ist also dein Problem?«

»Du vergleichst Birnen mit Äpfeln. Gleiche Rechte und Gleichmacherei. Das ist nicht das Gleiche.«

»Und aus der Reihe tanzen, nur um aus der Reihe zu tanzen?«

»Was willst du denn damit sagen, Elmar?«

Weil Elmar der Sinn nicht danach stand, beim Essen eine politische Diskussion loszutreten, berichtete er von der Recherche am Theater. Tinka nagte lustlos an einem Stück Baguette. Als Elmar den Liedermacher erwähnte, der Tarik Atasoy bei seiner Stellungnahme in Nöte gebracht hatte, leuchteten ihre Augen jedoch plötzlich auf.

»Kurt Gollnisch ist in Tübingen?«, fragte sie.

»Ich dachte, alle unter vierzig kennen höchstens Singer-Songwriter!« Elmar war ehrlich überrascht.

»Ich bin eben nicht wie andere«, erwiderte Tinka etwas patzig. »Hast du mit ihm gesprochen?«

»Nein, er war gleich verschwunden. Aber da er als Einziger wirklich zu trauern scheint, müssen wir uns unbedingt mit ihm unterhalten. Morgen Abend veranstaltet er einen Liederabend zu Ehren des Ermordeten.«

»Ich komme mit«, sagte Tinka bestimmt, »Kurt Gollnisch gehört zu den Menschen, die ich treffen muss, bevor ich diese Erde verlasse.«

»Du kannst mit diesem sperrigen Weltverbesserungskram etwas anfangen?«

Tinka verzog ihr Gesicht, sodass sich die Sommersprossen darauf kräuselten.

»Du spinnst wohl, Elmar. Ich weiß gar nicht, wie oft wir sein Lied *Flussmöwen* früher am Lagerfeuer gesungen haben. Das war eine der Hymnen meiner Jugend.«

»*Flussmöwen*?«, kicherte Elmar. »Diese olle Kamelle? Nicht dein Ernst.«

Tinka begann vor sich hin zu summen. Sofort unterbrach sie Elmar. Er kannte die Ohrwurmqualität gut genug, um die Melodie zu fürchten.

»Stört es dich gar nicht«, warf er daher schnell ein, »dass Gollnisch hier über Vögel singt?«

»Es sind Möwen, Elmar, keine Tauben.«

»Sind Möwen nicht ebenfalls Schwarmvögel?«

Statt einer Antwort riss Tinka nur ihre Augen weit auf und warf Elmar ein Stück Baguette an den Kopf.

»Möwen stehen für Freiheit, für das Meer, für Träume«, sagte sie. »Und außerdem: Einer wie Kurt Gollnisch fliegt doch nicht mit dem Schwarm.«

»Na dann könnt ihr ja gemeinsam die Welt verbessern«, frotzelte Elmar, »ganz individuell.«

»Machst du dich über mich lustig?«

Ihr Tonfall hatte sich verändert, das bemerkte Elmar sofort.

»Nein ich...«

»Du findest mich lächerlich?«

Mit verschränkten Armen lehnte sie sich in ihrem Stuhl zurück.

»Zugegeben«, sagte Elmar, »die Aktion heute auf der Neckarbrücke war schon etwas – komisch.«

»Ich hatte eine Botschaft.«

»Ach, das war ernst gemeint...«

Sie schnappte nach Luft. War er zu weit gegangen?

»Elmar, weißt du, was ich lächerlich finde?«

Elmar schüttelte den Kopf.

»Das hier!« Tinka zeigte auf die französischen Spezialitäten, die noch beinahe unangerührt auf den Holzbrettern vor ihr lagen. »Das finde ich lächerlich.«

»Mein Essen?«

»Weil es das einzige ist, was dich interessiert. Die wirklichen Probleme unserer Welt, die kümmern dich gar nicht. Stiefel übern Kopp und Schluss. So sieht es nämlich aus!«

»Tinka, es reicht.«

»Da bin ich aber anderer Meinung. Du verstehst überhaupt nicht, worum es mir geht. Ich finde mich nicht mit der Ungerechtigkeit dieser Welt ab. Vielleicht sind meine Methoden nicht die besten, aber ich versuche es wenigstens. Wann hast du zum letzten Mal etwas getan, das nicht deinem eigenen Vorteil gedient hat, Elmar Arnold?«

Elmars Handy klingelte. Schnaubend warf sie ihren Kopf in den Nacken.

»Pack es weg«, befahl sie. »Einmal führen wir eine richtige Diskussion.«

»Das ist keine Diskussion«, sprudelte es aus Elmar heraus, ohne dass er groß nachdacht hätte, »mit dir kann man nicht diskutieren. Und da ist Siggi am Apparat, das ist jetzt wichtiger.«

Ohne ein weiteres Wort stand er auf und nahm das Gespräch entgegen, während er dabei die Wendeltreppe nach unten außer Hörweite eilte.

»Elmar, der Atasoy will unsere Show heute Abend absagen«, bellte die Spielleiterin des Teatro Arlecchino ihm aus dem Hörer entgegen.

Die Show. Über all dem Trubel hatte Elmar völlig vergessen, dass am Abend ja noch ein Theatersport für sein Team anstand, ja, ohne darüber nachzudenken, war er wohl ganz selbstverständlich davon ausgegangen, dass auch dieser Auftritt gecancelt worden sei. Siggi schien dazu jedoch eine ganz andere Position zu beziehen. Ohne Luft zu holen, bedachte sie den Oberspielleiter Tarik mit Beschimpfungen, die Kommissar Baumanns Notizen vom Abend vorher harmlos wirken ließen.

»Warum willst du denn so unbedingt auftreten?«, fragte Elmar, als Siggi ihren Sermon unterbrechen musste, um Luft zu holen.

»Ab der nächsten Spielzeit ist die Kooperation beendet. Aber für die Termine, die bis dahin ausgemacht sind, haben wir Verträge. Die kann dieser Atasoy nicht einfach außer Kraft setzen. Da hängen ja auch meine Spieler dran.«

»Siggi, du stehst im Zentrum einer Mordermittlung! Welches Signal würde es aussenden, wenn du einen Tag nach der Ermordung eine Veranstaltung wie Theatersport stattfinden lässt?«

»Das einzig richtige«, wetterte die Spielleiterin, »nämlich, dass ich mir keiner Schuld bewusst bin. Wir treffen uns in einer halben Stunde am Theater und dann stürmen wir das Büro von Tarik Atasoy und machen ihm die Hölle heiß. Ich zähle auf dich, Elmar.«

Sie wartete seine Antwort nicht ab, bevor sie auflegte. So stand Elmar da, den Blick auf den Vogelschwarm gerichtet, der jetzt über dem Neckar kaskadenartige Pirouetten flog, über ihm auf dem Dach eine Tinka, die sich in ihrer Grundsatzdiskussion verbissen hatte, auf der anderen Seite des Flusses seine Spielleiterin, die er dringend davon abhalten sollte, sich in Tarik Atasoy zu verbeißen. Manchmal sehnte sich Elmar nach seinem Singleleben zurück, als Frauen schönes Beiwerk waren und nicht mehr.

Mit einem Seufzer, schwer wie ein überladener Frachter, griff er nach seinem Schlüsselbund. Sein Theater brauchte ihn.

Beppo parkte seinen Bulli auf dem noch kaum genutzten Parkplatz neben dem Egeria-Viertel. Von dort hatte er einen guten Blick auf den Neckar, der an dem nagelneuen Stadtviertel vorbeifloss, ohne sich über den Fremdkörper zu wundern, der um die ehemalige Weberei herum aus dem Boden gewachsen war wie eine exquisite Pflanze. Das Viertel war noch so neu, dass nicht einmal alle der Mehrfamilienhäuser bezugsfertig waren. Ein Kran hievte Platten für die Außenfassaden auf ein Gerüst. Baumstützen begradigten das Wachstum der dürren Buchen, deren Stämme weiß gekalkt waren, um sie auf den Winter vorzubereiten. Im Schritttempo schlichen die Autos über die behelfsmäßig abgesperrte Durchgangsstraße. So wie Beppo die Bewohner dieses Biotops kannte, würde es auch bei dieser Geschwindigkeitsbegrenzung bleiben, denn alles Schnelle und Gefährliche klammerte man lieber aus einem Leben aus, das neben der Bereitschaft, sich der Schwarmintelligenz einer Baugemeinschaft unterzuordnen, auch noch eine gehörige Stange Geld gekostet hatte.

Das Geräusch eines Presslufthammers ließ Beppo zusammenfahren.

Zacherskys Wohnung lag in einem der Mehrfamilienhäuser, deren Balkone auf den Fluss hinausgingen. Die brandneue Fassade erinnerte an früher. Beppo klingelte, es dauerte jedoch geraume Zeit, bis ihm geöffnet wurde. Zacherskys Witwe, eine Dame Mitte fünfzig, blickte ihm scheu entgegen. Sie war in einen Kimono aus Seide gehüllt, dessen strahlendes Weiß im scharfen Kontrast zu den Kajalstrichen stand, die sich unter ihren Lidern entlangzogen wie verlaufener Teer.

»Guten Tag, mein Name ist Sebastian Vogel. Ich bin hier wegen Hagen Zachersky. Er war Ihr Mann, nicht wahr? Mein Beileid.«

Die Kondolenz nahm sie mit einem Nicken zur Kenntnis, dabei wischte sie sich die Augenränder.

»Ich habe Ihre Kollegen doch gebeten, mich nicht in der Mittagszeit zu stören«, flüsterte sie beinahe bettelnd, »die Kleinen schlafen doch.«

»Entschuldigung«, sagte Beppo geistesgegenwärtig, »diese Information hat mich leider nicht erreicht. Das hätte natürlich nicht passieren dürfen.«

»Macht ja nichts, Herr Kommissar«, sagte Soraya Zachersky plötzlich gefasster. »Wenn Sie schon mal da sind, dann kommen Sie rein … aber bitte – die Schuhe.«

Sofort tat Beppo wie geheißen. Warum sollte er das Missverständnis aufklären, wenn es ihm so einfach Zugang zu Zacherskys Wohnung verschaffte? Auf Socken folgte er der Witwe in einen weiten, von schräg gestellten Jalousien verdunkelten Raum, der von einer anthrazitfarbenen Küchenzeile und einem Tisch aus unbehandeltem Eichenholz beherrscht wurde. Soraya Zachersky ging nicht, sie schwebte in den Raum hinein, wobei sich der Seidenmantel leicht anhob und ihre nackten Fesseln freigab, um die sie zwei Reifen trug, die beim Aneinanderschlagen ein kaum hörbares, metallisches Klirren erzeugten. Wie sie so zum Sofa schwebte, erschien sie Beppo beinahe überirdisch, wie eine Heiligenerscheinung: eine grausam zu Tode gemarterte Märtyrerin.

»Ich weiß nicht, bietet man etwas an, wenn Sie zu einer Befragung vorbeikommen?«, fragte Soraya Zachersky mit einer fahrigen Handbewegung Richtung Sitzecke. »Oder warum, hatten Sie noch mal gesagt, sind Sie hier?«

»Ich versuche herauszubekommen, warum Ihr Mann sterben musste«, sagte Beppo mit fester Stimme.

Das war wenigstens nicht gelogen und der Witwe schien es zu genügen. Sie nickte ihm mit glasigen Augen zu, ohne ihn wirklich anzusehen. Über der Küchenzeile drehte sich ein Mobile aus Stoff-Eulen, das in der edlen, auf das Wesentliche reduzierten Einrichtung seltsam fehl am Platz wirkte.

»Hagen kehrt nie wieder«, sagte sie, »er kehrt wirklich niemals wieder. Sie sind doch deswegen gekommen, nicht wahr?«

Beppo nickte. Soraya war so tief in ihrer Trauer versunken, dass sie nicht mehr ganz Herrin ihres Verstandes zu sein schien. Daher beschloss Beppo, sich erst einmal auf Umwegen an die Befragung heranzutasten. Normalität schaffen.

»Eine schöne Wohnung haben Sie da«, begann er.

Wie alle Trauernden schien die Alltäglichkeit dieses Kommentars ihre Lebensgeister zu wecken. Reden statt nachdenken.

»Ich persönlich finde die Wohnung ja grauenhaft«, sagte sie mit festerer Stimme. »Dieser klimaneutrale Chic der neuen Biedermeier – aber … wenn sich schon eine der Familien überraschend direkt nach der Fertigstellung fürs Vermieten entscheidet, eine Gelegenheit, die man beim Schopfe packen muss, meinte Hagen. Schäbige Scheidung, soweit ich weiß. Es ist traurig. Die Menschen machen sich das Leben so unnötig schwer, statt das bisschen Glück zu genießen, das sie haben.«

»Frau Zachersky …«

»Sagen Sie doch Soraya«, unterbrach sie ihn, »immer diese schwäbische Förmlichkeit. Daran gewöhne ich mich nie.«

»Das kommt schon noch mit der Zeit.«

»Wie könnte ich hierbleiben, nachdem …«

Ihre Stimme versagte ihr den Dienst und sie ließ nur einige schluchzende Laute hören.

»War es seine Entscheidung, nach Tübingen zu ziehen?«, fragte Beppo.

»Natürlich. Ihm zuliebe habe ich Berlin verlassen … Nur ihm zuliebe. Erst der Umzug und dann der Baulärm rund um die Uhr, man kriegt in der Mittagszeit kaum ein Auge zu …« Sie stockte und starrte ihn mit ihren kajalumrandeten Augen an. »Was hatten Sie gesagt? Warum sind Sie noch mal hier?«

»Ich will herausfinden, warum Ihr Mann sterben musste.«

»Ach ja, stimmt, verzeihen Sie, es ist alles so grauenhaft ... diese plötzliche Einsamkeit. Sobald der Papierkram erledigt ist, ziehe ich mit den Kleinen zurück nach Berlin.«

»Ich wusste gar nicht, dass Sie beide Kinder haben«, sagte Beppo mitfühlend.

Ihre Finger strichen langsam die Rundung ihrer Teetasse entlang. In ihren Augenwinkeln begann es zu schimmern. Abrupt stoppte sie ihre Bewegung und verharrte sekundenlang in einer stummen Pose.

»Soraya, ein ungewöhnlicher Name«, lenkte Beppo auf ein anderes Thema, »kommen Sie aus Persien?«

»Wo denken Sie hin. Tiefstes Allgäu, wissen Sie, meine Mutter war damals in den Sechzigern hin und weg von der Gattin des Schahs. Sie hing mit schwellendem Bauch vor der Mattscheibe und himmelte die Märchenprinzessin an, die an der Seite dieses Diktators durch die Bundesrepublik flanierte. So hatte sich meine Mutter ihr Leben erträumt. Mit meinem Vater gab es, was den Namen anging, keine größeren Auseinandersetzungen. Sie können sich in etwa vorstellen, welches Parteibuch in meinem Elternhaus auf dem Nachttisch lag.«

Perplex lauschte Beppo, wie die Frau, die eben noch kaum einen vollständigen Satz zustande gebracht hatte, plötzlich ihre Biographie vor ihm ausbreitete und dabei eine Sprachgewandtheit an den Tag legte, die so gar nicht zu der verstörten Witwe passen wollte, als die sie ihm entgegengetreten war. Die Erzählung ihres Lebens schien sie zu beruhigen. Wieder eine vertraute Routine wahrscheinlich. Beppo war das recht. Also erst einmal eine Reise in die Vergangenheit.

»Und wie haben Sie Ihren Mann kennengelernt?«, fragte er daher.

»In Berlin«, antwortete Soraya, »Berlin, ach Berlin. Berlin bedeutete den großen Ausbruch für mich. Die Hochschule der Künste, die Großstadt, in der alles in Bewegung geriet. Die spießbürgerliche Kleinkariertheit meines Heimatdorfes schien weit weg, wie weggeschlossen hinter zwei Mauerringen.«

»Warum sind Sie nach Berlin gekommen?«

»Ich studierte klassischen Gesang. Aber das geriet beinahe zur Nebensache, als ich begann, mich für Politik zu interessieren. Ich erkannte, unter welchen Bedingungen die Menschen auf der anderen Seite der Mauer lebten, und beschloss, meinen Anteil zu leisten.«

Alle Weinerlichkeit hatte sich mittlerweile aus Sorayas Stimme verflüchtigt. Das Erzählen lenkte sie von ihrem Schmerz ab. Oder betäubte ihn mit Wut.

»Was genau haben Sie denn gegen die Zustände unternommen?«, fragte Beppo, bevor sie wieder in die nebelige Traurigkeit entglitt.

»Ich suchte mir im Osten ein Engagement an einem Theater, sodass ich regelmäßig über die Grenze fahren musste«, antwortete Soraya. »Als Opernsängerin verströmte ich den nötigen Glamour, sodass die Grenzwächter nicht so genau hinsahen, wenn ich mein Dekolleté entsprechend einsetzte. Ich schmuggelte alles, was ein Fluchtwilliger brauchte, um an der Grenze nicht aufzufallen. Westdeutsche Pässe, Jeans, italienische Sonnenbrillen, französische Zigaretten und was weiß ich was.«

Während sie erzählte, drückte sie ihr Kreuz durch, ließ dabei ihren Scheitelpunkt um wenige Zentimeter wachsen. Beppo staunte, plötzlich saß kein Häuflein Elend mehr vor ihm, sondern eine Königin, besiegt zwar von den Tücken des Lebens, doch immer noch stolz, immer noch mit Würde.

»Sie haben Ihren Mann als Fluchthelferin kennengelernt?«

»Nein, Hagen und ich begegneten uns erstmals bei meinem Vorsingen. Er war der Regieassistent. Er fiel mir gar nicht auf, wie er da neben den eigentlichen Entscheidungsträgern saß, ein schmaler junger Mann an einem Tisch aus Pressspan, aber er hörte mich singen und konnte mich seitdem nicht mehr vergessen. Können Sie sich das vorstellen«, sagte Soraya und packte Beppo so fest am Arm, dass er schmerzhaft ihre Fingernägel spürte, »eine Frau zu lieben, die Sie niemals erreichen können, weil eine Todesmauer zwischen Ihrer Liebe steht?«

Beppo täuschte ein Husten vor, um sich aus ihrem Griff zu winden, der ihm zunehmend unangenehm wurde. Soraya ließ es schweigend geschehen.

»Warum wurde Ihr Mann verhaftet?«

»Aus diesem Grund. Weil er zu mir wollte. Ich besorgte ihm alles: den Pass – übrigens eine hervorragende Fälschung –, den Rucksack einer amerikanischen Marke, selbst an Zahnpasta hatte ich gedacht. Er fuhr extra an einen Grenzübergang weit weg der Hauptstadt, wo die Wahrscheinlichkeit, erkannt zu werden, geringer war. Aber wir waren nicht vorsichtig genug … So viele Male ist es gut gegangen, diesmal ging alles schief. Im Zug Richtung Grenzübergang Teistungen in Thüringen erwarteten sie ihn bereits.«

»Die Staatssicherheit?«

Soraya schwieg eine Weile, doch schien nicht Beppo der Grund zu sein, sondern sie lauschte in Richtung einer der Türen, bevor sie weitersprach.

»Es dauerte neunzehn Monate, bis ich seinen Freikauf erreichen konnte. Neunzehn Monate in Bautzen

II. Unmenschliche Zustände, Sie machen sich keinen Begriff. Zwischenzeitlich war er mit vierzig Männern in einer Zelle zusammengepfercht, die für zwölf ausgelegt war. Bewusst mischten sie die politischen Häftlinge unter Kriminelle, um sie auszuhorchen und einzuschüchtern. Dazu Arbeitsdienst. Und ich konnte nicht helfen, ohne meine Tarnung auffliegen zu lassen. Es gab doch noch so viele andere, die meine Hilfe benötigten.«

»Aber am Ende wurde Ihr Mann freigekauft?«

»Ich hätte alles getan, um meinen Mann dort herauszubekommen, wirklich alles. Sogar zu meinen Eltern wäre ich gekrochen und hätte um Geld gebettelt, wenn es geholfen hätte. Nach endlosem Suchen konnte ich in Erfahrung bringen, wie die geheimen Häftlingsfreikäufe der Bundesregierung funktionierten. Für die aberwitzige Summe von fünfundneunzigtausendachthundertsiebenundvierzig D-Mark ließ das Regime politische Häftlinge gen Westen frei. Ein gutes Geschäft, das Devisen in den Osten brachte. Es war nicht leicht, Hagen auf diese Liste zu bekommen. Im ersten Jahr lieferten sie jemand anderen statt seiner aus. Eine Verwechslung, irgendein Beamter hatte einen Fehler gemacht. Mit Hartnäckigkeit und Durchhaltevermögen gelang es mir, ihn im zweiten Jahr erneut auf die Liste setzen zu lassen. Diesmal hatten wir Glück. Als er dann endlich kam, mit dem Bus über die Grenze, als er dastand, als ich ihn berühren konnte und er in Sicherheit war – es gibt bis heute keine Worte, die das beschreiben könnten.«

Sie schüttelte sich überwältigt. Danach hatte sie den roten Faden ihrer Erzählung verloren. Suchend blickte sie Beppo an, als sähe sie ihn zum ersten Mal.

»Entschuldigung, warum, hatten Sie noch mal gesagt, sind Sie hier?«

Draußen begann wieder der Presslufthammer zu dröhnen. Ehe Beppo antworten konnte, sprang Soraya von der Couch auf, um ins Nachbarzimmer zu stürzen. Beppo sah sich in dem großzügigen Wohnraum um. Wie seltsam kahl ein Zimmer doch wirkte, so völlig ohne Bilder an der Wand. Nur die Stoff-Eulen schaukelten lautlos über der Küchenzeile.

Als sie wenig später zurückkehrte, wiegte sie auf beiden Armen je einen Säugling. Beppo schluckte. Er verstand nicht viel von kleinen Kindern, doch diese beiden schienen noch jünger zu sein als das frisch gebaute Wohnviertel, möglicherweise erst ein paar Wochen. Keiner hatte ihn vorgewarnt, dass mit Zacherskys Tod nicht nur eine Intendantenstelle, sondern auch ein Zwillingspaar verwaiste.

Soraya setzte sich jedoch bewundernswert gefasst wieder auf die Couch und bettete beide Säuglinge auf die Kissen neben sich, den Jungen links und das Mädchen rechts. Welche emotionalen Stürme mochten in der Frau hin und her toben, jetzt, in einer Situation, in der ihr Leben und das ihrer beiden Kleinen vor ihr lagen wie ein großes Loch. Ohne einen Mucks ließen sie die Liebkosungen ihrer Mutter über sich ergehen und blickten stumpf vor sich hin.

»Sagt dem netten Onkel von der Polizei guten Tag«, gurrte Soraya, um dann in Beppos Richtung zu erklären: »Die Kleine in rosa ist Susanna und der junge Kerl hier heißt Cherubino. Sind sie nicht hinreißend?«

»Ich wusste gar nicht, dass Sie gerade Eltern geworden sind.«

Die Tragik der Situation lähmte Beppos sonst äußerst wortgewandte Zunge so sehr, dass ihm nicht einmal eine angemessene Beileidsbekundung einfiel. Konnte das sein? Er hätte Soraya auf Mitte fünfzig geschätzt, ein Alter, in dem nur die moderne Medizin noch für eine Schwangerschaft sorgen konnte. Oder hatte die Trauer sie über Nacht so stark altern lassen? Beppo hatte von solchen Fällen gehört.

»Ach«, sagte sie mit sich verhärtenden Zügen, »Hagen hat sich nie als Vater der beiden gefühlt. Er hielt das ganze immer nur für ein albernes Puppenspiel. Aber das ist es ja irgendwie auch, ein albernes Puppenspiel.«

Sie strich Susanna, dem rosa gekleideten Baby, über das Köpfchen und augenblicklich klarten ihre Gesichtszüge wieder auf.

»Die Kleine ist die Verletzlichere der beiden. Sie ist sehr sensibel und hat immer großen Kummer in sich.«

Soraya blickte Beppo ernst an. Von den Babys war nichts zu hören.

»Die beiden Kleinen geben mir immer wieder neue Kraft, gerade jetzt. Cherubino ist ganz anders als Susanna. Sehen Sie ihn an. Strotzt er nicht vor Lebensfreude? Sehen Sie die kleinen Lachgrübchen in seinen Mundwinkeln?«

Soraya stupste den kleinen Jungen sanft auf seine Nase, bevor sie ihn mit den Fingern in der Halsbeuge kraulte. Das Baby wandte den Kopf bei der Bewegung, blieb aber völlig stumm.

»Cherubino ist so, wie ich immer sein wollte. Frei. Selbstständig. Er weiß, was er kann und auch was er will. Das macht ihn stark. Wollen Sie ihn mal halten?«

Unbehaglich rutschte Beppo auf dem Sofa hin und her. Was für ein Spiel spielte Soraya Zachersky da gerade mit ihm?

»Keine Angst, sie gehen nicht so leicht kaputt, wenn man sorgsam mit ihnen umgeht.«

Vorsichtig, das schaukelnde Köpfchen mit der Hand stützend wie ein Vogelei, erhob sich Soraya, um zu

Beppo herüberzukommen. Susanna blieb still auf dem Sofa liegen, ohne ihrer Mutter hinterherzublicken. Erst als Soraya die erschrocken aufgerissenen Augen des Privatdetektivs bemerkte, blieb sie stehen. Sie lächelte milde.

»Oh Verzeihung, Sie haben sie mit lebendigen Kinder verwechselt, nicht wahr?«

Beppo nickte nur mit offenem Mund.

»Keine Sorge, es sind Reborns. Zugegeben auf den ersten Blick von echten Säuglingen praktisch nicht zu unterscheiden.«

»Das sind Puppen?«

Beppo konnte noch immer nicht glauben, dass seine Augen ihm einen derartigen Streich gespielt hatten. Sie lachte kurz, beinahe klagend.

»Ja, ein echtes Reborn müssen Sie auf den ersten Blick für lebendig halten, nur dann haben Sie es mit wirklicher Qualität zu tun. Riechen Sie mal! Ich reibe sie jeden Tag mit einer Essenz ein. Duftet das nicht einfach wunderbar nach frischer Babyhaut? Aber halten Sie mich bitte nicht für verrückt, ich weiß sehr gut, dass die beiden nur Puppen sind, nicht war mein Kleiner?«

Voller Hingabe schmiegte Soraya ihre Backe an den kleinen Cherubino auf ihrem Arm. Beppo betrachtete fassungslos das groteske Schauspiel, zu dessen einzigem Zuschauer er gerade wurde.

»Mein Mann hat mich nie kritisiert, niemals ein böses Wort. Das rechne ich ihm hoch an.«

»Aber er war auch nicht begeistert?«

»Nein, da haben Sie recht. Trotzdem akzeptierte er, dass ich Cherubino und Susanna brauche, weil mich ihre Nähe beruhigt. Weil die Wunden, die das Leben mir zugefügt hat, durch die beiden langsam verheilen. Welcher Mann würde so etwas tun?«

»Frau Zachersky«, fragte Beppo, dem die ganze Situation immer noch so unwirklich vorkam, dass er nur mühsam davon Abstand nehmen konnte, sich selbst in den Arm zu zwicken, »viele Menschen, mit denen Ihr Mann zu tun hatte, berichten ganz andere Dinge über ihn. Er galt als radikal, unberechenbar und skrupellos.«

Ihre eben noch gelösten Züge verhärteten sich schlagartig.

»Natürlich haben die Leute geredet«, zischte sie, »weil er anders war. Weil er besonders war. Mein Mann verbrachte beinahe zwei Jahre in Bautzen II. Das hinterlässt Spuren. Ich weiß, dass viele Menschen meinen Mann nicht verstanden haben. Seine Kunst, die verehrten sie, aber ihn, den Menschen, den verstand niemand, kannte niemand. Niemand außer mir.«

»Hatte Ihr Mann Feinde, Soraya?«

»Es gibt so viel Bösartigkeit auf dieser Welt, dass es gar nicht in Worte zu fassen ist. Manchmal weiß ich nicht, wie ich das weiter aushalten soll, ohne dass es mich erdrückt.«

Mechanisch streichelte sie wieder die beiden schlaffen Puppenleiber.

»Haben Sie jemanden, der ab und zu bei Ihnen vorbeischaut?«, fragte Beppo.

»Was glauben Sie denn«, sagte Soraya mit trüben Augen, »wie viele Freunde einem bleiben, wenn man im Bekanntenkreis als irrsinnige Puppenmutter in Verruf kommt?«

Fast hätte sich Beppo auf die Zunge gebissen, so unbedacht waren ihm die Worte aus dem Mund gepurzelt. Soraya schien jedoch nicht im Mindesten verärgert.

»Olga Biesinger schaut manchmal vorbei. Und wen brauche ich sonst schon, wenn ich die beiden habe? Dann brauche ich gar nichts; sonst brauche ich niemanden.«

Sie hauchte Cherubino einen Kuss auf die Wange, blickte dann verstört in Richtung des Privatdetektivs, schien etwas sagen zu wollen, überlegte es sich jedoch anders und lächelte einfach versonnen vor sich hin.

Sigrid von Schnackenberg tigerte vor dem Haupteingang auf und ab, als Elmar so scharf vor dem Theater bremste, dass es ihn beinahe aus dem Sattel hob.

»Da bist du ja endlich. Nichts wie rein, Elmar!«, befahl die Spielleiterin.

Überrascht stellte Elmar fest, dass mit ihm offenbar die Kavallerie komplett sein sollte, an deren Spitze Siggi sich den Vorstellungstermin zurückzuerobern gedachte. Eigentlich hätte er Hartwig Hoppe erwartet, den dienstältesten Spieler des Ensembles, der Siggi bereits seit dem Beginn von Theatersport nicht mehr von der Seite wich wie ein loyaler Collie. Vielleicht habe ich sie ja im letzten Sommer mit den Ermittlungen gegen ihren Willen doch beeindruckt, überlegte Elmar, konnte den Gedanken jedoch nicht weiterverfolgen, denn in diesem Moment riss Siggi die Bürotür des Oberspielleiters Tarik Atasoy auf, die sich auf demselben Flur befand wie der Eingang zu Virginias Sekretariat und dem dahinter liegenden Intendantenbüro. Atasoy wäre es ein Leichtes gewesen, in einem unbeaufsichtigten Moment durch das verwaiste Büro zu schleichen, dachte Elmar, schließlich hätte er nur warten müssen, bis Virginia fort war.

Der Oberspielleiter saß tatsächlich an seinem Schreibtisch und schreckte von der Arbeit auf, als Siggi die Tür aufriss. Vor Tarik Atasoy lag eine um zahlreiche handschriftliche Anmerkungen erweiterte Textfassung irgendeines Stückes.

»Immer langsam mit den jungen Pferden!«, sagte der Oberspielleiter mit dem Vollbart überrumpelt. »Was wollen Sie beide denn hier?«

»Sie werden uns Theatersport nicht wegnehmen«, brüllte Siggi und stemmt sich über den Schreibtisch, sodass ihre Nase der seinen gefährlich nahe kam, »niemals, hören Sie, wird Ihnen das gelingen!«

Atasoy behielt eine bewundernswerte Ruhe. Was geht wohl in ihm vor, dachte Elmar, wenn Siggi hier wie ein schäumender Pumuckl hereinstürmt. Statt die Stimme zu erheben, verschränkte der Oberspielleiter jovial die Hände hinter dem Hinterkopf und lehnte sich in seinem Bürostuhl zurück.

»Das liegt doch gar nicht mehr in meiner Macht, Frau von Schnackenberg. Ich habe allen freigegeben. Kein Techniker, der jetzt noch im Haus wäre, kein Einlassdienst. Da sind mir die Hände gebunden.«

Siggi nickte schweigend. Dabei blickte sie Elmar an. Elmar zuckte mit den Schultern. Erst als sie ihm erneut zunickte, dreimal und mit immer mehr Nachdruck, begriff er. Das also war Siggis Strategie gewesen.

»Herr Atasoy, wo waren Sie eigentlich gestern Abend?«, fragte Elmar und beobachtete, wie Siggi mit einem triumphierenden Gesichtsausdruck nun ihrerseits die Arme vor der Brust verschränkte.

Tatsächlich blätterte augenblicklich eine erste Schicht der Selbstsicherheit des Oberspielleiters von ihm ab.

»Wollen Sie mir etwas unterstellen?«, fragte Tarik bass erstaunt. »Wer sind Sie denn überhaupt?«

»Mein Mitarbeiter, Elmar Arnold«, sagte Siggi, »hat bereits einmal eine erfolgreiche Mordermittlung an diesem Theater durchgeführt!«

Peinlich berührt blickte Elmar auf seine Schuhe. Wie das klang. Mein Mitarbeiter. Und dann ihr stolzer Ton. Als ob er, Elmar, die Abteilung Mordermittlung in einem mittelständischen Unternehmen koordinierte. Sogleich erinnerte er sich an die Rolle, die er hier zu spielen hatte.

»Ich wiederhole meine Frage«, sagte er, wobei er Atasoy fixierte und gegen den Blinzelreflex ankämpfte, »wo waren Sie gestern Abend?«

»Essen«, erwiderte Tarik.

»Wo?«

»Im Theaterlokal.«

»Den ganzen Abend?«

»Nein, natürlich nicht, in der restlichen Zeit habe ich gearbeitet.«

»Wo?«

»In meinem Büro.«

»Virginia hat berichtet, dass sie Sie zu dem Streit geholt hat, bevor Sie beide Essen gegangen sind.«

»Ja.«

»Sind Sie auf dem Weg noch irgendwo vorbeigegangen?«

»Nein.«

»Im Lokal sind Sie aber erst um halb neun aufgetaucht. Wenn ich richtig rechne, ist das ein Zeitunterschied von einer halben Stunde. So lange braucht man doch nicht für die paar Treppen!«

Augenblicklich lief der Oberspielleiter rot an. Er knallte eine flache Hand so fest auf den Tisch, dass einige Blätter vom Tisch segelten.

»Vielleicht haben wir noch ein paar Dinge besprochen«, sagte er einen Tick zu laut, »außerdem bin ich Ihnen überhaupt keine Auskunft schuldig.«

»Ich bin mir nicht sicher, ob Virginia das bestätigen wird«, schaltete sich jetzt auch eine siegesgewisse Siggi in das Gespräch ein, »rücken Sie lieber gleich mit der Wahrheit heraus.«

»Vorsicht, Frau von Schnackenberg«, zischte Atasoy und stand wie in Zeitlupe auf, bis er Siggi weit überragte, »Sie gehen zu weit, entschieden zu weit.«

Das könnten tatsächlich ziemlich genau eins achtzig sein, dachte Elmar, der dem Oberspielleiter jetzt im wahren Sinne des Wortes auf Augenhöhe gegenüberstand.

»Vorerst verlangen wir nicht viel«, sagte Siggi in einem Ton, der wohl Verhandlungsbereitschaft signalisieren sollte, »aber den Theatersport heute Abend, den spielen wir!«

»Aber ich sagte doch bereits, dass die Techniker …«

»Kinkerlitzchen«, sagte Siggi, »einen Abenddienst kriege ich schon noch alleine zusammen. Der Heimvorteil in der Kleinstadt. Man ist vernetzt!«

Atasoy nickte widerstrebend.

»Wie Sie meinen, Frau von Schnackenberg. Aber die Vorstellung verantworten Sie alleine. Ich habe damit nichts zu tun.«

»Wusste ich doch, dass man mit Ihnen reden kann«, sagte Siggi und dann über die Schulter wie zu einem Hund: »Komm Elmar!«

Elmar gehorchte seinem aus dem Büro stürmenden Frauchen, gönnte sich aber einen kurzen Blick zurück. Noch immer stand Tarik Atasoy hinter dem Schreibtisch. Starr wie eine Salzsäule, die Augen zu Schlitzen verengt, zwischen denen es gefährlich blitzte. Klein beigeben zu müssen gefiel ihm ganz und gar nicht. Den Zuschlag hatten sie von ihm nur aus einem einzigen Grund erhalten: Ihm war auf die Schnelle nichts eingefallen, was er gegen Siggi hätte unternehmen können. Zumindest noch nicht.

Beppo ließ sich auf seinem Campingstuhl die Abendsonne ins Gesicht scheinen, die zwar nicht mehr wärmte, aber die Wagenburg in orangerote Farben tauchte. Wie froh er war, dass sich die Temperaturen nach dem Jahrhundertsommer wieder auf ein erträgliches Maß einpendelten. Der Bauwagen, in dem er lebte, verwandelte sich in der heißen Jahreszeit in einen Backofen, in dem es kaum auszuhalten war. Aber jetzt war er endlich da, der Herbst. Besonders kälteempfindlich war Beppo noch nie gewesen und so saß er nur im Hemd draußen vor seinem Wagen.

Der Privatdetektiv wohnte bereits seit Jahren hier in der Wagenburg, einer alternativen Siedlung am Rande der Stadt, in der ein Haufen Aussteiger und Andersdenkender in Bauwagen, Bretterverschlägen und Holzhütten eine behagliche Bleibe gefunden hatte. Beppo besaß auch ein Büro drüben im französischen Viertel, das er allerdings vor allem deswegen unterhielt, weil seriöse Kunden um die wuchernde Anarchie der Wagenburg lieber einen Bogen machten. Er selbst bevorzugte es, hier in der Natur vor dem himmelblauen Wohngefährt zu arbeiten, wann immer es ihm möglich war. Es befreite das Denken.

Aus dem Kuhstall drang das beruhigende Muhen der beiden Hinterwälder herüber, die die Wagenbürger als Milchlieferanten in einem gemeinschaftlich erbauten Stall hielten.

Vor Beppo auf dem Tisch lag ein Bogen Papier, auf dem er in seiner krakeligen Handschrift zusammengetragen hatte, was sie im Mordfall Zachersky bereits wussten und was es noch herauszufinden galt. Die Anzahl der Fragen überwog die der Antworten bei Weitem.

Weil er nichts Besseres zu tun hatte, holte er sein Telefon hervor und probierte er es bei Rögge. Vielleicht hatten die von der Spurensicherung ja was Neues herausgebracht. Rögge wand sich eine Weile, allerdings sehr halbherzig.

»Der Tatort ist jetzt versiegelt«, begann er seinen Bericht, »die Spurensicherung hat übrigens den Fluchtweg bestätigt, den du entdeckt hast. Vielen Dank. Ich habe sie draufgestoßen. Der Chef ist jetzt wieder einigermaßen günstig gestimmt.«

Wie ein gemeinsames Feindbild doch verbindet, schmunzelte Beppo bei sich und war Kommissar Baumann zum ersten Mal in seinem Leben ein bisschen dankbar dafür, dass er war wie er war.

»Seid ihr ansonsten mit euren Ermittlungen weitergekommen?«, fragte er.

»Oh ja«, sagte Rögge, »die Indizien verdichten sich. Bald haben wir genug zusammen, um sie festzusetzen.«

»Welche sie?«, fragte Beppo.

»Die tatverdächtige Person«, ruderte Rögge sofort zurück. »Ich habe nichts von einer Frau gesagt. Es könnte genauso gut ein Mann sein.«

Beppo glaubte ihm kein Wort. Dieser Rögge würde noch viel lernen müssen, bis einmal ein gestandener Polizist aus ihm wurde.

»Ihr verdächtigt also eine Frau?«

»Ich kann wirklich nicht ins Detail gehen, Beppo. Also das geht jetzt wirklich nicht.«

»Komm schon, Björn. Wen habt ihr im Visier?«

»Das kann ich dir nicht sagen. Es gibt aber viele Hinweise in die gleiche Richtung.«

»Sigrid Schnackenberg?«

»Woher …«

»Gib dir keine Mühe«, sagte Beppo, »wenn du Bescheid weißt, dann muss es etwas mit dem Tatort zu tun haben. Mischspuren, so hattest du gesagt. Höchstens das

Mordinstrument könnte aussagekräftige Fingerabdrücke liefern. Ich kombiniere also, dass ihr Siggis Fingerabdrücke auf dem ›Faust‹ festgestellt habt. Habe ich recht?«

Rögge druckste kleinlaut vor sich hin.

»Hör mal, Beppo, wenn irgendjemand spitzkriegt, dass ich hier aus dem Nähkästchen plaudere, dann …«

»Entspann dich«, sagte Beppo, »zur Not setzt du dich ins Ausland ab. Die Russen beschützen Whistleblower. Und es dient ja der guten Sache.« Er überlegte kurz und sagte dann: »Sigrid Schnackenbergs Fingerabdrücke waren also auf dem Mordinstrument – möchte mal wissen, wie sie mir das erklärt.«

»Aber das hast du nicht von mir!«

»Natürlich nicht. Was macht eigentlich der Obduktionsbericht? Ist er schon abgeschlossen?«

»Nein, das wird wohl erst morgen was, die Rechtsmedizin ist krankheitsbedingt ziemlich unterbesetzt.«

»Meldest du dich, wenn ihr mehr wisst?«

»Also Beppo«, sagte Rögge ausweichend, »es wird mir wirklich langsam zu heikel.«

»Dann melde ich mich eben bei dir«, sagte Beppo und legte auf, bevor Rögge ein weiteres Mal widersprechen konnte.

Sigrid Schnackenberg, also. Beppo schüttelte den Kopf. Sollte sie tatsächlich ihre Finger im Spiel gehabt haben? Im Grunde hielt sogar er, Beppo, das für unwahrscheinlich. Sie hätte sich doch niemals zu einem Mord hinreißen lassen. Nach den Ermittlungen im letzten Jahr musste ihr klar sein, dass man jeden ihrer Schritte mit Argusaugen beobachtete.

Ein Hämmern riss Beppo gewaltsam aus seinen Grübeleien, ein Hämmern, dem ein derber Fluch folgte. Er erblickte seinen Nachbarn, der gerade den Hammer erneut an der Außenwand seines Wagens ansetzte.

»He Yeti, was soll das?«, rief Beppo ungehalten. »Du störst mich beim Denken.«

Der Angesprochene hielt kurz inne und schaute mürrisch zu Beppo herüber. Wie immer trug er die zerknitterte Leinenkappe, die auf seinem Kopf angewachsen zu sein schien.

»Wonach sieht's denn aus, Schnüffler?«, sagte er grimmig und kratzte sich den Bart. »Ich baue meinen Wagen aus.«

»Schon wieder?«

»Ich brauche mehr Licht. Hier kommt ein neues Fenster rein und außerdem will ich einen kleinen Anbau zum Pennen dranmachen. Reicht mir nicht mehr mit zwölf Quadratmetern.«

»Verschieb das auf nachher, Yeti«, sagte Beppo in einem Tonfall, der keinen Widerspruch duldete, »ich muss arbeiten.«

Der Nachbar legte den Hammer zur Seite und stand mit wenigen Schritten vor Beppos Tisch. Er roch nach Kohl.

»Weißt du, was mich wirklich wütend macht, Schnüffler?«, sagte er und kniff die Augen zu Schlitzen zusammen. »Du hältst dich nicht an die Absprachen. Das macht mich wütend! Als wir dich hier aufgenommen haben, da war keine Rede davon, dass du als Spion arbeiten würdest.«

»Privatdetektiv«, korrigierte Beppo.

»Wie auch immer. Es passt mir nicht, dass du in der dreckigen Wäsche anderer Leute herumschnüffelst. So was macht ein Wagenbürger nicht. Und noch weniger passt mir, dass du jetzt auch noch den halben Tag hier rumhängst.«

Beppo klappte den Campingstuhl zusammen, auf dem er gesessen hatte. Er hatte begriffen. Manchmal war die

Wagenburg der ideale Ort, um einen klaren Kopf zu bekommen, aber das enge Miteinander konnte auf Dauer auch ganz schön kompliziert werden. Zu kompliziert für Beppos Geschmack. Für den Fortgang der Ermittlungen sollte er sich ohnehin schleunigst wieder in die Welt der Normalos begeben. Er musste Siggi Schnackenberg sprechen. Bis zum Theater war es von hier aus nicht weit. Er würde zu Fuß gehen können.

Seit Jahren verwandte Elmars Improvisationsgruppe dieselben Kostüme. Auch das Bühnenbild war mit zwei verschiedenfarbigen Stellwänden, die eine rot, die andere blau, zwei Bierbänken, einem Spielleiterpult sowie einem Klavier eher überschaubar. Trotzdem mussten auch diese Stellwände für die Teams Fortuna Faust und Coole Rampe vor jeder Vorstellung aufgestellt, die Scheinwerfer ausgerichtet, die Karten an der Abendkasse verkauft und später am Einlass abgerissen werden. Umso mehr freuten sich Elmar und Siggi, dass es ihnen tatsächlich in Rekordzeit gelang, die dafür notwendigen Menschen zusammenzutrommeln. Sogar Tinka hatte sich sofort bereit erklärt, ihre Schicht auf dem Umbrischen zu tauschen, um so am Einlass einzuspringen.

Als eine Stunde vor Beginn von Theatersport Hartwig Hoppe als der erste Spieler hinter der Bühne eintraf, spürte Elmar, dass er sich dringend eine Pause gönnen sollte, wenn er nicht vor Ablauf des Abends zusammenklappen wollte. Hartwig Hoppe, der älteste Spieler des Ensembles, trug auch heute ein T-Shirt, obwohl es am Abend draußen bereits schneidig kalt wurde. Wie

Elmar es von Hartwig kannte, war es mal wieder ein bewusst ausgewähltes modisches No-Go, das da um seinen immer noch sehnigen Körper herumschlackerte: eine historische Aufnahme, mit Photoshop nachbearbeitet. Statt Breschnew presste Darth Vader Erich Honecker den Bruderkuss auf die zusammengekniffenen Lippen.

»Stimmt es, was der Buschfunk durch die Stadt trommelt«, fragte er Elmar, »Hagen Zachersky ist tot?«

»Ja, er ist ermordet worden«, sagte Elmar müde. »Lass es dir von Siggi erklären, ich bin rauchen.«

Als er eine Viertelstunde später vom Lokal zurück zur Bühne eilte – wie neu geboren nach einem vierfachen Espresso –, fuhr ein Polizeiwagen vor, den er aus den Augenwinkeln wahrnahm, ohne sich viel dabei zu denken. Eine Streife wahrscheinlich, die in dem Anwohnerparkgebiet fette Beute witterte.

Im Foyer warteten die ersten Zuschauer, hier und da wurde Elmar von Fans erkannt, die ihm erwartungsvoll zuzwinkerten. Am Einlass stand Tinka schon auf Position, so guter Laune, dass sie ihm im Vorbeigehen einen maßlos übertriebenen Kuss durch die Luft zuwarf. Was ein gemeinsames Feindbild alles bewirken kann, dachte Elmar, betrat den Zuschauerraum und begrüßte dort zuerst Leif, den Beleuchter, der bereits einsatzbereit hinter seinem Pult saß und dafür sorgte, dass das Ensemble selbst bei seinem Aufwärmritual im rechten Licht stand. Als er Elmar erblickte, reckte er beide Daumen steil auf das Poster mit dem Südseestrand, das über ihm an der Decke klebte.

»Danke, dass du an Bord bist, Leif«, sagte Elmar.

»Keine Ursache. Verbunden sind die Schwachen mächtig. Aber ich glaube, die warten auf der Bühne auf dich.«

»Da kommst du ja endlich«, sagte Siggi, während sie den Indiacaball, den die Spieler bisher untereinander im

Kreis hin und her geschossen hatten, zu Elmar hinüber baggerte. In einer perfekt eingeschätzten Flugbahn sauste der Indiaca direkt auf den Musiker zu, der unvorbereitet die Hände hochriss und den Ball mit der Handkante im falschen Winkel erwischte, sodass er einen Haken schlug und unerreichbar über die Köpfe der sich nach ihm reckenden Schauspieler hinweg ins Dunkel der hinteren Bühne sauste. Kollektives Stöhnen aus allen Richtungen.

»Elmar, wir waren grade bei einhundertachtunddreißig Ballkontakten«, fauchte Siggi. »Wenn du dich nicht konzentrieren kannst, dann steig doch lieber gar nicht erst ein.«

Beim Indiaca verstand sie wirklich keinen Spaß. Wie sich die Anfangsmoderation von Theatersport nur in klitzekleinen Details von Show zu Show unterschied, so war auch das Indiacaspiel eine feste Größe in ihrem Aufwärmprogramm, verborgen vor den Augen der Zuschauer. Das Unvorhergesehene der Ballmanöver, das Teamerlebnis, die Rettungsversuche bei Kontrollverlust, das Hochgefühl, wenn alle an einem Strang zogen und sich einen neuen Gruppenrekord erspielten – all das brauchten sie auch nachher auf der Bühne. Für Siggi gab es keine bessere Vorbereitung als diesen kleinen quietschgelben Lederball mit den vier roten, schnell ausfransenden Federn.

»Elmar, bitte noch einmal von vorne. Aber diesmal mit Gefühl«, kommentierte Leif über die Sprechanlage.

Die Kollegen feixten. Elmar hob entschuldigend die Arme. Lars Böblinger, der dankenswerterweise den Balljungen gab, kam mit dem Indiaca hinter der roten Stellwand wieder hervor und eröffnete eine neue Runde mit seinem Aufschlag. Siggis Hoffnung auf einen Rekord wurde jedoch jäh zunichtegemacht.

»Sigrid von Schnackenberg!«, dröhnte eine Stimme durch den Saal.

Laut, tief, eine Reibeisenstimme, die es gewohnt war, dass man ihr widerspruchslos gehorchte. Das Gelächter erstarb. Ohne dass auch nur irgendjemand versucht hätte, es zu verhindern, verlor der Ball an Höhe, plumpste direkt vor Siggi auf den Boden, kippte mit seinen Federn zur Seite und blieb liegen wie besiegt. Siggi drehte sich um und beschattete mit ihrer Hand die Augen, um gegen das Scheinwerferlicht in den Zuschauerraum sehen zu können. Elmar erkannte Kommissar Baumann auch auf die Entfernung sofort. Mit zwei weiteren Polizisten hatte er gerade den Saal durch den Zuschauereingang betreten. Neben Baumann stand Tarik Atasoy, der Oberspielleiter. Er deutet zu ihnen hinunter.

»Die dort ist es«, hörte Elmar ihn laut und deutlich sagen, »die Frau mit den roten Haaren.«

»Nicht nötig, sie vorzustellen«, knurrte Baumann, »ich kenne sie.«

Was ging hier vor? Elmar fiel der Blick im Büro wieder ein, mit dem Tarik Atasoy ihnen hinterhergesehen hatte. Seine Vorahnung hatte ihn also nicht getäuscht.

»Heben Sie die Hände, Frau von Schnackenberg«, sagte Baumann, als er gefolgt von seiner Entourage die Treppe hinunterkeuchte. »Wegen dringenden Tatverdachts in der Mordsache Zachersky nehme ich Sie hiermit fest. Jeder Fluchtversuch ist zwecklos.«

Siggi stand da, als hätten sich ihre Füße mit kräftigen Baumwurzeln in der Erde verankert, als würde sie nichts, aber auch gar nichts von diesem Stückchen Bühnenbrettern wegbewegen können. Doch schon standen die beiden Polizisten links und rechts neben ihr, schon hatten sie ihr die Hände auf die niedrigen Schultern gelegt, schon wölkte die Fassungslosigkeit über die

Gesichtszüge der kleinen, drahtigen Frau. In beängstigender Weise fühlte Elmar sich an das vorige Jahr erinnert, als die Bullen seinen Mitspieler Gabriel verhaftet hatten.

»Haben Sie einen Haftbefehl?«, fragte die Spielleiterin mit brüchiger Stimme.

»Den brauchen wir nicht, das ist eine ordnungsgemäße Festnahme«, kläffte Baumann zurück. »Rechnen Sie damit, bis zum Ende des Folgetages dem Haftrichter vorgeführt zu werden. Dann ist alles wasserdicht. Die Mordwaffe ist voll mit Ihren Fingerabdrücken. Außerdem sind … weitere Indizien aufgetaucht.«

Tarik Atasoy presste die Lippen zusammen, als müsse er sich ein Lächeln verkneifen. Auch wenn Elmar im Stillen darauf hoffte, zeigte Siggi nicht die Spur einer Gegenwehr. Ihre Festnahme hatte sie so unvorbereitet niedergestreckt wie ein Blizzard eine Jahrhunderte alte Eiche.

»Ihr anderen könnt nach Hause gehen«, befahl Tarik Atasoy dem Kreis der Schauspieler, die wie erstarrt das Geschehen beobachtet hatten, »Theatersport ist abgeblasen.«

Siggis Augen suchten Elmar. Kaum, dass sie ihn gefunden hatten, flüsterte sie beinahe unhörbar:

»Ich bin unschuldig.«

Elmar nickt ihr zu. Hartwig, der neben ihm stand, noch immer im Honecker-Vader-T-Shirt, lehnte sich in seine Richtung und raunte herüber:

»Geh zur Anlage, Elmar. Deine Tinka steht oben an der Tür, hoffentlich ist sie auf Zack. Wir brauchen hier etwas mehr Öffentlichkeit.«

Im nächsten Augenblick hatte er sich vor Tarik Atasoy aufgebaut. Obwohl die beiden Männer ziemlich genau gleich groß waren, schrumpfte er den Oberspielleiter durch die Intensität seines Blicks auf die Größe eines Kaninchenkötels.

»Ihr könnt unsere Spielleiterin mitnehmen«, herrschte Hartwig ihn an, »aber Theatersport kriegt ihr nicht!«

»Was erlauben Sie sich!« Tarik Atasoy sah sich entgeistert nach den Polizisten um. »Jetzt machen Sie doch auch mal etwas.«

»Ich habe einem System die Stirn geboten, das über schlagkräftigere Mittel verfügte, Herr Atasoy. Wenn ich sage, dass wir heute Abend hier spielen, dann meine ich das auch.«

Er nickte zu Elmar herüber, der sich während des Redegefechts zur Musikanlage geschlichen hatte, die neben seinem Klavier auf der Bühne stand. Im Handumdrehen drückte Elmar die richtige Taste, ohrenbetäubend schallte die Einlassmusik in den Saal.

»Tinka«, brüllte Elmar und winkte wie ein Fluglotse, »die Türen – mach sie auf!«

Und Tinka? Natürlich war sie auf Zack. Eine solch subversive Aktion war ganz nach ihrem Geschmack. Ehe Tarik und die ihn umgebenden Polizisten überhaupt verstanden, was geschah, quollen am oberen Eingang bereits die ersten gut gelaunten Theatersportzuschauer hinein, bekamen von Tinka Abstimmzettel und Tröten in die Hand gedrückt. In ihrer Euphorie hielten sie die Polizisten auf der Bühne wahrscheinlich für einen Gag des Teatro Arlecchino. Diese Impro-Spieler waren schließlich immer für Überraschungen gut.

»Dort kommen wir am schnellsten raus«, sagte der Oberspielleiter und wies zum Notausgang am Bühnenrand. »Herr Hoppe, wir beide sprechen uns noch. Das wird ein Nachspiel haben!«

Siggi ließ sich von ihren Bewachern zur Tür führen, an der sie jedoch stehen blieb wie ein stures Kalb.

Wir können sie nicht einfach so gehen lassen! Ehe Elmar darüber nachdenken konnte, schlug er seine Handflächen zusammen, rhythmisch, drei kurze Schläge, dann eine Pause, dann wieder drei Schläge. Immer wieder. Jeder, der schon einmal Theatersport gesehen hatte, erkannt den Klatschrhythmus, der den Schlachtruf der blauen Mannschaft, Fortuna Faust, begleitete. Auch Hartwig Hoppe begriff. Er stimmte mit ein, klatschte den Rhythmus des anderen Teams, Coole Rampe, in die Pausen. Es dauert nicht lange, bis auch die anderen Spieler einstiegen, selbst die Zuschauer, die gar nicht wussten, worum es eigentlich ging, klatschten mit. Eine ansteigende, wortlose Laudatio, bestehend nur aus dem knallenden Geräusch aneinanderschlagender Handflächen. Zunehmend nervös drängte Tarik zum Aufbruch. Bevor sie durch die Feuertür nach draußen trat, drehte Siggi den Kopf. Etwas schief stand sie im Notausgang, durch den man in die Dämmerung sehen konnte.

Sie klatschten noch weiter, nachdem sich die Feuerschutztür bereits lange geschlossen hatte. Dann musste alles sehr schnell gehen. Nur noch zehn Minuten bis zum Beginn der Show. Rasche Strategiebesprechung in der Garderobe.

»Ich übernehme die Moderation«, sagte Hartwig, während er im Spiegel die Grundierung seiner Schminke kontrollierte. Keiner erhob Widerspruch, war es doch üblich, dass Hartwig moderierte, wenn Siggi mal wieder wochenlang nepalesische Berggipfel erklomm. Dann begleitete Hartwig das Publikum durch den Abend, meist nicht als er selbst, sondern als sein Alter Ego, die Kunstfigur Fräulein Gonzales, eine Diva, die sich gerne selbst reden hörte.

»Für die Perücke bleibt einfach keine Zeit«, seufzte Hartwig, »zu tragisch. Na ja, aber dann geht es heute mal als Hartwig, ganz leger sozusagen. Ansonsten schlage ich vor, dass wir das Thema Mord und Verhaftung vermeiden.«

Die Mitspieler stöhnten. Wie es auch beinahe unmöglich war, nicht an Kängurus zu denken, wenn man dazu aufgefordert wurde, so gab es nichts Schwierigeres beim Improvisieren als ein bestimmtes Thema auszuklammern. Jede Assoziation würde darum kreisen.

»Wobei …« Hartwig überlegte eine Weile mit in den Rücken gestemmten Armen. »Zensur ist einfach scheiße. Macht was ihr wollt, keine Schranken im Kopf. Es lebe die Impro-Anarchie! Keinen Respekt für niemand. Und jetzt raus mit euch, meine Hofnarren.«

Die Show lief gut, aus den Augenwinkeln bemerkte Elmar, wie Beppo nach den ersten zehn Minuten in den Saal schlüpfte. Vielleicht hatte Tinka ihn hineingelassen. Trotzdem rauschte Theatersport an Elmar vorbei, ohne dass er wirklich wahrnahm, was überhaupt gespielt wurde. Das war der Vorteil am Musikerdasein. Ehe er sich versah, wartete er neben Hartwig hinter dem Vorhang darauf, dass der Schlussapplaus endlich verebbte.

»Wir waren superb«, sagte Hartwig. Über seiner Minipli tanzten Staubkörner in der Luft. Der Scheinwerfer verwandelte sie in leuchtende Insekten.

»Dafür, dass unsere Spielleiterin verhaftet worden ist«, schränkte Elmar ein.

Hartwig nickte und kraulte sich das glatt rasierte Kinn. »Wirklich schockierend. Eben läufst du frei herum, und, zack, buchten sie dich ein. Bisher bin ich davon ausgegangen, dass ihr hier im Westen das anders handhabt.«

»Du hast nie viel von deiner Vergangenheit erzählt.«

»Gibt's ja auch nur jede Menge Mist«, lachte Hartwig.

Mit einem Blick zur Uhr vertröstete er Elmar auf später.

»Die Leute geben keine Ruhe. Die Zugabe bleibt uns heute nicht erspart, wir waren einfach zu superb. Also raus mit euch, hopp hopp, ihr Narren!«

Als das Publikum sich endlich auf den Heimweg gemacht hatte, mit schmerzenden Bäuchen vom Lachen, suchte Beppo Elmar hinter der Bühne. Er fand ihn im Gespräch mit Hartwig Hoppe, der gerade ein paar Babyfeuchttücher aus der Packung zupfte, mit denen er sich über das Gesicht wischte.

»Dem Atasoy haben wir es aber gezeigt, was Elmar?«, sagte Hartwig.

Hin und her gerissen zwischen Ekel und Erstaunen registrierte Beppo die bräunlich-beigen Schlieren, die Hartwigs Schminke auf den Tüchern zurückließ, bevor er sie zerknüllte und in den Mülleimer an der Tür warf.

»Spätestens seit heute Abend ist der Mann dein Intimfeind – unser Intimfeind«, korrigierte Elmar sich schnell, »möchte wetten, dass das nicht sein letzter Anschlag auf Theatersport war. Ah, hallo, Beppo. Du erinnerst dich doch, Hartwig.«

Hartwig Hoppe nickte Beppo huldvoll zu, ohne es für nötig zu halten, aufzustehen oder ihm die Hand zu reichen.

»Glaubt ihr, Atasoy hat die Polizei gerufen, um Siggi Schnackenberg abholen zu lassen?«, fragte Beppo, nachdem sie ihn auf den neuesten Stand gebracht hatten.

Hartwig nickte sofort heftig mit dem Kopf.

»Sie ist das Opfer einer Verschwörung«, bestätigte auch Elmar.

»Ihre Fingerabdrücke waren auf der Tatwaffe«, warf der Privatdetektiv ein, »das hat die Spurensicherung festgestellt. Und eure Spielleiterin hat selbst zugegeben, dass sie die Trophäe in der Hand hatte.«

»Ach wirklich?«, fragte Elmar.

»Natürlich! Gestern Abend in ihrem Wohnzimmer. Schon vergessen? Sie wollte den Hohlraum mit eigenen Augen sehen, der sich im ›Faust‹ verbirgt. Eine fadenscheinige Ausrede, wenn ihr mich fragt.«

»Nein, Beppo«, gab Elmar zu bedenken, »es ist allgemein bekannt in der Kulturszene, dass in dem Hohlraum des ›Faust‹ ein Mensch steht. Sie wollte vermutlich einfach mal gucken, wie das in echt aussieht.«

»Aber Zachersky hätte ihr niemals gestatten, sein Heiligtum in die Hand zu nehmen!«

»Ach was«, sagte Elmar, »Siggi wird nicht gefragt haben, bevor sie zugriff, zumal der ›Faust‹ ja mitten auf dem Schreibtisch thronte, direkt vor ihrer Nase. Und Neugierde ist noch lange kein Grund, sie zu verhaften.«

»Ihre Fingerabdrücke sind auf der Tatwaffe«, beharrte Beppo, »und wenn dann noch eine Zeugenaussage hinzukommt …«

»Dem Atasoy traue ich zu, dass er eine solche Zeugenaussage einfach erfindet«, sagte Hartwig mit einem süffisanten Lächeln. »Er hat es auf uns abgesehen.«

»Aber warum?«, fragte Beppo.

»Ich kenne solche Oberspielleiter«, antwortete Hartwig, »die plustern sich auf, weil sie jung sind und noch was weiß ich was für Ziele haben. Wenn du Glück hast, werden sie vom Strudel ihres Erfolges schnell an ein renommierteres Theater gespült. Wenn du Pech hast, stehst du in ihrem Weg.«

»Und dann?«, fragte Beppo.

»Wir sollten vorsichtig sein, Elmar.«

»Ich sehe ihn morgen bei der Stückkonzeption«, sagte Elmar.

»Halt dich lieber zurück«, warnte Hartwig, »es wird ihm nicht gefallen, wenn er realisiert, dass er dich doppelt an der Backe hat.« Eine besonders hartnäckige Stelle in seinem Gesicht erforderte Hartwigs ganze Aufmerksamkeit, kräftig rubbelte er mit dem Tuch daran herum. »Vielleicht ist er ja sogar euer Mörder«, schob er noch nach.

Elmar nickte langsam und sagte dann:

»Die Größe passt zumindest.«

»Aber was gewinnt Tarik Atasoy dadurch?«, warf Beppo ein. »Er konnte doch sowieso alle Entscheidungen am Haus nach seinem Gutdünken treffen. Und wie man hört, genoss er Zacherskys vollstes Vertrauen. Perfekte Bedingungen für Atasoy. Er entscheidet über die Kündigungen, spricht sie aus, aber die Wut trifft den Alten, der sich in den Elfenbeinturm seines Büros zurückgezogen hat. Warum hätte sich Atasoy seines Buhmanns berauben sollen?«

»Vielleicht war das Verhältnis der beiden ja am Ende doch nicht mehr ganz so einvernehmlich. Immerhin war Zachersky nicht der Einfachste«, warf Hartwig ein.

»Kanntest du den Intendanten?«

»Wir sind uns ein paar Mal über den Weg gelaufen. Als Studenten. An der Filmhochschule Babelsberg in Potsdam. Ab und an haben wir am selben Tisch ein Bier getrunken. Aber nach dem Abschluss hat der feine Herr Regisseur nur noch verächtlich auf das Bodenpersonal heruntergeschaut.« Er lachte trocken und fügte noch hinzu: »Dabei stemmen wir Schauspieler das Gros einer Aufführung …«

»Zachersky hat an derselben Filmhochschule wie du studiert?«, fragte Elmar überrascht.

»Regie.« Hartwig nickte zur Bekräftigung seiner Worte. »Allerdings hat er später gemerkt, dass Film nichts für ihn war. Dann wechselte er ans Theater.«

»Und, was war er für ein Mensch?«, hakte Beppo nach.

»So ein Tausendsassa, immer voller Ideen, und er konnte alle Menschen seiner Umgebung für sich einnehmen. Er hatte so viele Freunde, dass man sie gar nicht zählen konnte.«

»Da scheint er sich aber stark verändert zu haben«, sagte Beppo.

»Glauben Sie ernsthaft, dass man aus Bautzen II so herauskommt wie man hineingegangen ist?« Hartwig spuckte den Namen des Gefängnisses aus wie faules Obst. »Eines Tages war er verschwunden, wie vom Erdboden verschluckt. Gesagt hat uns ja damals keiner was, man bekam nur Gerüchte mit, aber er hat wohl versucht abzuhauen und dabei ordentlich Schiffbruch erlitten.«

»Wahrscheinlich ist er verpfiffen worden.«

»Kann sein. Gerüchte gab es ja viele.«

»Seine Witwe hat das so berichtet«, sagte der Privatdetektiv.

»Die Junghoff?« Hartwigs kugelrundes Gesicht begann zu leuchten wie eine Glühbirne. »Soraya Junghoff, was war das für eine unglaubliche Frau. Ihr macht euch keine Vorstellungen, ein Stern aus dem Westen, eine Göttin. Wir lagen ihr alle zu Füßen.«

»Was ist denn mit dir los, Hartwig«, fragte Elmar überrascht, »hast du erst auf deine alten Tage das Ufer gewechselt?«

»Nein, nein, Elmar, so weit ging meine Begeisterung dann doch nicht. Ich habe sie vergöttert. Als Künstlerin!

Ein Sopran, glockenhell wie Tautropfen auf Frühlingsnarzissen.«

»Ich habe nie vorher von ihr gehört.«

»Wie auch, sie hat ja den Zachersky geheiratet, das dumme Ding, und seitdem war von ihr auf der Opernbühne nichts mehr zu hören oder zu sehen.«

»Glauben Sie, er hat ihr weitere Auftritte verboten?«, fragte Beppo.

»Keine Ahnung. Ich habe die Junghoff auf der Bühne angehimmelt, später saß sie manchmal neben Hagen am Tisch, aber sie war damals meilenweit von einem Schauspielschüler wie mir entfernt. Was sie tat, nachdem ihr die Bundesregierung ihren geliebten Zachersky wie ein Weihnachtsgeschenk aus dem Gefängnis gekauft hat, wie eine Ausnahmekünstlerin sich auf das Mittelmaß einer bürgerlichen Hochzeit herablassen konnte, warum sie einfach verstummte wie ein Fisch, das konnte ich alleine schon deshalb nicht verfolgen, weil ich im Tal der Ahnungslosen kein Westfernsehen empfangen konnte.«

»Sie ist total durchgeknallt«, sagte Beppo und berichtete von den beiden Reborn-Puppen, die Soraya wie eigene Kinder aufzog.

»Die beängstigende Nachbarschaft von Genie und Wahnsinn«, sagte Hartwig betroffen, »wie tragisch.«

»Dieser Hagen Zachersky wird mir immer suspekter«, sagte Elmar. »Warum fesselt sich ein Globetrotter an eine Verrückte? Er hätte sie doch einfach verlassen können.«

»Ja, darüber habe ich schon nachgedacht«, sagte Beppo. »Vielleicht aus Dankbarkeit. Wusstet ihr, dass sie selbst Zacherskys Fluchthelferin war?«

Hartwig lachte trocken.

»Wofür sollte er denn da dankbar sein? Die Flucht ging doch in die Hose.«

»Wissen Sie irgendetwas darüber?«, fragte Beppo.

»Nicht wirklich, aber ich vermute, dass die beiden einfach zu auffällig waren. Das Traumpaar. Ost und West. Gesang und Regie. Das konnte nicht gut gehen. Und die Firma hatte sie bestimmt von Anfang an im Visier.«

»Die Firma?«

»Die Staatssicherheit. Die hatten doch überall Informanten eingeschleust, gerade in unsere Künstlerkreise. Wenn du nicht kolossal vorsichtig warst, hatten die dich schneller an den Hammelbeinen, als du ›Ausreiseantrag‹ sagen konntest. Ich selbst hatte bei meiner Flucht ja auch mehr Glück als Verstand.«

»Du hast rübergemacht?«, fragte Elmar überrascht.

»Rübergemacht«, lachte Hartwig, »das ist so ein Wessiwort. Verwenden wir nur, wenn wir uns über euch lustig machen wollen.«

»Du bist also – geflohen?«, unternahm Elmar einen zweiten Anlauf.

»Jaja, achtundachtzig.«

»Davon hast du nie erzählt.«

»War eine beschissene Zeit, damals.«

»Jetzt sag schon«, bohrte Elmar, »wie hast du es geschafft? Durch einen Tunnel?«

»Der Osten war nicht so, wie ihr ihn hier aus dem West-Fernsehen kennt. Ich bin über Ungarn raus. Eine waghalsige Aktion, aber der Segen der Jugend ist ihr fehlender Verstand.«

»Kurz drauf ist die Mauer doch sowieso gefallen«, warf Beppo ein.

»Ach was!«, fuhr Hartwig den Privatdetektiv so heftig an, dass dieser einen Schritt zurückwich. »Weil wir das achtundachtzig auch schon wussten!«

»Beppo«, sagte Elmar vorwurfsvoll, »das war nicht nett.«

Hartwig wandte sich Elmar zu:

»Lass ihn. Ich bin jedenfalls stolz, dass ich beim Schlussapplaus für den Sozialismuszirkus nicht mehr mitklatschen musste.«

»Und wie hat es dich dann nach Tübingen verschlagen?«

»Günstige Winde des Schicksals«, sagte Hartwig und wischte sich zwei abschließende Runden durch das Gesicht. »Erst kam ich nach Karlsruhe, von dort aus habe ich mich in Tübingen beworben, ein Engagement am Kinder- und Jugendtheater ergattert und hier habe ich dann Siggi kennengelernt. Den Rest kennt ihr ja. Übrigens …« Hartwig hatte wohl Beppos irritierten Blick bemerkt und erklärte grinsend: »… diese Wischtücher aus der Drogerie reinigen zuverlässiger als jede Abschminke. Effektiv, billig und überdies noch zart zur Haut.«

Er streichelte sich liebevoll über die eigenen, jetzt etwas ölig glänzenden Wangen, wobei er seinem Spiegelbild tief in die Augen blickte.

»Aber noch mal zurück zu Atasoy. Einer wie der hätte das Zeug dazu, Theatersport den Garaus zu machen.«

»Glaubst du wirklich?«

»Der Mann ist brandgefährlich. Das Einfachste wäre, wenn du ihm den Mord an Zachersky nachweisen könntest«, sagte Hartwig mit einem süffisanten Grinsen, »dann wäre er als neuer Intendant aus dem Rennen, Siggi entlastet und wir hätten zwei Probleme weniger.«

»Und was ist mit objektiver Ermittlungsarbeit?«, fragte Beppo entrüstet.

»Seien Sie doch nicht so klein kariert!« Hartwig stopfte seine Schminkutensilien in das Ledertäschchen, zippte den vergoldeten Reißverschluss zu und stand auf. »Manchmal muss man eben an sich selbst zuerst denken.«

Elmar zuckte zusammen. Hartwig dagegen packte in aller Seelenruhe weiter zusammen, bevor er sich verabschiedete; von Beppo mit einem verbindlichen Nicken, von Elmar mit vier französischen Küsschen, bei denen dem Musiker sein irritierend schwerer Duft in die Nase stieg. Hatte er ihnen tatsächlich den Auftrag erteilt, Tarik Atasoy zum Schuldigen zu machen? In diesem Augenblick schaute Tinka aus dem Eingang, der zur Bühne führte.

»Hier steckt ihr so lange!«, sagte sie.

Lautlos formte sie zwei Worte in Richtung Elmar, aber da er keine Lippen lesen konnte, zuckte er ratlos die Achseln. Es war unübersehbar, dass sie sich freute, ja, ihre Augen leuchteten wie Lampions, als sie nach hinten winkte.

»Herr Gollnisch, kommen Sie nur. Hartwig ist hier.«

Der Liedermacher folgte Tinka in die Künstlergarderobe, er musste sich bücken, damit er nicht mit seinem kahlen Schädel am Türrahmen anstieß. Aus der Nähe wirkte er noch gewaltiger als von ferne, beinahe wie ein Riese.

»Entschuldigen Sie die Störung«, sagte Gollnisch überraschend leise für einen so großen Mann, »ich suche nach dir«, und nach einer schier endlosen Pause: »Hartwig.«

Hartwig stand wie vom Donner gerührt.

»Kurt. Kurt Gollnisch. Du erinnerst dich an mich?«

»Wie könnte man dich jemals vergessen, alter Freund?«

Mit weit geöffneten Armen schritt der Liedermacher auf ihn zu und umarmte Hartwig, den die überraschende Nähe zu überrumpeln schien. Gollnischs Größe machte die Umarmung nicht einfacher.

»Ich habe eine wichtige Bitte an dich. Lass uns morgen auf dem Konzert mein Lied *Flussmöwen* singen. In Erinnerung an Hagen. Würdest du das für mich tun?«

»Ehrlich gesagt, kannte ich Zachersky kaum. Das ist

doch alles so lange her – und mehr als ein paar gemeinsam getrunkene Biere war es ja auch nicht.«

»Ich bin mir sicher, es hätte ihm etwas bedeutet«, sagte Gollnisch mit einem Lächeln, das sich gewinnend bis in die Augenwinkel hinein ausbreitete. Seine Nase stand etwas krumm in seinem Gesicht. In diesem Augenblick bemerkte Elmar den Blick, mit dem Tinka zu Gollnisch hinaufsah.

Für gewöhnlich rissen Beppo morgens die gellenden Schreie der Pfauen aus dem Schlaf. Heute war es sein Handy. Als er das Gespräch annahm, meldete sich Daniel Lurke. Sofort hatte Beppo den schmalen, feingliedrigen Mann mit den roten Haaren vor Augen, dem er vor dem Theater kurz begegnet war. Beinahe hatte er vergessen, dass er ihm seine Nummer gegeben hatte. Daniel bat um ein Treffen. Beppo überlegte. Was konnte dieser Journalist von ihm wollen? Weil er bisher noch keine Pläne für den heutigen Tag gemacht hatte, verabredeten sie sich auf zehn Uhr. Viel Zeit noch bis dahin.

Kaum aufgelegt, drehte sich Beppo noch einmal um. Aber an Schlaf war nicht mehr zu denken. Regen trommelte beständig gegen das Holzdach seines Wagens. Mit einem wohligen Seufzer schälte sich Beppo also aus seiner Bettdecke, machte sich einen Instantkaffee und frühstückte das, was er an unverdorbenen Nahrungsmitteln noch in seiner Vorratskiste fand. Das Leben ohne Kühlschrank war einfach, aber es war nicht immer leicht.

Nach dem Frühstück machte Beppo sich fertig, um duschen zu gehen. Auf dem Hinweg trat er in eine

Pfütze, die tiefer war als angenommen. Beppo zog seinen Schuh heraus, der beinahe vollständig mit einer Lehmschicht überzogen war. Uneingeweihte bemitleideten die Wagenbürger im Winter. Wegen der Kälte. Dass die Übergangszeiten viel schlimmer waren, feucht und klamm, das wusste nur, wer einmal den Jahresturnus auf dem Wagenplatz durchlebt hatte. Das Schlimmste war der Dreck, der auch bei größter Vorsicht nicht akzeptieren wollte, wo die Grenze von Drinnen und Draußen verlief.

Umso mehr freute sich Beppo über die Mitgliedschaft bei McFIT, die er sich seit einem Jahr leistete. Das Fitnessstudio lag nicht weit entfernt. Beppo trainierte nie, aber die Mitgliedschaft war eine billige Möglichkeit, regelmäßig zu duschen. Nach mehr als einem Jahrzehnt in der Wagenburg war warmes Wasser, das ohne Unterlass aus einem Brausekopf strömte, ein wahrhafter Luxus. Langsam begann Beppo, seine kalten Füße wieder zu spüren.

Durch die Nasszelle waberten Dampfwolken, durch Beppos Kopf die Ermittlungen des gestrigen Tages. Was er erfahren hatte, kam ihm vor wie ein Wollknäuel, aus dem eine Vielzahl loser Enden ragte. Egal, wo er zupackte, es bildeten sich nur neue Knoten. Kein roter Faden war sichtbar, alles ergab für sich genommen Sinn, ließ sich aber nicht zu einem großen Ganzen zusammenführen. Aber die Enden gehören zusammen, dachte Beppo, ich komme nur nicht darauf wie. Er spürte, dass er ein wichtiges Detail bisher nicht bemerkt hatte, obwohl es bereits vorhanden war. Offensichtlich, zu offensichtlich vielleicht.

Hagen Zachersky kam ihm in den Sinn. Er hätte ihn wohl kaum sympathisch gefunden, diesen Avantgardisten, der hinter sich stets alle Brücken abriss und die

Vergangenheit nur als Sprungbrett in die Zukunft nutzte. Beppo selbst arbeitete ganz anders, eigentlich immer rückwärtsgewandt. Spuren aufspüren und rekonstruieren, warum sie in der Vergangenheit entstanden waren, das war für einen Detektiv wichtiger als der Blick darauf, was mit den Ergebnissen geschehen würde. Der römische Gott Janus tauchte vor seinem inneren Auge auf, der Gott des Anfangs und des Endes. Eines seiner beiden Gesichter war immer nach vorne gerichtet, das andere nach hinten. Zukunft und Vergangenheit gleichzeitig im Blick. Vielleicht auch kein schlechtes Vorbild für einen Privatdetektiv.

Wieder im Wagen wählte Beppo Rögges Nummer, aber sein Informant bei der Polizei drückte ihn weg. Nach dem dritten Versuch, gab Beppo auf. Wahrscheinlich hatte er ihn in einer Situation erwischt, in der er nicht offen reden konnte.

Verdammt noch mal, das ist nicht euer Ernst!«

Tarik Atasoys Hand knallte so heftig auf den Konferenztisch vor ihm, dass Virginia Escarate-Davila, die neben ihm an der Frontseite Platz genommen hatte, für einen Moment die Augenlider schloss, als bete sie ein Ave Maria.

»Es muss doch irgendwelche Aufzeichnungen geben! Hagen hat immer mit Notizen gearbeitet! Er war ein Schreibtischtäter.«

Das Konzeptionsgespräch für *Der Besuch der alten Dame* entwickelte sich bereits wenige Minuten nach seinem Beginn für den Oberspielleiter zu einem Desaster.

Da half Tarik Atasoy auch sein Tobsuchtsanfall nicht, den er jetzt wie ein Gewitter über seinen Mitarbeitern niederdonnern ließ. Weder Maske noch Technik, noch Ausstattung oder gar die Kostümbildner hatten auch nur den geringsten Schimmer, wie sich der verstorbene Intendant die geplante Inszenierung vorgestellt hatte. Lediglich die Leute vom Bühnenbild konnten eine Bestellung über eine gigantische Metalltreppe beisteuern, die die ganze Bühne ausfüllen sollte.

»Das bringt uns nicht weiter. Hagens Bühnenbilder zeigten doch immer gigantische Treppen«, sagte Tarik, wobei er sich in die pechschwarzen Haare griff, wie um sich selbst zu schütteln. »Drei Wochen vor der Premiere und wir fangen bei null an! Noch dazu der ganze Papierkram wegen der kommissarischen Intendanz.«

Der Oberspielleiter ließ seine Hände kraftlos auf den Tisch fallen, wo sie wie zwei umgedrehte Teller zu liegen kamen.

Zwischen den zahlreichen Personen, die sich anlässlich des Konzeptionsgespräches für das neue Stück im Besprechungsraum zusammendrängelten, erhob sich in allen Ecken aufgeregtes Gemurmel.

Olga Biesinger, die neben Elmar eine der wenigen Sitzmöglichkeiten ergattert hatte, bohrte sich mit dem Nagel ihres Zeigefingers ausgiebig im rechten Ohrloch, bevor sie mit kräftiger Stimme in die Runde warf:

»Soweit ich weiß, ist es vor allem die Aufgabe der Dramaturgie, mit dem Regisseur über seine Pläne im Gespräch zu bleiben. Tarik, die Dramaturgie hattest du doch im vorliegenden Fall übernommen.«

Der Oberspielleiter funkelte die Maskenbildnerin für einen Sekundenbruchteil mit zusammengekniffenen Lippen an. Dann lächelte er, so entspannt es ihm möglich war.

»Pump dich nicht so auf und mach was draus, Hase!« Nachdem Olga Biesinger sich ungerührt auch noch ihr anderes Ohrloch ausgebohrt hatte, ergänzte sie: »Noch sind wir ja nicht im Streik.«

»Wie soll denn hier irgendwas funktionieren, wenn jeder macht, was er will? Kümmern Sie sich doch einfach um Ihren Aufgabenbereich, Frau Biesinger!«

»Das tue ich ja gerade in meiner Funktion als Personalrätin, Hase!«

Virginia Escarate-Davila, die bisher schweigend die Gespräche verfolgt hatte, hielt es jetzt offenbar für angebracht, ordnend einzugreifen:

»Tarik«, sagte sie mit sachlicher Klarheit, »statt deine Energien in Schuldzuweisungen zu vergeuden, sollten wir zuerst einmal gemeinsam überlegen, ob uns nicht vielleicht doch noch eine Möglichkeit einfällt, wo wir Hagens Unterlagen noch finden könnten.«

»Hast du mit der Polizei geredet?«

»Ja, die Beamten waren bereits hier und haben mir ausnahmsweise den versiegelten Tatort geöffnet.«

»Und?«

»Nada. Nichts. Jedenfalls keine Unterlagen in Bezug auf unser Stück. Aber ich bin überzeugt, dass sie existieren. Hagen hat ja den ganzen Vormittag daran gearbeitet und er war in allem, was er tat, bemerkenswert strukturiert.«

Dieses Lob aus Virginias Mund stellt wahrlich einen Ritterschlag dar, dachte Elmar bei sich, während er weiter zuhörte.

»Das Einzige, was neben dem Tisch gefunden wurde, ist das Original dieser Kopie.«

Als Virginia das großformatige Foto emporhob, hielt Elmar den Atem an. Hartwig Hoppe war einige Jahre jünger, trotzdem erkannte Elmar ihn natürlich sofort. Statt im üblichen geschmacklosen T-Shirt steckte er in einem perfekt gebügelten Businesshemd, um den Hals eine dünne Lederkrawatte. Er lehnte entspannt an einer Wand, die sich in den Hintergrund in unscharfes Grau auflöste. Das war eine perfekt ausgeleuchtete Profiaufnahme, die ihr Motiv jung, smart und gesund aussehen ließ.

»Das ist doch dieser Hoppe«, sagte Tarik Atasoy und Elmar konnte nur ahnen, welche Flüche dem Oberspielleiter bei der Erinnerung an Hartwigs gestrigen Auftritt durch den Kopf schossen. »Was sollen wir denn mit seinem Bewerbungsfoto?«

»Vielleicht hatte Hagen ihn für eine Rolle vorgesehen«, überlegte Virginia. »Immerhin verfügt Hartwig über einiges an Lokalprominenz.«

»Und in welcher, bitte schön?«

»Na was wohl, Claire Zachanassian, die rachsüchtige Milliardärin«, flüsterte Elmar Leif zu.

Der Techniker lachte nicht. Was als Witz gemeint war, klang einfach zu plausibel. Elmar musste zugeben, dass er erstmals Respekt für Zachersky empfand. Hartwig hätte eine hinreißende Claire Zachanassian gegeben.

Tarik schien dieser Regieidee jedoch nur wenig abgewinnen zu können.

»Ein Gastspieler kommt gar nicht in die Tüte«, sagte er bestimmt. »Ich habe bereits selbst eine Verteilung der Rollen vorgenommen. Wir besetzen natürlich nur aus dem festen Ensemble. Schließlich müssen wir auch an die Kosten denken.«

»Vielleicht finden sich noch Aufzeichnungen auf seinem beschlagnahmten Rechner«, warf Virginia ein. »Wobei ich das nicht glaube. Hagen war ganz alte Schule und arbeitete am liebsten mit Stift und Papier. Aber ich bin dran, auch wenn manche bürokratische Hürde zu nehmen ist.«

»Warum hast du dich nicht gleich darum gekümmert, das Material zu sichern, bevor du die Polizei gerufen hast?«

»Ich bin Sekretärin, keine Dramaturgin«, konterte Virginia mit vielsagendem Augenaufschlag, »und für mich gibt es eine Welt außerhalb des Theaters, zum Beispiel die Welt des Gesetzes.«

Mit graziös nach oben gestrecktem Scheitelpunkt lehnte sie sich zurück und überließ Tarik alleine dem Kreuzfeuer.

Die Tür öffnete sich langsam und eine junge Frau huschte herein. Über der Schulter trug sie eine Blumentasche mit Schultergurt, die ihr beim Laufen etwas Schlagseite gab. Ein gefundenes Fressen für den Oberspielleiter. Seine Finger trommelten auf der Platte einen Marschrhythmus.

»Die Sitzung hat bereits vor einer Viertelstunde begonnen, Marietta.«

»Es tut mir leid, Tarik. Es kommt nicht wieder vor.«

Sie schob sich einige Strähnen hinter ihr Ohr, die aus ihrer Strickmütze quollen.

»Für heute in Ordnung«, sagte Tarik gönnerhaft. Er wollte den Zwischenfall wohl dafür nutzen, seine angekratzte Autorität wiederherzustellen, indem er etwas Menschlichkeit durchscheinen ließ. »Bei Pünktlichkeit verstehe ich sonst keinen Spaß, Marietta.«

Die junge Schauspielerin nickte. Sie sah abgekämpft aus. Olga Biesinger beobachtete das Spektakel mit verschränkten Armen, bevor sie übertrieben laut ausrief:

»Marietta, Herzchen, konntest du noch eine Kinderbetreuung organisieren?«

»Ist schon in Ordnung«, flüsterte Marietta.

»Oder sind die Kleinen am Ende ganz alleine zu Hause?«, hakte Olga keinen Deut leiser nach.

Marietta nickte. Ihr war die Situation sichtlich unangenehm.

»Tarik«, sagte Olga und blickte Aufmerksamkeit heischend in die Runde, »vielleicht könntest du ja einspringen, damit Marietta pünktlich zur Probe kommt. Wenn es dir so wichtig ist, geht das bestimmt, Hase!«

»Frau Biesinger«, sagte Tarik scharf, »ich verbitte mir diesen Ton! Das wird mir langsam zu persönlich.«

»Hier am Haus war es immer persönlich! Du kannst mich natürlich auch rauswerfen. Ach, ich vergaß, das hast du ja bereits getan, Hase.«

Kaum gesagt, erhob sie sich und schlurfte aus dem Raum, nicht ohne Elmar vorher noch ein »Und dafür hat man sich zwölf Jahre den Buckel krumm geschuftet« zuzuraunen. Sie ließ eine angespannte Stimmung und einen schwitzenden Oberspielleiter zurück. Tarik kratzte sich unschlüssig unter dem Kinn.

»Wie auch immer«, sagte er schließlich, »jetzt müssen wir eben gemeinsam anpacken, um dem Kind wieder aus dem Brunnen zu helfen.«

Wie erwartet war die Besprechung wenig ergiebig, aber in Ermangelung von Zeit, musste eben eine Inszenierung aus dem Boden gestampft werden, die das Tübinger Publikum ansatzweise zufriedenstellen würde. Atasoy entschied sich für zeitlose Kostüme, die Treppe sollte bleiben, da sie bereits in Produktion war, ein bisschen Underground-Flair und eine möglichst textnahe Umsetzung. Die genaue Ausgestaltung delegierte er weiter an die unterschiedlichen Abteilungen. Als die anderen den Raum verließen, um die Anweisungen auszuführen, blieb Elmar einfach sitzen, bis er mit Atasoy alleine war, der sich angestrengt Notizen machte.

»Und was ist mit mir, Herr Atasoy?«

Der Angesprochene schaute ihn befremdet an.

»Sie schon wieder. Wie heißen Sie doch gleich?«

»Elmar Arnold. Zachersky hat mich als Musiker engagiert.«

Atasoy blätterte weiter durch seine Papiere, während er Elmar mit halbem Ohr zuhörte.

»Ist das so?«

»Am Tag seiner Ermordung.«

»Davon weiß ich aber nichts.«

»Hagen Zachersky hat mir eine mündliche Zusage gegeben.«

»Wissen Sie was, lassen wir es doch einfach. In meinen Augen ist Musik was für Ohrstöpsel, im Sprechtheater hat sie nichts verloren.«

»Das hat Ihr Vorgänger aber etwas anders gesehen.«

»Hagen hat einiges anders gesehen, aber der ist ja jetzt auch nicht mehr da.«

Der Oberspielleiter klappte seine Mappe so fest zu, dass es knallte, und blickte Elmar direkt ins Gesicht.

»Waren Sie in künstlerischen Dingen oft unterschiedlicher Meinung?«, fragte Elmar so unbedarft wie möglich.

»Hagen war ein begnadeter Regisseur.«

»Das beantwortet meine Frage nicht: Haben Sie gerne mit ihm zusammengearbeitet? Waren Sie ein gutes Team?«

»Er hat mich mit zahlreichen verantwortungsvollen Aufgaben betraut.«

»Sie haben praktisch von Beginn an das Haus alleine geführt«, fuhr Elmar fort. »Alles, bis auf den künstlerischen Bereich, denn wie ich sehe, hatten sie die Dramaturgie für die Alte Dame nur pro forma. Sie waren ja nicht einmal in die Arbeit eingebunden. Das muss doch frustrierend für einen wie Sie gewesen sein. Immerhin sind Sie extra aus Berlin hierhergezogen, um unter Zachersky zu dienen. Was haben Sie sich davon versprochen?«

Die Frage erwischte Tarik kalt, er rang vergeblich nach den passenden Worten. Stattdessen knetete er seine Finger so fest, dass Elmar es knacken hörte.

»Mir ist nur aufgefallen«, fügte der Musiker hinzu, ohne sich beeindrucken zu lassen, »dass Sie der größte Nutznießer seines überraschenden Todes sind. Immerhin sind Sie über Nacht zum Intendanten aufgestiegen.«

»Kommissarischer Intendant«, betonte Atasoy sofort.

»Vorher haben Sie noch in den Abteilungen aufgeräumt, sodass Sie jetzt schalten und walten können, wie Sie wollen.«

In dem Spielleiter brodelte es, das konnten seine zusammengekniffenen Lippen mehr schlecht als recht verbergen.

»Was wollen Sie, Herr Arnold? Glauben Sie wirklich, dass es mir Spaß macht, in diesem Goldfischglas von einem Kleinstadttheater meine Runden zu ziehen, bis ich wieder ins Haifischbecken der großen Häuser zu meinesgleichen gelassen werde?«

»Immerhin hätten Sie dann eine Intendanz vorzuweisen, ein deutlicher Karriereschritt. Wer weiß, was als Nächstes kommt.«

Tarik Atasoy gab jeden weiteren Versuch auf, seine Erregung zu verbergen. Mit wuterfülltem Gesicht stierte er Elmar an.

»Herr Arnold, mir langt's jetzt. Diese ganze Tübingen-Nummer ist ein Affentheater und Sie und diese Theatersport-Heinis machen die Sache nur noch schlimmer.«

Der kommissarische Intendant erhob sich und öffnete mit dem letzten zusammengekratzten Rest an Höflichkeit die Tür zum Flur.

»Nach Ihnen, Herr Arnold. Wird's bald!«

Danke, dass Sie so kurzfristig Zeit für mich gefunden haben«, sagte Daniel Lurke, als Beppo sich auf dem türkisfarbenen Stuhl im Shabby-Chic-Stil niederließ. Keine Sitzgelegenheit glich der anderen, in der Gesamtschau sahen sie aus wie das Ergebnis eines ausgeuferten Flohmarktbummels. Statt eines Lampenschirms baumelte über der nackten Glühbirne ein Nudelsieb, das ein gepunktetes Schattenmuster auf das Gesicht von Daniel warf, der auf einer hölzernen Sitzbank Platz genommen hatte. Er hatte den Tisch am hinteren Ende der Kneipe gewählt, wohin auch am Morgen nur wenig Tageslicht fiel. Vor ihm stand im Lichtkegel der Lampe ein Glas Latte macchiato, in dem er so schnell rührte, dass sich der Milchschaum bereits beinahe vollständig aufgelöst hatte.

»Der Dank ist ganz meinerseits«, sagte Beppo, »ich hätte mich sowieso bald bei Ihnen gemeldet. Ich nehme an, es geht um den Fall Zachersky?«

Daniel Lurke nickte.

»Wissen Sie irgendwas Neues?«, fragte er.

»Das kommt darauf an, was Sie bereits wissen.«

Beppo lehnte sich leicht zurück, um Überlegenheit auszustrahlen.

»Nicht viel«, antwortete sein Gegenüber, »deswegen frage ich ja. Haben Sie Informationen für mich?«

Daniel Lurke fischte mit der rechten Hand einige Erdnüsse aus einer Schale und stopfte sie sich in den Mund. Sein Dreitagebart lag wie ein rötlicher Flaum auf seinen Wangen, die ansonsten sehr weiß waren.

»Wie man es nimmt«, sagte Beppo ausweichend. »Ich finde es reichlich befremdlich, dass jemand wie Sie plötzlich am Theater auftaucht und seine eigenen Ermittlungen beginnt. Das ist eigentlich Sache der Polizei.«

»Das weiß ich selbst.«

»Also warum stochern Sie in dieser giftigen Brühe herum, die bereits einem Menschen das Leben gekostet hat?«

»Dreck aufwühlen gehört für mich zum Beruf«, antwortete Lurke wie aus der Pistole geschossen. »Ich bin Journalist, das habe ich Ihnen doch schon erklärt. Journalist bei der *Schwabenpost.*«

Beppo verschränkte die Arme vor der Brust und hob die Augenbrauen.

»Aha. Journalist. Haben Sie keine Angst vor dem, was Sie finden könnten?«

»Was machen Sie denn beruflich?«, fragte Daniel Lurke zurück.

Seine Augen flackerten. Es schien ihm wenig zu gefallen, dass er es sein sollte, der hier ins Kreuzverhör genommen wurde. Das hatte er sich wohl anders vorgestellt.

»Tut nichts zur Sache«, sagte Beppo, »aber man kann es im weitesten Sinne ebenfalls mit Dreckaufwirbeln vergleichen. Und das bringt mich gleich zu meiner nächsten Frage: Warum treffen wir uns in einer Szenekneipe und nicht in Ihrem Büro?«

»Ich bin freier Mitarbeiter. Also, ich besitze überhaupt kein eigenes Büro bei der Zeitung, sondern werde nur für Auftragsarbeiten bezahlt. Ich wohne hier um die Ecke.«

»Gute Lage«, sagte Beppo mit Blick auf die Altstadtgasse vor dem Fenster, in der einige in mintfarbene Decken gehüllte Studenten tapfer ihre Hände an ihren Latte-macchiato-Gläsern wärmten, »bestimmt nicht ganz billig.«

»Ja, aber es ist sehr beengt. Zu eng, um jemanden hinaufzubitten. Wollen Sie etwas bestellen? Sie sind eingeladen, selbstverständlich.«

Auf Beppos Nicken hin winkte Lurke nach einem jungen Ding von gerade mal zwanzig Jahren, das ohne Eile vom Tresen herüberschlenderte. Ihre Haare standen von ihrem Kopf ab wie verfilzte Würste. Ihr enges Oberteil war gelb-schwarz gestreift.

»Darf ich dir ’nen Kaffee bringen«, fragte sie Beppo, »oder ’ne Limonade? Is’ hausgemacht.«

Beppo nickte und wandte sich wieder Lurke zu.

»Aber nun zurück zu meiner Frage: Warum interessieren Sie sich für die Vorgänge am Theater?«

»Ich brauche eine Story«, sagte Lurke. Er hatte wohl vorerst aufgegeben, die Führung des Gespräches noch an sich reißen zu können. »Nachdem das Interview mit Zachersky geplatzt ist, habe ich beschlossen, weiter in der Sache zu recherchieren.«

»Und, sind Sie fündig geworden?«

Daniel Lurke massierte für einen Sekundenbruchteil seine Nasenwurzel, bevor er den Kopf schüttelte.

»Nein. Und die Polizei zeigt sich nicht gerade hilfsbereit.«

»Die werden sich genauso über Ihr Interesse wundern wie ich.«

»Mit meinem eigentlichen Problem bin ich ja noch gar nicht an die Polizei herangetreten«, sagte der Journalist.

»Heraus damit.«

Daniel Lurke zögerte. Er sprach langsam, so als prüfe er jedes Wort mehrere Male, bevor er es aussprach.

»Bei meinem ersten Treffen mit Herrn Zachersky habe ich ihm Unterlagen überreicht, die ich dringend zurück bräuchte …«

»Was für Unterlagen?«

»Unterlagen zu meiner Doktorarbeit.«

»Ich dachte, Sie sind Journalist.«

»Ja, natürlich. Aber von Haus aus bin ich eigentlich Historiker mit dem Schwerpunkt Zeitgeschichte.«

»Das erklärt mir noch gar nichts.«

»Ich sehe langfristig in der Wissenschaft keine Zukunftsperspektive, deshalb habe ich beschlossen, ins Journalistenmetier zu wechseln. Aber das ist das Problem. Sie können sich kaum vorstellen, wie hart der Markt geworden ist. Wenn du nicht bereits in der Schule die Schülerzeitung herausgibst, hast du kaum eine Chance, diesen Rückstand jemals wieder wettzumachen.«

»Und, haben Sie denn nie eine Schülerzeitung herausgegeben?«

»Säße ich sonst hier?«

Beppo lehnte sich etwas nach vorne, um Luft unter sein Cordjackett zu lassen. Er hätte es an der Garderobe lassen sollen, so warm war es hier drin.

»Ab und zu bringe ich bei der *Schwabenpost* einen Artikel als freiberuflicher Mitarbeiter unter, aber die Doktorantenstelle wirft nichts ab«, fuhr Daniel Lurke fort, »ich kann mich geradeso finanziell über Wasser halten.«

»Und Sie hoffen, dass der Zachersky-Mord Ihre Eintrittskarte in die Welt der großen Blätter werden könnte?«

»Das wäre schön«, sagte Daniel mit einer gewissen Erleichterung. »Und die Doktorarbeit würde ich auch gerne fertig schreiben. Der Titel wäre ja eine weitere Referenz. Aber dazu bräuchte ich eben meine Unterlagen zurück.«

Das Mädchen mit den Haarwürsten brachte die Limonade. In der trüben Flüssigkeit schwammen einige Limettenscheiben. Beppo nahm keine Notiz, weder von der Limo noch von der Bedienung.

»Darf ich fragen, worum es in Ihrer Doktorarbeit

geht?«, hakte er bei Lurke nach, während die Kellnerin beleidigt hinter ihren Tresen zurück schwirrte.

»Warum interessiert Sie das auf einmal?«, fragte Daniel.

Er begann, schnell in seinem Glas zu rühren. Beppo wartete einfach ab und vermied es tunlichst, seinem Blick auszuweichen.

»Es geht um die Überwachung der Kulturszene durch die Staatssicherheit«, sagte er, »aber das ist jetzt wirklich …«

»Aha«, sagte Beppo und pochte mit dem Zeigefinger auf die Tischplatte. »Kommt Ihnen das nicht komisch vor? Also diese Parallele.«

Daniel Lurke starrte Beppo an.

»Sind Sie denn komplett wahnsinnig geworden«, sagte er mit Verzögerung, »wollen Sie mir etwa diesen Mord in die Schuhe schieben?«

»Ein Intendant mit DDR-Vergangenheit wird ermordet. Einen Tag später taucht ein Historiker auf, der exakt hier seinen Forschungsschwerpunkt hat. Ein Zufall? Vielleicht. Aber wenn ich diese Fakten betrachte, dann stellt sich mir vor allem eine Frage: Was wissen Sie über Zacherskys Vergangenheit?«

Beppo lehnte sich zurück, auch wenn das zur Folge hatte, dass er seinen nass geschwitzten Rücken erst richtig zu spüren bekam, weil er ihn gegen die Stuhllehne drückte. Hatten die hier drin etwa schon die Heizung aufgedreht? Daniel Lurke betrachtete ihn mit offenem Mund, bevor er sich plötzlich erhob.

»Dieses ganze Treffen war eine schlechte Idee, Herr Vogel.«

»Jetzt setzen Sie sich wieder hin«, befahl Beppo, aber der Journalist schlüpfte panisch in seinen Mantel. »Herr Lurke, als ich sagte, dass ich beruflich gerne im Dreck wühle, da habe ich das durchaus wörtlich gemeint. Ich bin Privatdetektiv. Ich kann Ihnen helfen, aber dazu müssen Sie zuerst meine Bedenken zerstreuen.«

Daniel Lurke musterte Beppo abschätzig.

»Ich weiß längst, wer Sie sind. Sie sind schließlich nicht der einzige in der Stadt, der sich auf eine gute Recherche versteht.«

Ohne ein weiteres Wort verschwand er in der Tür, durch die jetzt am späten Vormittag zunehmend mehr Menschen zum zweiten Kaffee des Tages hineindrängten. Die Bedienung kam herüber.

»Du zahlst also für euch beide?«, fragte sie Kaugummi kauend.

»Nein«, antwortete Beppo, »ich bin eingeladen.«

»So wie Daniel rausgeprescht ist, kommt der nicht wieder«, stellte die Mischung aus Biene Maja und Wischmopp fest. »Das heißt im Klartext, der Deckel geht auf dich.«

Beppo zückte sein Portemonnaie, bevor sie ihren Stachel ausfahren konnte.

Elmar stapfte wütend durch das Treppenhaus und stieß beinahe mit Marietta Freudenberger zusammen, die an einer der Pinnwände Probenpläne mit ihrem Terminkalender abglich. Sie entschuldigte sich augenblicklich.

»Ist schon gut«, brummte Elmar. »Ich hätte aufpassen müssen.«

»Wieso, ich hab' mich unnötig breitgemacht.«

Sie stopfte Stift und Kalender in die große, geblümte Tasche, ohne hinzusehen.

»Ich muss dann mal«, sagte sie rasch, »bei uns streiken die Erzieherinnen; meine Jungs sind alleine zu Hause.«

»Eine schöne Frau lässt man keine schwere Tasche tragen«, bot Elmar sofort an.

Als Elmar den Griff in die Hand nahm, zog ihn das Gewicht förmlich nach unten.

»Was schleppst du denn da mit dir herum? Textbücher?«

»Einkäufe. Ich komme vor lauter Terminen kaum dazu, sie auszuräumen. Wenigstens haben wir erst mal probenfrei, um den Text zu lernen.«

»Das kannst du unmöglich bis nach Hause tragen.«

»Doch, doch, das geht schon – ich habe es ja nicht weit.«

»Ich bestehe darauf«, kam Elmar dem Widerspruch der Schauspielerin zuvor.

»Olga hat mir erzählt, dass du wieder mal versuchst, einen Mord auf eigene Faust aufzuklären«, sagte Marietta mit unüberhörbarer Bewunderung in der Stimme, als sie die Straße zum Sternplatz entlanggingen.

Sie lief dicht neben ihm, sodass sie beim Gehen gelegentlich Elmars Arm streifte.

»Wir versuchen, Siggis Unschuld zu beweisen«, gab er zu, »aber noch ist alles ziemlich verworren.«

»Tarik Atasoy war wirklich gemein eben. Ich kann ihn nicht ausstehen. Seltsamerweise bin ich trotzdem froh, dass er die Regie übernommen hat«, seufzte Marietta. »Vor der Arbeit unter Zachersky hatte ich ganz schön Bammel.«

»Warum? Stellte er so hohe Anforderungen?«

»Ja, das auch. Als Schauspielerin machst du, was dein Regisseur von dir will, dir bleibt gar nichts anderes übrig. Und Zachersky … der war berüchtigt für die Freizügigkeit seiner Stücke.«

»Wie meinst du das?«

»Ein Stück ist kaum ein Zachersky, wenn nicht mindestens die Hälfte des Ensembles mehr als eine Szene lang nackt über die Bühne hüpft.«

Elmar zog die Augenbrauen zusammen.

»Und was soll das?«

»Das Regietheater will den bürgerlichen Protest provozieren. Und es setzt ein Statement gegen den Körperwahn unserer Gesellschaft, in der uns im Fernsehen und in der Werbung nur perfekt retuschierte Nacktheit präsentiert wird.«

»Aber das ist doch ein gutes Ansinnen.«

»Komisch nur, dass sich fast immer die jungen Schauspielerinnen ausziehen müssen, die, die ihre Körper mit aller Kraft auf das Idealbild der Werbung heruntergehungert haben und im Intimbereich immer gut rasiert sind.«

Elmar blieb stehen. Er hatte genug gehört, um zu ahnen, dass sie sich selbst vermutlich auch zu diesen Menschen zählte.

»Aber man kann sich doch gegen eine solche Zurschaustellung wehren!«, sagte er entrüstet.

»Natürlich«, sagte Marietta und schmunzelte milde, »Zachersky hätte immer auf die Freiwilligkeit verwiesen, um sich keinen Vorwürfen auszusetzen. Aber trau dich mal, Nein zu sagen, wenn du weißt, dass dein Engagement am Theater immer nur jährlich verlängert wird. Es herrscht eine große Abhängigkeit.«

Sie seufzte und betrachtete für einige Augenblicke einen Ahornsamen, der sich in langsam schraubenden Bewegungen im Wind drehte.

»Ich habe schon einmal in Berlin in einer Inszenierung von ihm mitgespielt. Ich stand von Anfang bis Ende splitterfasernackt auf der Bühne. Und das kurz nach meiner zweiten Geburt. Dieses Erlebnis war einer der Hauptgründe, warum ich mich hier in die Provinz zurückgezogen habe. Ich hoffte, dass in einer kleineren

Stadt noch bodenständiges Theater gespielt wird, das mit der Würde seiner Schauspieler pfleglicher umgeht. Aber wie du siehst, Zachersky bin ich nicht entkommen.«

»Hat er dich – verfolgt.«

»Ich weiß nicht. Bei der Inszenierung in Berlin hat er von mir zwar auf der Bühne einiges verlangt, er verhielt sich aber immer professionell.«

»Und hier in Tübingen?«

Marietta schüttelte den Kopf.

»Elmar, ich weiß gar nicht, ob ich dir das überhaupt erzählen sollte. Ich will nicht schlecht über einen Toten sprechen.«

»Was erzählen?«

»Na ja, es gab da eine Situation. Anfang der Woche bat mich Zachersky auf die alte Probebühne, die wegen der Baufälligkeit eigentlich gar nicht mehr genutzt werden darf. Er sagte, er wolle etwas ausprobieren. Sich warm inszenieren mit jemandem, den er kenne, bevor er in die große Probenarbeit einsteige.«

»Und dann?«

»Machte er verschiedene Übungen mit mir. Er ließ mich im Kreis gehen, auf seinen Befehl hin sollte ich stehen bleiben, recht übliche Schauspielübungen in der Grundausbildung, aber eigentlich macht man das am Profitheater nicht mehr.«

»Und dann?«

»Er gab mir ein Gedicht, das ich vorlesen sollte.«

»Ein Liebesgedicht?«

»Nein«, Marietta lachte scheu, »es war so ganz alter Kram. Sehr depressiv. Über Menschen, die wie Irrlichter durch ihre Zeit wandern und am Ende vergehen müssen.«

»Und das musstest du ihm vorlesen?«

»Er inszenierte mich«, sagte Marietta, »er ließ mich verschiedene Positionen im Raum ausprobieren, gab mir

Hinweise für die Aussprache, setzte Pausen. Im Grunde eine normale Regiearbeit.«

»Aber wie kommst du darauf, dass er überhaupt mehr von dir wollte?«

»Ich weiß ja gar nicht, ob er das tat. Wenn ich sprach, schloss er die Augen. Er atmete so fest, als wolle er mich und meine Worte in sich aufsaugen. Ich dachte, gleich spüre ich eine Hand irgendwo. Alles in mir wollte fliehen. Ein seltsames Gefühl, das mir die Kehle zuschnürte, je länger ich mich mit ihm in einem Raum befand.«

»Aber er hat dich nicht angefasst?«

»Nein, wir wurden zum Glück unterbrochen. Ich musste in die Maske, Haarteile anprobieren. Als hätte ich einen Schutzengel.«

»Zachersky war ein Lustmolch«, stellte Elmar entrüstet fest.

»Vielleicht. Vielleicht auch nicht. Als die große Kündigungsorgie losging, da habe ich in meiner Naivität natürlich gehofft, dass mir als Favoritin eine Verlängerung meines Engagements sicher wäre. Aber ich wurde ja eines Besseren belehrt.«

»Aber du weißt ja nicht, was geschehen wäre, wenn du ihn rangelassen hättest.«

»Das stimmt«, sagte Marietta ohne Groll, »aber jetzt ist es egal. Wir werden es nie herausfinden. Hätte ich geahnt, was einem in diesem Beruf bevorsteht, ich hätte auf meine Mutter gehört und Psychologie studiert.«

Sie blieb an einem weiß lackierten Gartenzaun stehen, hinter dem einige letzte Rosenblüten der Herbstkälte trotzten.

»Wir sind da. Ich wohne ganz oben.«

Das Häuschen, unter dessen schlecht gedämmtem Dachfirst Marietta mit ihren beiden Söhnen in einer winzigen Wohnung hauste, war so verwinkelt, dass Elmar die breite Tasche kaum durchs Treppenhaus nach oben brachte, ohne anzuecken. Marietta hievte die Einkäufe auf die winzige Küchenzeile, bevor sie die Kinder begrüßte. Die beiden fläzten auf einer Matratze und schauten Kinderserien auf YouTube. Marietta drückte ihnen zuerst einen innigen Kuss auf den Scheitel, hielt jeden der beiden einige Sekunden fest gegen ihre Brust gedrückt und lotste sie dann unter Protest vom Laptop weg in die Küche, wo sie ihnen Apfelsaftschorle einschenkte. Elmar fühlte sich in der engen Küche wie in einer Puppenstube.

»Hallo, Jungs«, versuchte er es auf die lässige Tour, »wie läuft's denn so?«

Die beiden Blondschöpfe beäugten ihn argwöhnisch durch ihre Gläser hindurch, deren Rundung ihre Münder optisch verzerrte, sodass sie wie Fischmäuler aussahen. Marietta holte zwei Papiere aus einer Schublade, schob den Kindern Malstifte hin und sagte:

»So, ihr zwei malt Mama jetzt mal ein Bild von Shaun, dem Schaf, und ich koche uns was Leckeres.«

»Was gibt es denn zu Mittag?«, fragte Elmar.

»Was wohl«, sagte Marietta und stellte einige Dosen auf das Küchenbrett, »Spaghetti mit Tomatensoße.«

»Och Mama«, sagte der jüngere Pimpf, »immer nur Spaghetti.«

»Ich muss später noch Text lernen«, entschuldigte sich Marietta, »Olga kommt heute Nachmittag und geht mit euch ein bisschen raus.«

Sie blickte zu Elmar.

»Olga ist einfach mein Engel. Sie werde ich am meisten vermissen.«

Elmar nickte nur. Er stand unschlüssig in der Tür und betrachtete Marietta unter deren schlabberigem Hemd sich ein trainierter Köper befinden musste, der den Idealmaßen aus der Werbung trotz zweier Geburten vermutlich immer noch gefährlich nahekam. Beinahe hätte er gefragt, ob er das Kochen übernehmen sollte. Aber die Pimpfe starrten ihn stumm über die Ränder ihre Trinkgläser hinweg an, ohne ihre Stifte anzurühren. Elmar sah zu, dass er Land gewann, bevor Marietta ihn zum Abschied umarmen konnte.

Auf dem schnellsten Wege radelte Elmar zum türkischen Feinkostladen in der Nähe. Die kargen Aussichten in Mariettas Küche hatten seinen Widerspruchsgeist geweckt. Die Recherche für den Mordfall war schließlich noch lange kein Grund, auf seine neben der Musik größte Leidenschaft zu verzichten: das Kochen. Also deckte er sich erst mal ein. Zu Hause am Herd kämpfte er dann gegen sein schlechtes Gewissen an, Marietta alleine der Tomatensoße überlassen zu haben. Vielleicht gibt es ja mal die Gelegenheit, sie hierher einzuladen, dachte Elmar, während er den Ziegenkäse betrachtete, der im Ofen über sternenförmig aufgeschnittenen Feigenspalten schmolz. Vielleicht könnte Olga wieder auf die Kinder aufpassen? Und Marietta wäre bestimmt ein dankbarerer Gast als dieser Banause von einem Privatdetektiv, der jetzt in der Tür stand und dreinschaute, als stünde ihm ein Examen bevor.

»Auf dem Balkon wird es zu ungemütlich, wir essen hier«, rief Elmar ihm über das frei stehende Küchenelement aus Edelstahl zu. Er zupfte einige Korianderblätter von einem Kräutertopf, um sie dekorativ auf die beiden Teller zu streuen. Notgedrungen setzte sich Beppo auf einen der kühn geschwungenen Kunststoffstühle, deren Statik er sich nur zögernd anvertraute.

»Es ist wirklich nicht nötig, dass du mich jedes Mal verköstigst, wenn wir unsere Besprechung abhalten.«

»Beppo, ich habe meine Standards. Bei mir verlässt kein Gast die Wohnung ohne ein ordentliches Menü im Bauch.«

Beppo lächelte gequält. Der Wagenbürger bevorzugte es asketisch. Was das Wohnen anging ebenso wie bei seinem Essen. Und allzu oft hatte er schlechte Erfahrungen gemacht mit Elmars Faible für extravagante Rezepte und Zutaten. Diesmal konnte er wenigstens erkennen, was er da vor sich hatte. Zögernd begann Beppo, mit seiner Gabel in der Feige zu stochern, violett-braun und weich wie Fallobst, auf der Zunge eine irritierende Kombination von Fruchtsüße und würzigem Käse.

»Unserem lieben Oberspielleiter schwimmen gerade alle Felle davon«, berichtete Elmar, dem es tatsächlich zu schmecken schien. »Bald wird er einen Fehler machen und dann schnappen wir zu. Ich glaube tatsächlich, dass wir mit ihm unseren Mörder vor uns haben. Wir müssen es ihm nur noch nachweisen.«

»Man möchte es glauben«, sagte Beppo und stopfte sich übergroße Bissen in den Mund, um das Zeug möglichst schnell mit einem Schluck Wasser hinunterzuspülen, »aber uns jetzt schon auf einen Mörder festzulegen, widerspricht meinem Berufsethos. Was steht mir als Hauptgang bevor?«

»Köfte mit gebackenen Kürbisspalten und glasierten Zwiebeln«, sagte Elmar und räumte die leer gegessenen Teller in den Küchenbereich am anderen Ende des Raumes, der über die gesamte Breite des denkmalgeschützten Gebäudes reichte.

»Köft – hä?«

»Köf-te! Das sind, wenn du so willst, türkische Hackbällchen aus Lamm.«

»Hack, aha, das kenne ich.« Beppo betrachtete die in der Pfanne brutzelnden Würste, in denen Pinienkerne steckten wie weiße Maden. »Hast du sonst noch etwas herausgefunden? Also außer, dass du den Oberspielleiter zu Frikadellen verarbeiten möchtest?«

Ein Duft wie Weihnachten stieg aus der Pfanne auf. Zimt?

»Alle Unterlagen zum neuen Stück sind verschwunden. Das finde ich mehr als auffällig, vor allem, weil der Intendant den ganzen Tag darauf verwandte, diese Inszenierung zu planen. Sie müssen also existieren.«

»Wenn es zwischen dem Verschwinden der Unterlagen und dem Mord eine Verbindung gibt, dann müsste der Mord ja etwas mit seiner Inszenierung zu tun haben.«

»Kann doch sein.«

»Von welchem Drama reden wir noch gleich?«

»*Der Besuch der alten Dame* von Dürrenmatt.«

»Na ja, es passt zum Stück«, lachte Beppo, »schließlich fordert die alte Dame ihr ehemaliges Heimatstädtchen zu einem Mord an ihrem Geliebten auf. Vielleicht haben wir es doch mit einem Auftragsmord zu tun.«

Elmar kam mit zwei neuen, den kühnen Schwung der Stühle in ihrer eigenen Variante interpretierenden Tellern zurück, auf denen er die Einzelbestandteile des Menüs angerichtet hatte wie Inseln, zwischen denen der Teller sichtbar blieb.

»Köfte«, wiederholte er, »dazu Kürbisspalten mit glasierten Zwiebeln und ein Salat vom Babyspinat mit Datteln und Mandeln. Zatar für dich?«

Beppo nickte nur. Jetzt hieß es, tapfer sein. Elmar tat so, als bemerke er den Argwohn gar nicht und streute eine ordentliche Prise des Gewürzes über Beppos Kürbis.

»Was auch noch eine wirkliche Überraschung darstellt: Hagen Zachersky hat Hartwig Hoppe als Claire Zachanassian vorgesehen«, sagte Elmar. »Schade eigentlich, dass das nichts wird. Aber so wie Atasoy und Hartwig sich gestern Abend angegiftet haben, wäre das wohl keine fruchtbare Zusammenarbeit mehr geworden. Wenn wir also an diese Unterlagen kommen könnten, dann wäre uns schon sehr geholfen.«

»Ich frage Soraya«, sagte Beppo, »vielleicht hatte Zachersky ja zu Hause ein zweites Büro, in dem er arbeitete.«

Er schob den halbleeren Teller von sich.

»Ist gut«, sagte Elmar, »und ich werde mal bei Hartwig nachhaken, ob er irgendetwas über diese Zusammenarbeit weiß. Schmeckt's denn?«

Beppo ignorierte die Frage geflissentlich, sodass Elmar eben wieder auf ihr eigentliches Thema zurückschwenkte.

»Noch eine Neuigkeit des heutigen Tages: Dieser Zachersky mag privat auf das Liebesvollste mit seiner irren Frau umgangen sein, im Job ließ er jedenfalls den sexistischen Macho heraushängen. Ich hatte dazu ein sehr aufschlussreiches Gespräch mit einer Schauspielerin.«

Elmar berichtete, was er von Marietta gehört hatte.

»Gryphius«, sagte Beppo prompt, als Elmar das Gedicht erwähnte.

»Wer ist das?«

»Gryphius ist ein Barockdichter«, antwortete Beppo, »das Sonett *Menschliches Elende* haben wir bei meiner Lehrerin Heiderose Lübke gelesen.«

»Du kannst dich daran erinnern, was du in der Schule gelesen hast?«, fragte Elmar fassungslos.

Beppo hob überrascht die Brauen. Da ihn sein Gedächtnis ja bereits lange begleitete, hatte er aufgehört, sich darüber zu wundern.

»Wozu liest man etwas, wenn man es später wieder vergisst?«, fragte er. »Aber wie auch immer, interessant ist ja vor allem das Setting. Zachersky lässt eine junge, schöne Schauspielerin ein Gedicht über die Vergänglichkeit der Welt deklamieren.«

»Aber als Täterin kommt sie nicht infrage, denn wir suchen einen Mann.«

»Ja, wegen des Mantels«, sagte Beppo. »Hätte der Mantel Marietta gepasst?«

»Sie ist ziemlich zierlich. Sie wäre sehr auffällig gewesen darin«, antwortete Elmar.

Während sie redeten, weitere Motive gegeneinander abwogen und sich in immer atemberaubendere Theorien hineinsteigerten, räumte Elmar auch die Teller des Hauptganges ab. Auf dem dritten Tellerpaar, diesmal winzig, aber trotzdem nicht weniger exquisit geschwungen, hatten drei kleine, unterschiedlich braune Stückchen ihre letzte Ruhe gefunden, die Beppo entfernt an glänzende Kuchen erinnerten.

»Baklava«, sagte Elmar, »leider nicht selbst gemacht, sondern vom Türken um die Ecke. Probier mal.«

Als Beppo hineinbiss, fürchtete er im ersten Moment, seine Zähne könnten von nun an für immer zusammenkleben. Zum Glück reichte Elmar arabischen Kaffee dazu, mit dem Beppo den Zucker wieder von seinen Zähnen abspülen konnte.

»Weißt du was«, sagte Beppo, »ich werde das Gefühl nicht los, dass wir für die Lösung unseres Falles noch mal einen Schritt zurückgehen müssen.«

»Wie meinst du das?«

»Na ja, es ist doch irgendwie auffällig, dass wir, egal wo wir nachfragen, in der Vergangenheit landen.«

»Ist nicht irgendwie alles, was war, in der Vergangenheit zu finden, Beppo?«

»Und mir geht die Begegnung mit diesem Lurke nicht aus dem Sinn. Ich werde aus dem Journalisten einfach nicht schlau. Er schien etwas in Erfahrung bringen zu wollen, aber gleichzeitig etwas anderes zu verbergen.«

»Warum hast du ihn denn nicht einfach fragen lassen?«, hakte Elmar nach.

»Es geht mir halt gegen den Strich«, sagte Beppo, »wenn jemand Anstalten macht, mich zu verhören. Ich bin hier der Detektiv!«

»Wenn du meinst«, sagte Elmar. »Aber jetzt wollen wir mal.«

Erleichtert erhob sich Beppo vom Tisch. Er hatte auch die heutige kulinarische Prüfung erfolgreich hinter sich gebracht. Lieber dachte er nicht darüber nach, wie viele noch folgen würden.

»Ich mache mich direkt auf den Weg zu Soraya. Wir sehen uns heute Abend bei Gollnisch im Theater.«

Dass er geklopft hatte, honorierte sie sogleich mit einem anerkennenden Blick, dass er seine Schuhe unaufgefordert auszog, war ihr ein Nicken wert, und als er sich nach den Babys erkundigte, lächelte sie sogar mit trüben Augen.

»Kommen Sie herein, Sebastian, ich bekomme nur selten Besuch – kenne doch kaum jemanden in der Stadt.«

Sie sprach mit ihm wie mit einem alten Freund. Ob sie sich noch erinnerte, dass sie Beppo für einen Polizisten hielt? Er folgte dem über das Eichenparkett schwebenden Geist zur Couch. Anders als gestern waren die Jalousien heute hochgezogen, sodass Beppo durch die großzügige Glasfront in einen weiten Himmel blickte. Neben der Couch lag eine der Babypuppen – ob es Cherubino oder Susanna war, konnte Beppo nicht erkennen – auf einer Patchworkdecke und stierte an ihrem Spielzeug vorbei in die Wolken, die geräuschlos durch das stechende Blau zogen. Bereits beim Eintreten war Beppo aufgefallen, dass das Eulen-Mobile Gesellschaft bekommen hatte. Wie ein metastasierendes Geschwür wuchsen die Puppenutensilien in den elegant-zweckmäßigen Raum hinein, ein kleiner Stubenwagen neben dem Sideboard, auf der Anrichte der Küche eine Nuckelflasche, auf der Couch ein Maxi Cosy, in dem die zweite Puppe lag, sorgfältig zugedeckt. Neben Soraya bemerkte Beppo zu seiner Überraschung eine dritte Puppe. Waren es gestern nicht nur zwei gewesen? Soraya schien seine Gedanken zu lesen, denn sie deutete stolz auf das Reborn im rosa Strampler.

»Das ist Marcellina, mein Neuzugang«, erklärte sie. »Ihre Macherin war so ergriffen von meinem Schicksal, dass sie mir die Süße heute persönlich vorbeigebracht hat. Ohne Aufschlag. Eine herzensgute Dame. So eine Adoption ist auch für die Herstellerinnen etwas Besonderes.«

»Adoption?«

Soraya streichelte der Puppe über das Köpfchen. Der rötliche Flaum sah Beppo verdächtig nach Echthaar aus.

»Natürlich erhalten die Mütter eine Entschädigung für ihre Mühe bei der Fertigung, aber das einen Kauf zu nennen, fände ich geschmacklos. «

»Ihr Mann ist gerade gestorben«, sagte Beppo. »Und Sie bestellen sich eine neue Puppe? Warum?«

»Seitdem er tot ist, bin ich allein, so schrecklich allein. Ich habe doch genug Geld. Wer sollte etwas dagegen haben? Die Polizei doch sicher nicht. – Sie sind doch von der Polizei, nicht wahr?«

»Ja natürlich, im Auftrag von Kommissar Baumann«, sagte Beppo dankbar für dieses Sprungbrett. »Hatte Ihr Mann vielleicht ein zweites Arbeitszimmer hier zu Hause?«

»Ja.«

»Könnte ich einen Blick hineinwerfen?«

Soraya sann hin und her, womöglich kamen ihr zum ersten Mal Bedenken, was so ein völlig Fremder eigentlich hier wollen könnte, noch dazu im Büro des Verstorbenen. Mit eiserner Hartnäckigkeit beschränkte sich Beppo aufs Lächeln.

»Kommen Sie mit«, sagte Soraya, raffte ihren Kimono und schwebte zu einer der Türen. Dieselbe Kargheit empfing Beppo, die gestern auch noch das Wohnzimmer beherrscht hatte. Der Schreibtisch war leer bis auf einen silbernen Monitor und einen einsamen Füllfederhalter, so akkurat parallel zu den bilderlosen Wänden abgelegt, als hätte Zachersky geahnt, dass er niemals wiederkommen würde, um die Position zu korrigieren.

»Dann schauen wir doch mal nach«, sagte Soraya.

Sie öffnete die Schubladen des Schreibtisches, aber außer einigen noch verschweißten Büromaterialien und leeren Blöcken war nichts zu finden. Dieser Schreibtisch wirkte, als sei er noch nie in Betrieb genommen worden.

»Hagen hat eigentlich nie hier gearbeitet«, bestätigte die Witwe. »Seit wir nach Tübingen gezogen sind, war er die meiste Zeit am Theater. Nach Hause kam er nur zum Schlafen.«

»Könnte hier noch etwas zu finden sein?«, fragte

Beppo mit Blick auf das verspiegelte Schranksystem hinter dem Schreibtisch.

Soraya nickte, schob eine der Türen zur Seite. Dahinter standen vor allem Bücher, einige Aktenordner, säuberlich beschriftet. Steuererklärungen der letzten Jahre. Tatsächlich auch Materialsammlungen zu verschiedenen älteren Projekten, aber nichts aus dem letzten halben Jahr.

»Hat Ihr Mann seit Beginn des Jahres nicht gearbeitet?«

»Er war sehr müde«, sagte Soraya, »erst Tübingen hat ihn neu belebt. Er stürzte sich mit Feuereifer in seine Arbeit. Das hat mich gefreut.«

Ihr Blick schweifte über den nur halb gefüllten Schrank, bis er am unteren Fach hängen blieb, wo zwei helle Wolldecken lagen, säuberlich gefaltet und aufeinander gelegt. Ihre Augen schwammen plötzlich in Tränen. Langsam bückte sie sich, griff nach der oberen Decke, presste sie an sich und vergrub ihr Gesicht darin. Roch sie darin noch den Geruch des Verstorbenen? Wahrscheinlich, denn ein Beben ging durch ihren Körper, als ob sie weinte.

»Soraya? Ist alles in Ordnung?«, fragte Beppo vorsichtig.

Langsam ließ Soraya die Decke sinken. Es klirrte. Ein Gegenstand, der sich zwischen den Stofflagen befunden haben musste, war auf das Parkett gefallen. Beppo bückte sich. Ein Schlüssel. Ein Schlüssel mit einem schwarzen, zylindrischen Anhänger. Den Aufkleber mit der Nummer hatte wohl jemand weggeknibbelt, hastig, denn es waren Reste des Klebers zurückgeblieben.

»Sieht aus wie der Schlüssel zu einem Fahrradschloss«, überlegte Beppo, »oder zu einem Schließfach.«

Soraya nahm Beppo den Schlüssel aus der Hand. Liebevoll streichelte sie den Anhänger, musste sich jedoch an die Schranktür lehnen, bevor sie wieder genug Kraft für die Antwort gesammelt hatte.

»Er hat es also auch in Tübingen gemacht«, sagte sie mit zärtlichem Blick auf den Schlüssel.

»Was?«, fragte Beppo.

»In jeder Stadt, in der wir lebten, legte Hagen sich ein Geheimversteck zu. Ein bisschen wie ein kleiner Junge.«

»Warum denn das?«

»Er versteckte dort, was ihm wichtig war, Dinge, die er nicht entbehren konnte.«

»Aber warum?«

»Ein Erbe seiner Vergangenheit, nehme ich an. Hagen hat viel Leid erfahren, so viel Leid. Als er noch in der DDR lebte, da wusste er, dass er durch seine politische Haltung früher oder später ins Visier der Staatssicherheit geraten würde. Also hat er sich ein Bollwerk aus Vorsicht zugelegt, das er nie wieder ganz loswurde.«

Beppo kaute nachdenklich auf dem Knöchel seines Zeigefingers.

»Wenn er immer so vorsichtig war, wie sind die Ihnen eigentlich damals auf die Schliche gekommen?«

»Das haben wir nie herausbekommen.«

»Wieso nicht?«

»Als die Gauck-Behörde ihre Arbeit aufnahm, da wollte Hagen seine Akte zuerst gar nicht einsehen, er sagte immer, das Vergangene ist vergangen. Irgendwann hatte ich ihn so weit, dass ich die Akte in seinem Namen anfordern durfte. Aber in den Archiven war nichts über ihn zu finden.«

»Sind Sie verraten worden?«

»Das kann ich mir nicht vorstellen, dann gäbe es doch Unterlagen.«

»Und weiter haben Sie nicht nachgeforscht?«

»Nachdem mein erster Vorstoß gescheitert war, hat Hagen entschieden, dass es damit genug sei. Er wollte nach vorne schauen, wollte sich weiterentwickeln. Ich lebe jetzt in Freiheit, sagte er immer, und diese Freiheit will ich nutzen, um Neues zu schaffen statt über Altes zu lamentieren. Ich will nicht zum Sklaven meiner Vergangenheit werden.«

»Und Sie? Hat es Sie nicht interessiert, mehr zu wissen?«

»Ich sah die Spuren, die dieses barbarische System an meinem Mann hinterlassen hatte. Auch später, als alles vorbei war, wurde unser Zuhause für Hagen nie ein Ort, an dem er sich sicher und geborgen fühlte. Wohin hätte es geführt, weiter zu fragen? Die alten Wunden wären nur neu aufgerissen worden. Und so arrangierte ich mich eben mit seiner Marotte.«

»Aber was hatte er denn zu verstecken?«, fragte Beppo.

»Fragen Sie mich nicht … Er glaubte, ich wisse nichts davon.«

»Aber das ist doch reichlich …«, Beppo suchte nach dem passenden Wort, aber Soraya kam ihm zuvor.

»Es ist verrückt, ja, ich weiß. Aber wer bin ich denn schon, über Verrücktheiten zu urteilen.«

Sie ergriff Beppo am Handgelenk und zog ihn mit sich zurück ins Wohnzimmer, wo immer noch still die drei Puppen ausharrten.

»Wir tolerierten uns gegenseitig in unseren Fehlern.«

»Haben Sie irgendeinen Anhaltspunkt, wo sich das Schloss zu diesem Schlüssel befinden könnte?«, fragte Beppo.

»Wenn Sie sich auf die Suche begeben wollen, nehmen Sie den Schlüssel ruhig mit. Mir fehlt die Kraft, dieses Haus zu verlassen.«

Soraya war mit einem Mal noch nachdenklicher geworden. Sie stand wackelig vor dem Fenster, hinter sich den blauen Himmel, sodass man fürchten musste, bereits ein schwacher Windstoß könnte sie davonwehen.

»Wissen Sie, warum ich kein Schwarz trage?«, fragte sie wie aus dem Nichts.

Beppo zuckte die Achseln.

»Im Buddhismus ist Weiß die Farbe der Trauer. Ich finde das tröstlich. Reines Weiß. Neubeginn. Wenn wir Glück haben, sehen Hagen und ich uns eines Tages in einem anderen Leben wieder, vielleicht meint es das Schicksal dann besser mit uns.«

Weil die Wolken immer mehr zuzogen, hatte Elmar sich seine Funktionskleider übergezogen, bevor er mit seinem Fahrrad aufgebrochen war, um Hartwig Hoppe zu besuchen, der ein kleines Haus am Rand von Bebenhausen bewohnte. Das Radeln durch den sich langsam gelb verfärbenden Schönbuch tat gut.

Der Weiler Bebenhausen um das mittelalterliche Zisterzienserkloster herum lag mitten im Wald, so weit ab vom Schuss, dass es dort an vielen Ecken nicht einmal eine ordentliche Handyverbindung gab. Hartwig liebte diese Ruhe, die Möglichkeit, direkt vom Haus aus mit seiner Labradordame Audrey zu endlosen Streifzügen durch den Schönbuch aufzubrechen, liebte den Anblick des steinernen Dachreiters auf der Klosterkirche, der seit Jahrhunderten zurückkehrende Wanderer begrüßte. Elmar argwöhnte jedoch, für Hartwig müsse das Hauptargument bei der Wahl seines Wohnortes gewesen sein, dass sich die Welt nur dann Zutritt verschaffen konnte, wenn sie sich zu ihm bequemte. Luxus für einen freischaffenden Bühnenkünstler, aber seit Hartwig seine Termine von einem Agenten verwalten ließ, konnte er es sich leisten, nicht mehr rund um die Uhr erreichbar zu sein. Als Elmar ankam, schleuderte er gerade einen Stock über die zaun- und heckenlose Grenze seines Grundstücks, woraufhin seine Hündin so über den frisch gepflügten Acker hetzte, dass die Erdkrumen nur so flogen.

»Schick«, sagte Hartwig mit einem abfälligen Blick auf Elmars Radlerhosen.

»Dito«, erwiderte Elmar und las sogleich Hartwigs T-Shirt-Aufdruck laut vor: »Witze über Tofu finde ich geschmacklos.«

»Wo ich recht habe«, sagte Hartwig, bückte sich und klopfte seiner apportierenden Hündin zärtlich den Hals. Um weitere Liebkosungen bettelnd drängelte sich das Tier gegen Hartwigs Schenkel.

»Du hast mir gar nicht erzählt, dass wir gemeinsam beim Besuch der alten Dame mitgemacht hätten«, sagte Elmar. »Aber bevor du dich freust: Tarik Atasoy hat dich gleich wieder suspendiert.«

Hartwig hob so lässig eine Augenbraue wie Roger Moore in seinen besten Tagen.

»Ich weiß überhaupt nicht, wovon du redest, Elmar.«

»Dein Bewerbungsfoto lag neben dem Tisch. Als letztes Relikt seiner gesamten Regievorbereitung.«

»Ich weiß wirklich von nichts.«

»Mysteriös. Du kanntest Zachersky doch.«

»Früher«, wehrte Hartwig ab, »da kannte ich ihn mal. Das ist fast dreißig Jahre her. Dreißig Jahre. Jetzt hatte sich Zachersky doch Lichtjahre von mir entfernt. Ich mache Improtheater und schlimmer noch: Travestie. Vom Elfenbeinturm der Hochkultur aus betrachtet ist das profane Geldmacherei. Kunst ohne tieferen Sinn, ohne Anspruch. Nein, glaub mir, der Zachersky hätte mich nicht einmal mit seinem schlaffen Hinterteil angesehen, wenn wir einander in den Theaterfluren über den Weg gelaufen wären. Wenn er mich denn überhaupt erkannt hätte.«

»Du hast dich also auch nicht bei ihm beworben?«

»Warum sollte ich?«, fragte Hartwig. »Ich habe zu viele Projekte am Laufen, als dass ich mich dem Diktat eines Regisseurs wie Zachersky unterwerfen müsste.«

»Wirklich seltsam. Wie kommt dein Foto dann auf Zacherskys Schreibtisch?«

»Was weiß denn ich? Vielleicht hat er es von meiner Homepage heruntergeladen oder es sich von meinem Agenten schicken lassen.«

Hartwig warf den Stock ein weiteres Mal. Beeindruckend weit, wie Elmar fand. Die Labradordame raste davon, ihre Lefzen flatterten im Wind.

»Mir kommt daran etwas ganz anderes komisch vor«, sagte Hartwig. »Wenn es stimmt, was du sagst, dann hat Hagen Zachersky praktisch in einem Atemzug Theatersport aus dem Spielplan gekickt und gleichzeitig zwei Spieler in seine Arbeit eingebunden, die mit dem Teatro Arlecchino auftreten. Das passt doch nicht zusammen.«

»Was könnte Zachersky von uns beiden gewollt haben?«

»Du bist der Hobbydetektiv.«

»Es sieht beinahe wie ein Plan aus. Eine Unterwanderung vielleicht?«

»Dass ich nicht lache, Elmar. Der Zachersky hat das doch nicht nötig. Um die Schnackenberg fertigzumachen, brauchte er uns doch nicht.«

»Warum dann?«, fragte der Musiker in der Radlerhose den Mann im bedruckten T-Shirt.

»Keine Ahnung, aber wenn du weiter mit mir nachdenken willst, dann komm mit. Bevor ich nach Tübingen aufbreche, muss ich noch mit Audrey eine Runde drehen.«

Beppo verließ den Hausflur. Wie beim letzten Mal tat es gut, der Trostlosigkeit von Zacherskys Wohnung entkommen zu sein. Wie hielt Soraya die Einsamkeit nur aus, fragte sich Beppo, konnte sich die Antwort jedoch selbst geben. Sie hatte ja ihren Puppenkindergarten. Er schlenderte langsam in Richtung des Parkplatzes.

Neben einen Berg aus alten Asphaltbrocken war die schwarze Tonne der Hausgemeinschaft an die Straße geschoben worden. Eine Frau stand auf einem Holzhocker und wühlte im Müll. Als Beppo vorbeiging, richtete sie sich auf, stemmte ihre Hände in die Hüften und dehnte ihre Glieder wie eine Leopardin. Sie bemerkte Beppos irritierten Blick.

»Ferkel, alle miteinander«, schimpfte sie und streckte Beppo zum Beweis ihrer Worte einen zusammengedrückten Milchkarton hin. »Typisch diese neuen Ökospießer. Wohnungen mit Superenergiebilanz, aber bei der Mülltrennung schludern. Schauen Sie hier: Tetra Pak im Restmüll!«

Sie warf das Objekt ihres Zorns in die Mülltüte, die sie in ihrer Hand trug.

»Wenn man schon keine Pfandflaschen kauft, dann wenigstens richtig trennen. Wirklich unerhört.«

»Jaja«, murmelte Beppo vor sich hin, um möglichst schnell vorbeizukommen.

Die Frau jedoch schien ganz versessen darauf, ihre aufgestaute Wut endlich einmal bei jemandem loszuwerden, und sei es ein dahergelaufener Privatdetektiv.

»Wissen die Leute nicht, dass Restmüll einfach verbrannt wird? Dampft einfach in die Atmosphäre. Haben die Leute kein Gewissen? Es is' ja sogar günstiger, die Sachen im gelben Sack zu entsorgen. Plus: Wiederverwertungsquote von bis zu vierundachtzig Prozent!«

Sie packte Beppo an der Schulter, der also gezwungenermaßen stehen bleiben musste.

»Gut, dass wenigstens Sie sich darum kümmern«, brummelte er vor sich hin.

»Das können Sie aber laut sagen. Die Leute werden erst begreifen, was sie tun, wenn sie in ihren eigenen Müllbergen erstickt sind.«

»Da haben Sie wohl recht. Ich muss jetzt auch mal.«

Beppo sah zu, dass er weiterkam, bevor er noch zum Müllsortierdienst zwangsverpflichtet wurde. Mit neuem Elan tauchte die Weltverbesserin zurück in ihr Restmüllbecken.

Jedes Mal, wenn Elmar den großen Saal des LTT betrat, ohne dass dort Theatersport gegeben wurde, war es, als würde er sich in schweigende Götterspeise hineinbewegen, die sich langsam um ihn verteilte, bis sie alle Ritzen ausfüllte. Die clowneske Einlassmusik, mit der das Teatro Arlecchino seit über fünfundzwanzig Jahren seine Besucher empfing, hatte sich für Elmar mit dem Raum verbunden, schien zu ihm zu gehören wie ein Teil der Einrichtung. Ohne sie war der Raum irgendwie zu still, irgendwie seltsam groß. Fast fühlte es sich unanständig an, die Stille mit einem Gespräch zu unterbrechen, weshalb sich die Zuschauer nur im Flüsterton unterhielten.

Tinka war bei ihm, umarmte die beiden Herren vom Einlasspersonal, bei denen sie gestern noch ausgeholfen hatte, war tatsächlich voller Vorfreude auf den Liederabend, der vor Elmar eher wie eine Pflichterfüllung lag. Zur Feier des Tages hatte sie ihre gelben Stoffschuhe angezogen. Die ersten Schuhe des Winters. Wie schön sie war in ihrem Leinenkleid.

Hartwig hatte auf die Schnelle Steuerkarten organisieren können. Eigentlich bekam man diese vergünstigten Mitarbeiterkarten nur noch mit Absegnung des Abenddienstes, aber Elvira an der Kasse steckte Elmar die Karten zu, obwohl der Platz für Atasoys Unterschrift auf dem Formular vakant geblieben war.

»Muss der Affadaggl ja et wissa! Mir hebbet doch z'samma, Elmar.«

Leif von der Lichttechnik hatte in der kurzen Zeit gezaubert. Über die ganze Breite der Bühne war eine Leinwand aufgespannt, von hinten blau beleuchtet, die alles davor zu traumtänzerischen Silhouetten stilisierte. Selbst die zwei Stühle, neben denen ein geöffneter Gitarrenkoffer auf dem Boden lag, bekamen dadurch etwas Geheimnisvolles. Rechts, im Kegel eines Spots, ein weiterer schwarz angestrichener Stuhl, auf dem eine große Aufnahme von Hagen lehnte, darauf zu sehen der Intendant, wie er mit rudernden Bewegungen Anweisungen gab, in einer fast schon angespannten Konzentration auf ein Geschehen gerichtet, das sich außerhalb des Fotos abspielte, vermutlich ein Schnappschuss aus einer Probe. Als einziges beleuchtetes Element schien die Fotografie vor dem Blau-Schwarz des Hintergrunds zu schweben wie ein Portal in eine andere Zeit.

Immer mehr Zuschauer strömten in den Saal, viele davon in Schwarz. Der Mord hatte sich also herumgesprochen. Soraya Zachersky erkannte Elmar gleich, zu unverkennbar war das strahlende Weiß ihres Kimonos, in dem sie zwischen den Trauergästen auffiel wie ein gelber Wellensittich unter Spatzen. Sie kam in Begleitung von Olga Biesinger, hatte die behandschuhte Hand bei ihr untergehakt, die die zerbrechliche Frau auf einen Platz in der ersten Reihe geleitete. Olga. Wie niemand sonst spürte die Maskenbildnerin, wo sie gebraucht wurde. Sie zu verlieren war tatsächlich, als würde man dem Theater das Herz herausreißen. Was hatte sich Zachersky dabei gedacht, ihr zu kündigen? Oder war es Atasoys Entscheidung gewesen? Wer sollte sich um all die verlorenen Seelen kümmern, die wie Treibgut im Theaterbetrieb mitschwammen, wenn sie nicht mehr in ihrer Maskenwarte die Stellung hielt?

Beppo wurde Elmar erst gewahr, als Kurt Gollnisch bereits in einem zweiten erst jetzt aufgeblendeten Spot schwebte, die Gitarre auf den Knien. Viel zu spät drängelte sich der Privatdetektiv zu seinem Platz weiter vorne im Saal, ohne sich bei den Menschen zu entschuldigen, die sich für ihn erheben mussten. Elmar zwinkerte Tinka zu, aber sie hatte nur Augen für Gollnisch, der in Seelenruhe sein Instrument stimmte. Wie ernst sie auf einmal war.

»Liebe Freunde«, begann der Liedermacher, beugte sich etwas vor, um die Position des Mikrofons zu korrigieren, das wohl für einen deutlich kleineren Mann eingestellt worden war, »gut, dass ihr da seid. Dieser Tag sollte ein Tag der Freude werden, der Freude und des Gedenkens. Doch er wurde zu einem Tag der Trauer. Wir gedenken eines Freundes, der aus unserer Mitte gerissen wurde vor dem Ablauf seiner Zeit. Hagen, dieser

Abend ist für dich.« Und mit einem seltsam pathetischen Blick Richtung Decke: »Vielleicht hörst du uns ja von irgendwo aus zu.«

Leise begann er zu spielen, zupfte mit den riesigen Händen auf den Saiten seiner Gitarre, griff die Akkorde gekonnt, ohne seine Arme verändern zu müssen, nur der eierförmige Kopf wippte ganz leicht vor und zurück als lebendes Metronom. Ein Instrumentalstück.

»Das war unbeschreiblich schön«, sagte Tinka leise und wischte sich mit dem Handrücken die Augenwinkel.

»Vorhersehbare Akkordfolge«, gab Elmar zurück. Als Profi brauchte es schon mehr, um ihn zu beeindrucken.

»Mein Freund Hagen hat immer für die Freiheit gekämpft«, sagte Gollnisch in das Mikrofon, »das war für ihn das höchste Gut. Trotz allem, was man für ihn erdacht hat, hat er immer am Pfad der Versöhnung festgehalten. Wir sollten nicht des Falls der Mauer gedenken, wir sollten an Freunde wie Hagen denken, die diese Mauer zum Einsturz brachten.«

Dann sang er, Lied um Lied. Es sang vom Fliegen, von Stränden, von Nächten an Baggerseen, von den Augen schöner Mädchen, von verlöschenden Kerzen, steigenden Drachen, Freiheit, Wahrheit, Ewigkeit und immer wieder: über Freunde. Freunde. Freunde. Die Textzeilen waren so prall gefüllt mit Freunden wie die Seiten eines Poesiealbums.

Während Tinka beim Klatschen erbebte, lernte Elmar die Messingschilder an der Rückseite der Theatersessel auswendig. Der Sitz vor ihm war von einer lokalen Metzgerei gestiftet worden, der daneben von den Stadtwerken und der nächste von einer Privatperson mit dem unromantischen Namen Dr. Dicke. Dass der Sitz genau so breit war wie die anderen, fand Elmar irgendwie witzig.

»Vor meinem letzten Lied möchte ich noch einen alten Weggefährten begrüßen.«

Hartwig Hoppe rauschte herein – oder besser Fräulein Gonzales, schwarz wie ein Nachtvogel, um den Hals eine Stola, ansonsten vollkommen schmucklos, mit wehendem Gewand, das sich noch um sie weiterbewegte, als sie schon am Mikrofon stand. Aus dem Kokon des T-Shirt tragenden Eigenbrötlers war eine Dame von Welt geschlüpft, mit turmhoher Perücke und Hang zur Extravaganz. Fräulein Gonzales war auf der Comedy-Bühne geboren worden, aber Hartwigs Kunstfigur gelang der Drahtseilakt einer Trauerfeier spielend. Kurt Gollnisch hatte gut gewählt.

»Das letzte Lied entstand, lange bevor sie Hagen verhafteten«, sagte der Liedermacher. »Sie ertrugen es nicht, dass der Adler sich zum Fliegen in die Luft emporschwingt. Unvergessen wie ich bei Hagen in seiner Studentenbude in Potsdam auf dem Boden sitze, die Gitarre auf den Knien. Er ist mein erster Zuhörer. Und stets der kritischste. Er, der sonst immer etwas zu mäkeln fand, lächelte und sagte nur leise: Flussmöwen.«

Gollnisch begann zu spielen, Fräulein Gonzales breitete die Arme so weit aus, als wolle sie den ganzen Saal umarmen. Dann begann sie zu singen:

Kalter Abend, dicke Jacke,
rote Sonne, Wolken weh'n
Riechst du noch das frische Heu?
Spürst du noch Sand zwischen den Zeh'n?
Der Sommer ist vorbeigezogen,
doch du stehst mit mir hier.
Fürs bisschen Glück brauchen wir beide
nicht mehr als eine Flasche Bier.

Gollnisch, der bisher nur die Gitarrenakkorde beigesteuert hatte, beugte sich jetzt vor zu seinem Mikrofon, um im Refrain die zweite Stimme zu singen.

Möwen ziehen übern Fluss
und wir hören ihren Schrei
fliegen aus den grauen Wolken,
und sind viel zu schnell vorbei.
Dieser Schrei klingt wild, nach Salz,
nach Wind, nach großen Segelschiffen.

Wie schön mit dir am Fluss zu sein.

Elmar spürte, wie Tinka sich an ihn schmiegte.

»Das ist eines meiner Lieblingslieder«, sagte sie leise, »das ist wahre Freundschaft.«

»Wieso reimen alle Liedermacher Bier auf hier?«, flüsterte Elmar, aber Tinka hörte gar nicht hin, denn Gollnisch stimme die nächste Strophe an:

Graue Steine, alte Mauern
von Rosenhecken still umfasst.
Hörst du noch die Chöre singen?
Siehst du, wie das Licht verblasst?
Der Abend senkt sich langsam nieder
am Feuer, hell entfacht,
singen zwei Freunde alte Liebeslieder
bis der Morgen neu erwacht.

Mit der Gitarre in der Hand erhob sich Gollnisch, um sich für den letzten Refrain neben Fräulein Gonzales zu stellen, zwei singende Freunde, die sich nach langer Zeit wiedergefunden hatten.

Möwen ziehen übern Fluss
und wir hören ihren Schrei
fliegen aus den grauen Wolken,
und sind viel zu schnell vorbei.
Dieser Schrei klingt wild, nach Salz,
nach Wind, nach großen Segelschiffen.

Wie schön mit dir am Fluss zu sein.

Gemeinsam standen sie da, das Fräulein die Augen geschlossen, mit bebender Unterlippe, Gollnisch den Blick über die Zuschauer hinweg gerichtet, als könne er in die Ewigkeit schauen. Sie sangen den Refrain, ein ums andere Mal, so lange, bis auch der Letzte im Publikum mitsang und Elmar wusste, dass ihn diese Melodie für Tage in seinem Kopf begleiten würde.

Sollten wir diesen Fall lösen, schenke ich dir ein Smartphone mit Erinnerungsfunktion«, sagte Elmar, als er Beppo nach dem Schlussapplaus vor dem Theater wieder traf. »Dann haben wir eine kleine Hoffnung, dass du mal pünktlich erscheinst.«

Auf dem Bürgersteig lagen die Blätter wie ein gelber Flickenteppich. Wind war aufgekommen, der das Laub von den Bäumen zerrte, unaufhörlich, wie ein langsamer, gelber Regen.

»Später. Ich muss mit Gollnisch reden. Gibt es eine bessere Quelle, wenn wir mehr über Zacherskys Vergangenheit erfahren wollen?«

»Also deine Vernehmung muss warten«, meldete sich

Tinka, »heute Abend gehe ich mit Kurt Gollnisch etwas trinken.«

»Ihr seid verabredet?«, fragte Elmar.

»Er ist ein Held meiner Jugend«, schwärmte Tinka, »und er fragte mich gestern schon, wo man am besten auf andere Gedanken kommt nach all der Trauerarbeit. Da habe ich den ›Altstadt-Besen‹ vorgeschlagen.«

»Die Besenspelunke?«

»Regionales Gepansch aus den Tübinger Weinbergen statt edler Weine; dort werden wir garantiert niemanden treffen, der heute Abend im Theater war«, sagte Tinka.

»Vorausgesetzt ihr ergattert noch einen Platz«, versuchte Elmar sie von ihrem Vorhaben abzubringen, aber Tinka winkte energisch ab.

»Du bist immer so pessimistisch, Elmar. Schau, da kommen die beiden. Schon wieder umgezogen, Hartwig?«

Hartwig lächelte schwach, um die Augen gerötete Spuren, die die Abschminktücher zurückgelassen hatten. Sofort hakte sich eine strahlende Tinka bei Gollnisch unter.

»Also Kurt und ich gehen jetzt in die Besenwirtschaft.«

Der Liedermacher schaute zu der jungen Frau hinunter, die da so plötzlich an seinem Arm hing wie eine viel zu kleine Handtasche. Hartwig Hoppe schüttelte entschieden den Kopf, während er in seiner Tasche nach seinen Autoschlüsseln kramte.

»Besenwirtschaft?«, sagte er mit einem Gähnen. »Ohne mich. Ich verabschiede mich in meine Klosterzelle.«

»Auf Wiedersehen, mein Freund!« Kurt Gollnisch löst sich von Tinka, um Hartwig zu umarmen. Eine ganze Weile standen sie da. »Vielen Dank!«

»Apropos Schlüssel«, rief Beppo dazwischen und zog aus seiner Jackettasche das Fundstück hervor, »irgendeine Idee, wo der passen könnte, Hartwig?«

»Wie bist du denn an den gekommen?«, fragte Elmar.

»Gehörte Zachersky. Seine Witwe hat ihn mir gegeben. Vielleicht verbirgt er etwas Wichtiges.«

Hartwig wog den schwarzen, nummernlosen Schlüssel in der Hand, inspizierte ihn genau, reichte ihn an Tinka weiter, schüttelte den Kopf, stieg ins Auto und fuhr davon. Tinka reichte Beppo den Schlüssel zurück.

»Keine Ahnung, Beppo.«

»Wollen deine beiden Freunde nicht mitkommen?«, fragte Gollnisch mit einem Blick in die Runde.

»Meine Freunde haben bestimmt zu tun«, sagte Tinka.

»Ich bin …«, setzte Elmar an.

Mit einem Mal schmerzte es, dass sie nicht einmal ein Wort teilten für das, was sie füreinander waren. Besser war es, nichts zu sagen. Er wich ihrem Blick aus.

»Na gut, kommt eben mit«, willigte Tinka ein, »aber es wird nicht über den Tod gesprochen, euer Wort darauf!«

So trabte sie voran, riss den großen Liedermacher mit sich, Elmar und Beppo folgten in einigem Abstand wie versprengte Monde ihrem Planeten.

Der Umbrisch-Provenzalische Markt steuerte heute auf sein Finale zu, weshalb die Innenstadtstraßen um diese Zeit überall verstopft waren. Um dem Gedränge zu entgehen, hatte Tinka den Weg über die Neckarinsel gewählt. Hier war vom Trubel wenig zu spüren, nur das Gelächter der Studenten drang herüber, die beim Wein ihre Beine von der Neckarmauer baumeln ließen.

Auf Höhe des Hölderinturms blieb Gollnisch stehen und betrachtete das beleuchtete Gebäude, das sich im Fluss spiegelte, der still und schwarz vorbeiströmte.

»Dieser Turm hat sechsunddreißig Jahre lang einen genialen Geist beherbergt«, sagte er schwermütig. Elmar wusste nicht so recht, worauf Gollnisch hinauswollte, aber da die anderen nichts sagten, schwieg auch er.

Der »Altstadt-Besen« lag in der Haaggasse, einem schmalen Gässchen, das zum Rathausplatz führte. Die anliegenden Geschäfte hatten bereits die Läden hochgeklappt, einige wenige Nachtschwärmer schlenderten über das Kopfsteinpflaster.

»Der ›Altstadt-Besen‹ ist schon seit Jahrzehnten eine Institution«, plapperte Tinka so sorglos, dass Elmar es nach einer Trauerfeier unangemessen fand. »Was für ein Glück du hast, Kurt, denn er hat nur vier Monate im Jahr geöffnet. Immer im Herbst. Und in der Fastenzeit – um die Katholiken zu ärgern.«

In einem der etwas windschiefen Nachbarhäuser schob sich ein Fensterladen auf, ohne dass ein Gesicht sichtbar wurde.

»Isch do mol jetz amol a Ruah! Herrgottsack!«

»Herzlich Willkommen in Tübingen«, kicherte Tinka, »nach zehn Uhr Zimmerlautstärke, wenn's recht ist.«

Als sie unter dem Türsturz standen, schallte es erneut aus dem schwarzen Schlitz:

»Do gangeter net nei. Da send die Kommunischde!«

»Mit Kommunisten ist nicht zu spaßen«, erwiderte Beppo, »da haben Sie ganz recht, meine Dame!«

Der Fensterladen schlug zu. Trotz seiner Trübsal musste Gollnisch schmunzeln. Der Türbalken zum Schankraum war so niedrig, dass Elmar beinahe mit dem Kopf anstieß. Gollnisch mussten sich noch tiefer bücken, während der kleinere Beppo als einziger in einem Stück hindurchpasste. Die Luft roch penetrant nach Menschen, die einen Überschuss an Alkohol ausschwitzten. Tinka steuerte einen bereits halbvollen Tisch an.

»Rutscht zusammen, Leute«, rief sie aus und ließ sich auf der schmalen Bank nieder. »Kurt, komm, mein rechter Platz ist frei.«

Elmar fand sich auf der Bank gegenüber wieder, eingekeilt, ohne die Möglichkeit, sich anzulehnen, zwischen einem birnenförmigen Mädchen und Beppo, der versuchte, den Bauch einzuziehen. Gollnisch schien die beengte Raumsituation tatsächlich neu zu beleben.

»In einer solchen Kneipe war ich seit Jahren nicht mehr«, staunte er, »ich hatte schon befürchtet, dass ich der Älteste sein würde.«

Tatsächlich hockte auf einer Empore am Ende des lang gezogenen, schmalen Schankraumes eine Herrenrunde, die mindestens Gollnischs Jahrgang sein musste, wenn nicht älter. Einer der Männer war aufgestanden und begann zu singen wie ein Bembelsänger:

En dr Näckarhalde sieba
isch as Scheißhaus eba voll

Sogleich erhoben die anderen Männer ihre Gläser und fielen grölend in den Gesang mit ein:

ond do saet dr Herr Profässer,
dass ma s' Scheißhaus läära soll.

Kurt Gollnisch lauschte mit offenem Mund.

»Eine sehr lebensbejahende Lyrik«, stellte er amüsiert fest.

»Das ist die Hymne der Gôgen, der Tübinger Weinbauern«, erklärte Tinka. »Der Boden warf so wenig ab, dass sie die Scheiße der Stadt zum Düngen einsammeln mussten. So wie in dem Lied: Auf dem G'seuch des Professors gedeihen die Erdbeeren.«

»Wie wahr. Der Kreislauf des Lebens«, lachte Gollnisch, »ein Zauberort, an den du mich da entführt hast, kleine Katinka.«

Elmar konnte sich nicht vorstellen, dass sie es ihm hätte durchgehen lassen, wenn er sie so genannt hätte. Aber Tinka? Sie lächelte einfach dazu.

»Ich wusste, dass es dir gefallen würde«, sagte sie, woraufhin sie sogleich beim vorbeieilenden Kellner einen Liter *Rote Kapelle* bestellte. Dabei rückte sie noch etwas näher an Kurt heran, unnötig nah, wie Elmar fand, die Bank bot noch genügend Platz.

»Trinkt nicht zu viel«, warnte er, »von dem Gesöff bekommt man drei Tage lang Kopfschmerzen.«

»Damit können wir uns ja beschäftigen, wenn es so weit ist«, entgegnete Tinka und wandte sich wieder Gollnisch zu. »Ich habe immer gehofft, dich einmal persönlich zu treffen. Deine Lieder begleiten mich schon so lange.«

»Ach, kleine Katinka«, sagte Gollnisch, »ich bin einfach nur ein alter Mann, der alte Lieder singt, weil ihm keine neuen mehr einfallen.«

Er schien nicht geübt darin, Komplimente von weiblichen Fans zu erhalten.

»Erstaunlich, dass dir diese Naturbeschreibungen so gut gefallen, Tinka«, warf Elmar ein, »wo du doch sonst die Oberflächlichkeit eher meidest.«

»Halt die Klappe«, zischte Tinka kaum hörbar, aber Elmar sprach unbeirrt weiter:

»Entschuldigen Sie, Herr Gollnisch, Tinka steckt gerade mitten in ihrer revolutionären Phase.«

Unter dem Tisch trat sie ihn so fest gegen sein Schienbein, dass er die Zähne zusammenbeißen musste.

»Ich gebe Ihnen recht, was die meisten meiner Lieder angeht, Herr Arnold«, antwortete Gollnisch und nahm einen tiefen Schluck aus seinem Glas. »Ich war nie einer der besonders politischen Künstler. Aber *Flussmöwen*?« Er zog die Brauen empor, sodass sich seine Glatze in Falten legte. »*Flussmöwen* ist eine echte Ausnahme in meinem Oeuvre. Das Lied ist voller Revolution.«

»Ach echt?«, entfuhr es Elmar.

Hätte er gekonnt, er hätte die Zeit zurückgedreht. Statt der schlagfertigen Replik, die er hatte geben wollen, ließ ihn seine unüberlegte Frage plump aussehen. Wie schaffte es dieser Gollnisch, dass er sich in seiner Gegenwart augenblicklich wie ein kleiner Junge fühlte und auch so benahm? War es seine Körpergröße? Glücklicherweise sah auch Tinka den Liedermacher mit großen Augen an, ihren Mund leicht geöffnet, sodass der Perlenkranz ihrer oberen Zahnreihe sichtbar wurde.

»Geht es denn in *Flussmöwen* nicht um Freundschaft?«, fragte sie verdutzt.

»Doch, natürlich«, erwiderte Gollnisch, »aber nicht nur.«

»Das ist mir nie aufgefallen.«

»Wenn es leicht wäre, die Botschaften herauszulesen, dann gäbe es diesen Text heute nicht. Alles, was wir schrieben, sangen, veröffentlichten, musste durch die Zensur. Da hieß es Vorsicht walten lassen und die wahren Absichten verschlüsseln.«

»Kurt«, bettelte Tinka, »jetzt mach es doch nicht so spannend.«

»Die mit Rosenhecken umfasste Ruine zum Beispiel«, begann der Liedermacher, »ist nichts anderes als die Frauenkirche. Sie wurde in der Bombennacht von Dresden zerstört. Den sozialistischen Stadtplanern war der Trümmerhaufen ein Dorn im Auge, den sie gerne beseitigt hätten, aber die Dresdner pflanzten Rosen, deren Dornen nun Kinder am Betreten des Geländes hinderten.

Die angebliche Gefahr war gebannt, die Stadtplaner mussten sich fügen. Ein kleiner Sieg des Volkes gegen das System, aber ein großes Symbol. Später wurde die Ruine zum Treffpunkt der Friedensbewegung.«

»Und heute steht die Frauenkirche wieder«, hauchte Tinka.

»Genau«, sagte Gollnisch, »als ich das Lied schrieb, war das nicht mehr als ein Traum von ein paar Spinnern.«

»Wenn die Ruine die Frauenkirche ist, dann ist der Fluss ja die Elbe«, sagte Tinka.

»Gut erkannt, kleine Katinka«, sagte Gollnisch. »Aber ich will deine Freunde nicht weiter mit meinen Liedern langweilen. Ich habe gehört, dass ihr beiden auf eigene Faust den Mordfall untersucht.«

Der Themenwechsel kam so plötzlich, dass Elmar der Birne neben sich den Ellenbogen in die Rippen rammte. Sie quiekte geschmeichelt. Ganz anders Beppo. Er schien schon geraume Zeit auf seine Chance gewartet zu haben.

»Wenn wir Sie gerade dahaben, Herr Gollnisch, können Sie uns bestimmt weiterhelfen«, schoss es aus ihm heraus.

»No Murder-Talk«, ging Tinka dazwischen, »das habt ihr versprochen. Wir sind hierhergekommen, um auf andere Gedanken zu kommen.«

»Schon in Ordnung, kleine Katinka. Ich helfe gerne, wenn ich kann. Habt ihr denn schon irgendwas gefunden?«

»Wenig«, brüllte Beppo gegen den aufbrandenden Kneipenlärm an. »Hatten Sie in den letzten Wochen Kontakt mit Hagen Zachersky?«

»Wir saßen vorgestern eine Stunde zusammen, um den Liederabend gemeinsam vorzubereiten.«

»Wie war der Abend ursprünglich geplant?«

»Im Grunde recht ähnlich. Viel Raum für die Musik. Am Ende wollte Hagen noch eine Rede halten.«

»Wessen Idee war diese Veranstaltung eigentlich?«

»Seine«, sagte Gollnisch. »Als er anrief, habe ich überhaupt nicht mit ihm gerechnet. Es war ihm ein Herzensanliegen. Und wenn ein alter Freund um Hilfe bittet, dann stehe ich bereit. Ich freute mich, ihn auf diese Weise einmal wiederzusehen. Außerdem spiele ich nur noch selten in Sälen dieser Größenordnung.«

»Haben Sie Veränderungen an Hagen wahrgenommen? Irgendetwas Auffälliges?«

»Vor zwei Tagen kam ich mit dem Zug aus Dresden. Hagen war alt geworden, sah schlecht aus; wahrscheinlich schlief er nicht gut, aber so ist das eben, wenn man älter wird. Und ich hatte ihn ja auch wirklich lange nicht gesehen.«

»Wie lange lag denn Ihr letztes Treffen zurück?«

»Sechs Jahre? Sieben? Vielleicht zehn? Wir hatten beide so viel um die Ohren, dass wir uns über die Arbeit aus den Augen verloren haben. Deshalb freute ich mich ja besonders darüber, dass er das gemeinsame Projekt vorschlug. Als wir uns gegenüberstanden, war es fast wie damals. Nur dass wir jetzt Bordeaux trinken anstatt *Waldschlösschen Hell.*«

»Und hat er mit Ihnen über sein aktuelles Stück gesprochen?«, fragte Beppo weiter.

»*Der Besuch der alten Dame*?«

»Ja, genau.«

»Nein, wieso?«

»Weil alle Aufzeichnungen spurlos verschwunden sind«, erklärte Elmar; einfach, weil er auch mal etwas sagen wollte.

»Kein Grund, gleich pampig zu werden«, fuhr Tinka ihn an.

Elmar rollte mit den Augen. Warum war sie denn heute so empfindlich?

»Wirklich seltsam«, sagte Gollnisch, als hätte er nichts gehört. »Alles verschwunden. Sagen Sie, Herr Vogel, wo könnten diese Unterlagen denn hingekommen sein?«

»Wir wissen es nicht.«

»Nicht mal den kleinsten Anhaltspunkt?«

»Wie man es nimmt«, brummte der Privatdetektiv, »Tarik Atasoy legt uns einen Stein nach dem anderen in den Weg, das macht ihn verdächtig. Und Sigrid Schnackenberg habe ich auch noch nicht von der Liste der Verdächtigen gestrichen. Außerdem haben wir diesen Schlüssel, den ich von Zacherskys Witwe bekommen habe. Möglicherweise der Schlüssel zu etwas Wichtigem, ich habe jedoch keine Ahnung, wo ich mit der Suche anfangen soll.«

»Zeig ihn mir noch mal«, schaltete sich Tinka ein.

Er reichte ihr den Schlüssel, den sie ins Licht hielt, um ihn besser betrachten zu können.

»Sieht aus wie ein ganz normaler Schlüssel für ein Fahrrad- oder Vorhängeschloss«, sagte sie nachdenklich.

Sie wollte ihm den Schlüssel gerade zurückgeben, als ihr etwas einfiel. Sie kramte aus ihrem Jutebeutel ihren eigenen Schlüsselbund hervor. Prüfend hielt sie einen der Schlüssel neben den von Beppo.

»Eine etwas andere Form, aber dieselbe Marke«, nickte Beppo anerkennend. »Woher hast du ihn?«

»Die bekommt man in der Universitätsbibliothek, wenn man dort eines der Dauerschließfächer anmietet.«

»Ich muss sofort los«, stammelte Beppo.

Sie alle blickten ihm nach, wie er einem Aufziehauto gleich aus der überfüllten Schankstube verschwand.

»Der kommt wieder«, sagte Tinka und schüttelte die

beiden Schlüssel in der Hand, sodass die schwarzen Anhänger hin und her schaukelten.

Tatsächlich stand Beppo wenige Augenblicke später erneut vor ihrem Tisch und hielt sich die Seite.

»Du möchtest ihn vermutlich mitnehmen«, sagte Tinka milde.

»Danke«, keuchte Beppo. »Elmar, was ist mit dir? Kommst du?«

Der Angesprochene blieb sitzen. Unschlüssig betrachtete er Tinka, wie sie eng neben dem Liedermacher saß. Wie zufrieden sie dabei aussah.

»Ich bleibe noch!«, sagte Elmar entschieden.

»Du kannst ruhig gehen«, erwiderte Tinka.

Beppo verschwand ein zweites Mal, diesmal endgültig. Elmars Blick verhakte sich in Tinkas. Sie hielt ihm stand, ohne zu blinzeln, aber ihre Augen ließen nicht erkennen, was sie dachte. Eine Weile lang sagte keiner etwas. Sie löste den Blick als Erste.

»Der Fluss in deinem Lied ist nicht aus Zufall die Elbe, stimmt's?«, sagte sie zu Kurt Gollnisch neben ihr.

»Natürlich nicht«, antwortete der mit einem verschwörerischen Schmunzeln.

Als hätte er ihr das fehlende Teil zu einem Puzzle gereicht, leuchteten ihre Augen plötzlich auf.

»Die Möwen«, sagte sie atemlos. »Natürlich! Die Möwen.«

»Jetzt verstehst du mein Lied«, antwortete Gollnisch.

»Donnerwetter! Da hast du dich aber ganz schön was getraut.«

»Ich hatte Glück. Die von der Stasi haben es nicht verstanden.«

»Trotzdem war es mutig.«

»Nach *Flussmöwen* habe ich nie wieder gewagt, so deutlich zu werden.«

Ihre Wangen glühten. Vom Wein, der Wärme des Besens oder wer weiß was sonst. Elmar hatte keine Ahnung, um was es gerade ging. Nachfragen kam auch nicht infrage. Überhaupt, was machten sie noch hier? Er konnte sich gar nicht erinnern, wann er sich das letzte Mal so überflüssig vorgekommen war.

»Hauen wir auch ab, Tinka?«, fragte er in die allgemeine Heiterkeit hinein.

»Unsere Karaffe ist noch halbvoll«, flötete sie zurück.

»Ich habe zwei lange Tage hinter mir. Und morgen muss ich fit sein.«

»Keiner hält dich auf, Elmar. Ich penn in meinem Wagen.«

Elmar blieb sitzen.

»Was ist denn?«, zischte sie scharf. »Worauf wartest du?«

»Wir hatten doch ausgemacht, dass du heute bei mir ...«

»Venus an Mars: Ich habe meine Pläne geändert.«

»Du willst um diese Uhrzeit noch alleine nach Hause?«

»Elmar, was soll das jetzt bitte?«

»Tut mir leid«, gab Elmar pampig zurück, »ich bin vielleicht etwas überempfindlich. Man ist ja auch nicht jeden Tag mit der Aufdeckung eines Mordes beschäftigt.«

Die Stimmung war unweigerlich gekippt. Auch Gollnisch schien das jetzt bemerkt zu haben. Er schwankte bereits, als er sich vom Tisch erhob.

»Ich werde besser ins Bett gehen.«

Ihr kurzer Schlagabtausch hatte auch seine Traurigkeit zurückkehren lassen.

»Danke für die nette Gesellschaft«, sagte er. »Unter anderen Umständen ...«

»Soll ich dich begleiten?«, fragte Tinka besorgt. »In deiner Verfassung kannst du unmöglich alleine durch die Stadt laufen.«

»Das ist nicht nötig, kleine Katinka«, wehrte Kurt Gollnisch ab, »ich wohne im Hess. Es ist nicht weit und die Nachtluft wird mir guttun.«

»Im Gästehaus des Theaters? Da komme ich auf dem Weg zur Wagenburg sowieso vorbei«, erwiderte Tinka und hatte sich bereits bei ihm eingehakt, bevor er weitere Abwehrversuche unternehmen konnte.

»Unsere Karaffe ist noch halbvoll«, rief Elmar ihnen hinterher, während sie den Schankraum verließen. Die Herrenrunde grölte gerade zum wer weiß wie vielten Male die letzte Strophe der Gôgenhymne:

En dr Nächarhalde sieba,
isch des Scheißhaus wiedr lär,
un vom Scheißdräg vom Profässor,
wärred d'Bräschdleng groas un schwär.

Elmar saß alleine am Tisch. Bräschdleng, dachte er, während er die Striche auf ihrem Deckel betrachtete, was für ein bescheuertes Wort für Erdbeeren.

Die Fassade der Universitätsbibliothek leuchtete grünlich in der Dunkelheit wie ein riesiges Aquarium. Die letzten Bewohner dieses Mikrokosmos, eine Handvoll besonders engagierter Studentinnen mit eckigen Brillen und schwarz glänzenden, zum Dutt hochgesteckten Haaren büffelte in der oberen Etage am Fenster. Die

Sitzgruppen, auf denen sich tagsüber die jungen Menschen drängten, lagen verlassen im Foyer, die Cafeteria war bereits geschlossen. Beppo eilte an den verwaisten Kopierern und Getränkeautomaten vorbei zu dem Raum mit den Schließfächern. Wie in einer Mischung aus Sportumkleide und Archiv bildeten die blauen Metallschränke schmale Flure. Beppo seufzte. Wo sollte er beginnen? Jetzt würde ihm nicht sein scharfer Verstand, sondern nur Fortunas Gunst weiterhelfen.

Er begann mit dem rechten Flur und probierte Schloss um Schloss. Da die meisten Schlösser vom selben Hersteller gefertigt worden waren, glitt der Schlüssel problemlos hinein, ließ sich jedoch nicht drehen. Beppo fluchte, als er im dritten Gang anlangte. Er wollte gerade die Hoffnung aufgeben, als der Schlüssel sich im Schloss des vierten Schließfachs der Reihe plötzlich bewegte. Ein kurzer Knack, das Schloss sprang auf. Fieberhaft friemelte Beppo es aus der Halterung und schob den Drehriegel herum.

Im Innern lag nicht viel, nur ein Paket. Es war bereits frankiert, jedoch nicht verschlossen. Beppo holte es heraus, um die Adresse des Empfängers zu lesen.

Karl-Liebknecht-Straße 31/33
10178 Berlin

Weder ein Absender noch ein Adressat standen darauf. Sehr geheimnisvoll.

Vorsichtig öffnete Beppo das Paket. Umhüllt von jeder Menge Styropor fand er einen schwarzen Ordner. Er wickelte ihn aus, stopfte alles in das Paket zurück und legte dieses auf den Boden neben sich. Der Ordner in seiner Hand war nicht beschriftet.

Das Papier nach dem ersten Trennblatt war alt, leicht

gelblich an den Rändern und mit Maschine beschrieben. Ein ausgefülltes Formular. Darauf das Foto eines jungen Mannes, schwarz gerahmt wie eine Todesanzeige. Auch wenn er auf dem Bild noch über Haare auf dem Kopf verfügte, brauchte Beppo den Namen auf dem Dokument nicht zu lesen, um ihn zu erkennen. Beppo hielt Hagen Zacherskys Einlieferungsbestätigung in der Hand.

Der Privatdetektiv scannte das Papier mit den Augen. Zachersky war also am 15.03.1987 verhaftet und in die Untersuchungshaftanstalt Hohenschönhausen eingeliefert worden. Als Grund für die Verhaftung hatte der Verantwortliche Republikflucht angegeben. Neben Zacherskys Geburtsdatum, seiner Nationalität, seinem Beruf und einer bereits lange verfallenen Adresse enthielt das Dokument wenig Informationen.

Beppo blätterte weiter. Das nächste Blatt war ein Observationsprotokoll. Er begann zu lesen.

Berlin, den 03.03.1987

Hauptabteilung Berlin
OV »Neinsager«
Tagesüberwachung
Zeit: 6:00 Uhr – 23.00 Uhr
Ort: Wohnung von Z.

6:00 Beginn der Beobachtung
8:10 äußeres Fenster im Erdgeschoss links erleuchtet, Vorhänge geschlossen
8:25 mittleres Fenster im Erdgeschoss (Küche) erleuchtet, wenig später geöffnet. Z. trinkt Kaffee
8:37 verlässt Wohnung, geht zum Tabakladen Überschmidt, Aufenthalt ca. 6 Minuten. Verlässt Laden mit

einer Schachtel Duett. Aufenthalt in Bäckerei (2 Minuten, keine Brottüte)
8:55 Rückkehr in Wohnung, sitzt an Schreibmaschine (Rücken)
10:55 verlässt seinen Arbeitsplatz für 3 Minuten (Toilette?)
11:14 verlässt Wohnung in Richtung Volkstheater
11:30 Beginn Wohnungsdurchsuchung durch Klinge
11:31 Klinge betritt Flur
11:35 Klinge in Büro (Durchsuchung Schreibtisch)
11:41 Klinge hält dunkelgrünen Pass ins Fenster
11:52 Ende der Beobachtung, Klinge verlässt Wohnung

Noch bevor Beppo die Akte zu Ende lesen konnte, riss ihn eine schnarrende Stimme aus seiner Detektivarbeit.

»Ich muss Sie bitten, das Gebäude zu verlassen. Wir schließen.«

Vor ihm im Gang stand ein Mann, der, seinem Kleidungsstil nach zu urteilen, noch immer glaubte, sich mitten in der Zeit der großen Studentenrevolte zu befinden. Nur der Pferdeschwanz war grau geworden über die Jahre. Vorwurfsvoll deutete er auf die große Uhr über ihnen. Der Zeiger sprang gerade auf Mitternacht. Beppo klappte den Ordner zu, stopfte ihn in seine Tasche, verschloss das Schließfach und strebte zum Ausgang.

»Heda, Sie können Ihre Verpackungen nicht einfach hier liegenlassen!«

Der Bibliothekar war Beppo in die Eingangshalle gefolgt, das leere Paket in der Hand.

»Und wehe, Sie entsorgen das in unseren Mülleimern«, fügte er noch hinzu, als er Beppo alles vor die Brust drückte.

»Ich war in Gedanken«, entschuldigte sich der Privatdetektiv geistesgegenwärtig, »das Paket will ich später noch verschicken.«

Als die Schiebetüren den Weg aus dem Aquarium freigaben, fragte der Bibliothekar, der – wohl um zu kontrollieren, dass seine Anweisungen befolgt wurden – Beppo bis zum Ausgang eskortiert hatte:

»Was wollen Sie denn in die Karl-Liebknecht-Straße 31 schicken?«

Beppo war zu überrascht, um sich eine plausible Ausrede einfallen zu lassen, und fragte frei heraus:

»Sie können mit dieser Adresse etwas anfangen? Was befindet sich dort?«

Der ergraute Pferdeschwanz bedachte den Privatdetektiv mit einem missbilligenden Seitenblick, während er den Schlüssel für die Tür in die Schließanlage steckte.

»Der Sitz des Bundesbeauftragten für Unterlagen der Staatssicherheit«, sagte er, »abgekürzt BStU. Besser bekannt als die Gauck-Behörde. Das sagt Ihnen doch etwas, nicht wahr?«

Beppo nickte augenblicklich, konnte den Bibliothekar in seinem einmal begonnenen Erklärungsspurt jedoch nicht mehr bremsen.

»Die ehemalige Behörde des späteren Bundespräsidenten hat nach der Wende alles Material gesammelt und ausgewertet, das die Stasi nicht rechtzeitig durch den Schredder jagen konnte. Diese Akten kann jeder Betroffene einsehen oder anfordern. Haben auch viele gemacht.«

Aber nicht alle wurden dort fündig, dachte Beppo. Zumindest nicht derjenige, dessen Mord ich gerade versuche aufzuklären. Soraya hatte beteuert, sie hätten im Archiv keine Akte gefunden. Aber in seiner Tasche steckte sie, die Akte Zachersky. Und anscheinend hatte Zachersky selbst von ihr gewusst. Hatte er seine Frau belogen? Er musste zurück zu den anderen. Die Spur führte nach Berlin.

Kaum zu Hause angekommen saß Elmar auch schon am Flügel. Es mochte so spät sein, wie es wollte, er musste spielen. Jetzt! Nicht am E-Piano, das er besaß, damit er ohne Rücksicht auf das Schlaf- und Ruhebedürfnis seiner Nachbarn musizieren und komponieren konnte; heute brauchte er die Aufrichtigkeit gespannter Saiten, die Unmittelbarkeit des mechanischen Prozesses, der den Druck seiner Finger auf das gewaltige Instrument übertrug und in Schwingungen verwandelte, echte Schwingungen, die die Nachtluft vibrieren ließen. Er musste dringend diese Melodie vergessen, die durch seinen Kopf spukte wie Ungeziefer. *Flussmöwen.* Die Ratten der Lüfte.

Als Gegengift wählte er Wagner. Den Walkürenritt kannte er auswendig. Elmar hämmerte durch die Komposition, als gälte es Schnitzel flach zu klopfen. Schicht um Schicht legte er die Melodien übereinander, die sich immer weiter emporpeitschten, bis er die Bläserstimme hineinjagen ließ wie Kriegsfanfaren. Das Getrommel des Besenstils von unten ignorierte er, bis er den Ritt mit den rasant ineinander geschachtelten Tonfolgen beendet hatte. Dann warf er den Klavierdeckel so laut zu, dass es noch im Korpus des Flügels weitertönte, als Elmar bereits im Schlafzimmer war. Er riss sich die Kleider vom Leib und vergrub sich in der Bettdecke.

Wo trieb sich dieser Musiker nun schon wieder herum? Beppo klingelte Sturm, aber sein Klingeln war ebenso erfolglos wie seine wiederholten Versuche, Elmar auf dem Handy zu erreichen. Er war also umsonst von der Universitätsbibliothek in die Altstadt gehechtet, so schnell, dass ihn seine Flanken immer noch schmerzten. Im Besen hatte er nichts weiter vorgefunden als fröhlich schunkelnde Fremde. Also hatte der Privatdetektiv sich kurzerhand zu Elmars Wohnung aufgemacht, die ja nur ein paar Pflastersteingassen weiter lag. Aber auch hier: Fehlanzeige.

Was nun? Beppo verspürte wenig Lust, seinen Fund in einer der umliegenden Kneipen zu sichten, also machte er sich auf den Heimweg. Über den Marktplatz, auf dem die Buden des Umbrischen Marktes bereits verrammelt waren, wanderte er zur Haaggasse, am Besen vorbei und von dort zum Fahrradtunnel, um auf die andere Seite des Schlossberges zu gelangen. Aus der lang gestreckten Röhre schallte ihm das echoverstärkte Kichern eines Pärchens entgegen, das den Tunnel gerade auf der anderen Seite verließ. Beppo mochte diesen Tunnel nicht. Bei Nacht schon gar nicht. Zu spät war ihm eingefallen, dass der Weg über die Neckarhalde sogar kürzer gewesen wäre. Das Geräusch seiner Schritte hallte von den Fliesen an den Wänden wider, als er schneller ging, um das Reich der Unterwelt bald wieder verlassen zu können. Für einen Augenblick glaubte er zielstrebige Schritte zu hören, doch als er sich umdrehte, lag die Röhre des Tunnels leer hinter ihm.

Als er am anderen Ende nass geschwitzt wieder ins Freie trat, beschloss er, über die Neckarinsel zum Bahnhof zu laufen, von wo er hoffte, noch einen Nachtbus zu erwischen. Die Tasche lastete schwerer auf seinen Schultern als zunächst angenommen. Die Neckarinsel erleuchteten nur wenige Straßenlaternen, die in weiten Abständen zwischen den Bäumen baumelten. Das schwarze Wasser floss beängstigend still in dieselbe Richtung, in die er lief. Um ihn herum ein ständiges Knacken und Rascheln in der Dunkelheit. Fallende Blätter oder kleine Tiere?

Beppo kümmerte es herzlich wenig. Vielmehr setzte seine Gedankenachterbahn zu immer neuen Loopings an. Welche Geheimnisse über Zacherskys Vergangenheit mochten diese Dokumente bergen? Was darin konnte so wichtig sein, dass Zachersky es nicht wagte, sie bei sich zu Hause oder in seinem Büro aufzubewahren? Das gespenstische Silcher-Denkmal nahm Beppo gar nicht wahr, ebenso wenig die Platanenallee, die sich vom Denkmal an wie ein Spalier die restliche Insel bis zur Neckarbrücke entlangzog. Beppo hastete an den Bäumen vorbei, den Kopf ganz in seinem Fall.

Der Schlag traf ihn unvorbereitet, er spürte nur, wie etwas mit Wucht gegen seinen Hinterkopf schlug, bevor ihm die Beine wegknickten. Die Tasche mit dem schweren Inhalt rutschte von seiner Schulter und fiel ins Laub. Beppo bemerkte es nicht mehr, denn im selben Augenblick wurde ihm schwarz vor Augen.

Er erwachte vom Klingeln seines Mobiltelefons, das neben ihm im Laub wie ein riesiges Glühwürmchen leuchtete. Erst halb bei Bewusstsein griff Beppo nach dem Gerät und nahm den Anruf entgegen.

»Was ist denn so wichtig, dass du mich mitten in der Nacht anklingelst?«, schallte Elmars entnervte Stimme aus dem Hörer. »Du hast Glück, dass ich nicht schlafen konnte.«

In Beppos Kopf dröhnte es, als wäre ein Sack Zement darauf niedergegangen. Vorsichtig versuchte er sich aufzusetzen. Es ging. Er hatte so starken Durst, dass er glaubte, zu vertrocknen.

»Beppo? Hallo? Beppo? Bist du dran?«

»Es ist alles in Ordnung«, sagte Beppo benommen, »so scheint es zumindest. Ich … ich weiß nicht, was passiert ist. Ich bin gestürzt. Glaube ich.«

Sosehr er sich auch anstrengte, er konnte sich nicht erinnern, warum er hier zwischen den Platanen im feuchten Herbstlaub lag. Nur langsam kehrte die Erinnerung zurück. Beppo erstarrte. Sofort tastete er neben sich in den knisternden Blättern. Nichts außer jeder Menge Styropor, einer leeren Tasche und einem leeren Paket.

»Er ist weg!«, stöhnte er.

»Wer ist weg? Beppo, was ist los mit dir?«

»Der Ordner! Elmar! Er ist verschwunden.«

Beppo griff nach dem Paket mit der geheimnisvollen Adresse. Augenblicklich war er wieder bei vollem Bewusstsein.

»Komm auf die Platanenallee, Elmar! Sofort! Wir müssen nach Berlin.«

Elmar wandte alle seine Überredungskünste auf, bis Beppo am Ende einsah, dass es wenig Sinn ergab, mitten in der Nacht in die Hauptstadt aufzubrechen. Die ersten Züge würden sowieso erst in einigen Stunden wieder abfahren. Widerwillig ließ sich Beppo also von Elmar in dessen nicht weit entfernte Wohnung in der Altstadt führen, wo Elmar ihm gerade noch ein frisches Laken unterwerfen konnte, bevor der Privatdetektiv auf der Couch im Gästezimmer niederplumpste und augenblicklich zu schnarchen begann.

Nichtsdestotrotz tuckerten sie bereits kurz vor acht in Beppos Bulli die A 81 entlang. Elmar hatte auf dem Zug bestanden, aber Beppo hatte sich so entschieden quergestellt, dass Elmar ernsthaft befürchtete, der Privatdetektiv könne mehr abbekommen haben als die zugegeben gewaltige Beule an seinem Hinterkopf. An einem Rastplatz tranken sie labbrigen Filterkaffee. Wenigstens war der Blick auf Würzburg erhebend.

»Jetzt also noch mal ganz in Ruhe«, sagte Elmar. »Du glaubst also, dass dir jemand aufgelauert hat, um den Aktenordner zu entwenden, den du erst kurz zuvor entdeckt hast?«

»Elmar«, erwiderte Beppo gekränkt, »ich glaube es nicht, ich weiß es. Warum sonst hätte man mich niederschlagen sollen, an einem Ort, an dem um diese Uhrzeit bei den gegebenen Witterungsverhältnissen kein vernünftiger Mensch anzutreffen sein würde.«

»Du warst doch auch auf der Insel.«

Beppo nahm einen tiefen Schluck aus seiner Tasse. Elmar erstaunte die Gleichgültigkeit, mit der der Privatdetektiv die Plörre in sich hineinschüttete. Vermutlich hätte ihm die herbe Servicekraft auch Abwaschwasser servieren können, ohne dass er es bemerkt hätte.

»Vielleicht war es ein ganz gewöhnlicher Raubüberfall. Der Dieb hatte es auf deine Wertsachen abgesehen.«

»In Tübingen«, blaffte Beppo.

»Immerhin war es bereits nach Mitternacht.«

»Das schon. Aber es fehlen weder mein Geldbeutel, den ich in meiner Jackentasche hatte, noch mein Handy.«

»Nichts für ungut«, warf Elmar ein, »aber für diesen Knochen bückt sich niemand.«

»Eben. Deshalb muss es etwas mit dieser Akte auf sich haben. Ich war ein gezieltes Opfer. Und deshalb fahren wir jetzt weiter nach Berlin ins Archiv – und damit basta!«

Elmar schüttelte den Kopf, nippte ein letztes Mal am Kaffee, bevor er die Papptasse halbvoll in den nächsten Mülleimer schmiss.

»Und was erhoffst du dir davon? Immerhin hat Zacherskys Witwe ja gesagt, dass sie dort nicht fündig geworden sind.«

»Ich muss von Berufs wegen jedem erst einmal misstrauen.«

»Wir hätten ja auch vor Ort nach dem Übeltäter suchen können.«

»Wir überlassen Tübingen der Polizei. Mit Berlin haben wir den entscheidenden Ermittlungsvorsprung, du wirst sehen«, sagte Beppo gewichtig, bevor er hinter dem Lenkrad Platz nahm und so ruckartig ausparkte, dass er mit der Schnauze des Busses um ein Haar einen der Poller mitgenommen hätte. »Es ist doch völlig klar: Am Tatort sind alle wichtigen Unterlagen verschwunden, wenige Tage später werden die Akten entwendet, die das Opfer an einem geheimen Ort aufbewahrt hat. Der Mörder ist aktiv, er versucht, seine Spuren zu verwischen. Indem wir den Ort wechseln, schlagen wir ihn dort, wo er nicht mit uns rechnet.«

Der Bulli keuchte, als Beppo Vollgas gab, um sich zwischen zwei Lastwagen einzufädeln.

»Außerdem brauchen wir langsam etwas Expertise.«

Elmar betrachtete den klein gewachsenen Mann von der Seite, wie er sich am Lenkrad festklammerte und mit zusammengekniffenen Augen auf die Straße starrte. Berlin machte überhaupt keinen Sinn. Alleine die lange Fahrt kostete wertvolle Zeit, in der der Mörder komfortabel hinter sich aufräumen konnte, bevor er für immer verschwand. Dass Beppo diese Gefahr nicht sah, nicht sehen wollte, war kein gutes Zeichen. Elmar wurde unwohl auf seinem Beifahrersitz.

In der Karl-Liebknecht-Straße unweit des Alexanderplatzes lag tatsächlich die Bürgerberatung des BStU. Glücklicherweise hatte sie noch bis siebzehn Uhr geöffnet. Wie auch die beste Schminke vieles, aber nie alles abmildern kann, so sah man dem Gebäudekomplex an, dass hinter seinen Glasfenstern einst das Bau- und Montagekombinat Berlin die Planung von Bausünden wie den

Palast der Republik zu verantworten hatte. Die Renovierungen der Neunzigerjahre hatten die DDR-Vergangenheit nur teilweise verdecken können. Aber das sollten sie vermutlich auch gar nicht. Alle Berater waren besetzt, daher wandten sich Elmar und Beppo an die Aufsicht in der Bibliothek.

»Un, wat jibbet?«, fragte das missmutige Männchen, das hinter der großen Sperrholzplatte beinahe zu verschwinden drohte.

»Wir würden gerne die Akte von Hagen Zachersky einsehen«, sagte Beppo. »An wen müssen wir uns wenden?«

»Steht ihr denn irjendwie in een familjären Fahältnis su den Herrn Sacherskii?«, fragte das Männlein mit unbeteiligter Miene. Zu oft hatte es diese Prozedur wohl schon vollzogen, als dass es sich noch ernsthaft für das Ergebnis interessiert hätte.

»Nein, ehrlich gesagt …«

»Na, denne sieht det janz schlecht aus, Herrschaften.«

Das Männchen schwieg einen Augenblick. Es rubbelte sich mit dem Zeigefinger zwischen seinen Augenbrauen.

»Wat hattet ihr jesacht, Sacherskii?«

Beppo und Elmar nickten.

»Sacherskii, Sacherskii, det is doch der von die Theaterszene?«

»Es ist sehr wichtig«, sagte Beppo vage.

»Det isset immer«, seufzte das Männchen und erhob sich. »Aber det soll meine jeschätzte Kollejin entscheiden. Ick bin hier nur die Aufsicht. Wenn die Herrschaften mir bitte foljen würden.«

Die Dame, zu der sie geführt wurden, blickte wenig freundlich drein. Auch wenn sich zahlreiche Lachfältchen in die Haut um ihre Augen gegraben hatten, so schien sie schon seit längerer Zeit keinen Grund mehr zur Freude gehabt zu haben. Vielleicht hing das mit dem fehlenden Lichteinfall in ihrem Büro zusammen. Außerdem hatte sie Schnupfen.

»Sie spazieren hier also einfach rein, um die Akte von Hagen Zachersky einzusehen!«, sagte sie und zog den Rotz durch ihre Nase hoch.

»Ja, wir …«

»Mein Name ist Dr. Viezenz. Ich betreue an der Behörde das Ende des Alphabets. Zachersky fällt in meinen Zuständigkeitsbereich.«

»Wie passend, bei Ihrem Namen«, sagte Elmar.

Ein zaghafter Versuch, die Stimmung mit einer kleinen Charmeoffensive aufzulockern. Vergeblich. Sie fixierte Elmar eindringlich mit dem rechten Auge. Und Elmar wurde den Eindruck nicht los, dass es ihr dank ihres Silberblicks möglich sein musste, Beppo im selben Moment mit dem anderen Auge zu beobachten. Wie praktisch. So fühlten sich beide ins Visier genommen.

»Wir müssen Zacherskys Akte aus schwerwiegenden Gründen einsehen«, probierte es jetzt Beppo.

»Das können Sie nicht«, antwortete die Archivarin.

»Es ist aber sehr dringend«, insistierte Beppo.

»Tut mir leid.«

»Haben Sie denn überhaupt Aktenmaterial über Zachersky?«, versuchte Beppo einen zweiten Anlauf.

»Dazu darf ich Ihnen leider keine Auskunft geben. Unsere Arbeit hier unterliegt einem streng reglementierten Ablauf: Er beginnt damit, dass Sie eine Akte anfordern, woraufhin wir erst einmal prüfen müssen, welches Material zu dem angeforderten Namen vorliegt. Dieses Material müssen wir durchsehen und alle personenbezogenen Daten schwärzen, die sich nicht auf Ihre Anfrage beziehen. Erst dann bekommen Sie sie ausgehändigt; ein langwieriger Prozess, der mitunter Jahre dauern kann, je nachdem wie umfangreich das vorliegende Aktenmaterial ist. Wären Sie denn berechtigt?«

»Wann sind wir denn berechtigt?«, fragte Beppo.

»Im Grunde nur als Betroffener oder als Angehöriger.«

»Und da gibt es keine Ausnahmen?«

»Es gibt Ausnahmen, wenn es sich um eine Recherche aus wissenschaftlichem oder Medieninteresse handelt. Sind Sie von der Zeitung?«

»Sie bluffen«, sagte Beppo und fügte nach einer kurzen Pause ein süffisantes »Karin« hinzu.

Dr. Viezenz hob die Augenbrauen und schniefte.

»Ich glaube, ich habe Sie nicht ganz verstanden.«

»Sie bluffen, Karin!«, wiederholte Beppo mit Nachdruck den Vornamen, den er beim Hineingehen auf dem Schildchen neben der Zimmertür gelesen hatte. »Sie besitzen überhaupt keine Akte über Zachersky.«

Dr. Viezenz zog ein Taschentuch hervor, in das sie sich geräuschvoll schnäuzte.

»Das habe ich ja auch gar nicht behauptet«, sagte sie, nachdem sie das Taschentuch achtlos neben den Papierkorb geworfen hatte. »Außerdem ist dieses Archiv viel zu gewaltig, um da im Kopf einen Überblick zu behalten. Was weiß denn ich, ob es Akten über diesen Zachersky gibt oder nicht.«

»Machen Sie uns nichts vor. Intendant Zachersky ist zu prominent, als dass jemand wie Sie nicht mal nachgesehen hätte, wenn er für den Namen zuständig ist. Selbst Ihre Bibliotheksaufsicht wusste Bescheid.«

Dr. Viezenz betrachtete Beppo mit einem Pokergesicht, in dem nur die Nasenflügel bei jedem Einatmen leicht flatterten. Beppo stemmte sich unter Zuhilfenahme des Schreibtisches von seinem Stuhl, bis er stand.

»Ihre Ausflüchte interessieren mich ehrlich gesagt reichlich wenig«, sagte er großspurig. »Wir sind weder privat hier noch sind wir Wissenschaftler oder Journalisten. Es geht um Mord!«

Damit hatte sie nicht gerechnet. Die Archivarin begann zu husten, sodass ihr ganzer fleischiger Oberkörper erbebte. Beppo drehte sich zur Tür, eine Geste, mit der er wohl andeuten wollte, dass hier nichts zu holen sei.

»Mord?«, fragte sie, um ihn aufzuhalten.

»Intendant Zachersky ist vor drei Tagen in Tübingen gewaltsam getötet worden. Die Spur führt hierher – in dieses Archiv«, sagte Beppo.

Die Augen von Dr. Viezenz wurden groß, ihr herablassendes Desinteresse wich einem zum Staunen aufgerissenen Mund, in dem Elmar mehrere Plomben zählen konnte. Langsam kehrte Beppo an den Schreibtisch zurück.

»Noch mal für das Protokoll: Sie behaupten, dass über Zachersky keine Akte geführt wurde«, sagte er trocken.

»Ich habe überhaupt nichts behauptet. Das ist Ihre Interpretation. Ich darf dazu überhaupt nichts sagen, weil ich der Verschwiegenheit …«

»Machen Sie mir nichts vor!«, donnerte Beppo. »Sie haben die Akte nicht.« Etwas versöhnlicher fügte er noch hinzu: »Seine Witwe behauptet übrigens dasselbe.«

Elmar betrachtete Beppo verstohlen von der Seite. Er schien die Befragung zu genießen. Aber was genau hatte der Privatdetektiv vor? Waren das immer noch die Nachwirkungen des Überfalls? Andererseits hatte Elmar in der Vergangenheit mehr als einmal erlebt, dass am Ende gerade Beppos irrwitzigste Taktiken zum Ziel führten. Also ließ er ihn gewähren. Tatsächlich gab die schielende Bibliothekarin langsam ihren Widerstand auf.

»Da Sie es ja sowieso wissen: Wir haben hier keine Akten über Ihren Fall. Aber, warum sind Sie dann hier?«

»Weil diese Akte existiert«, sagte Beppo triumphierend.

»Wie können Sie da so sicher sein?«

Beppo beugte sich über den Tisch, sah ihr tief in die Augen und sagte mit gesenkter Stimme:

»Wie es der Zufall so will, Karin, habe ich sie gestern Abend in den Händen gehalten.«

Er machte eine Kunstpause, um Dr. Viezenz Zeit zu geben, die neue Information zu verarbeiten. Augenblicklich verengten sich die geröteten Augen der Archivarin zu Schlitzen, als wittere sie Beute.

»Wo ist die Akte?«, fragte sie betont unaufgeregt.

Elmar musste beinahe grinsen. Zwei Jäger erkannten einander, wenn sie sich begegneten. Aber Beppo hatte die Nase vorn. Nur bemerkte die Viezenz es nicht, weil sie gerade den Köder schluckte, den der Privatdetektiv für sie ausgeworfen hatte. Dieser Beppo.

»Bevor Sie sich falsche Hoffnung machen«, sagte er, »die Akten befinden sich nicht mehr in meinem Besitz. Ich wurde überfallen und der Ordner wurde gestohlen.«

»Verdammt!«

Dr. Viezenz war tatsächlich so enttäuscht, dass sie wütend mit dem Fuß gegen den Tisch trat. Als Elmar unter die Tischplatte blickte, bemerkte er zu seiner Überraschung, dass sie Hausschuhe in Form von Plüschtigerkrallen trug.

»Aber ich mache Ihnen ein Angebot«, sagte Beppo und lehnte sich süffisant zurück. »Die Vermutung liegt nahe, dass unser Mord und Ihre verschwundenen Akten etwas miteinander zu tun haben könnten. Von einer Zusammenarbeit profitieren wir also beide, Karin. Wir helfen Ihnen, indem wir Ihnen die Originaldokumente besorgen … und Sie drücken beide Auge zu, wenn wir Einblicke in die Archive benötigen, zu denen wir eigentlich gar nicht berechtigt sind.«

»Um sich in den Stasiarchiven zurechtzufinden«, erklärte Dr. Viezenz, »müssen Sie die Informationen aus dem Personenregister F16 mit denen aus der zentralen Vorgangskartei F22 kombinieren. Erst dann wissen wir, ob im Archiv die Akten über eine bestimmte Person zu finden sind oder nicht.«

Sie schien immer noch etwas benommen darüber, dass sie in Beppos Deal eingewilligt hatte, einem Deal, der allen Prinzipien widersprach, die ihr heilig sein mussten. Aber die Gier nach dem brisanten Aktenmaterial und die damit verbundene Aussicht auf neue Erkenntnisse hatten ihre Bedenken aus dem Weg gewischt. Es war nicht nötig gewesen, an den Karteischrank zu gehen, die Bestände des Personenregisters waren komplett digitalisiert. Eine kurze Schlagwortsuche und schon fand Dr. Viezenz den Eintrag unter Zacherskys Namen.

»Es scheint, als ob es wirklich Aktenmaterial über Ihr Mordopfer gibt«, sagte sie erstaunt, »oder gegeben hat. Wollen wir doch mal sehen, ob wir mit der Registriernummer etwas in der Vorgangskartei aufspüren können.«

Auf Elmar und Beppos verständnislosen Blick hin erklärte sie:

»Die Vorgangskartei F22 ist quasi der Wegweiser durch das Archiv. Dort ist hinterlegt, wo im Archiv die gesuchten Dokumente aufzufinden sind.«

»Und dafür brauchen Sie die Informationen aus der Personenkartei?«

»Genau. Der Name alleine reicht nicht, man benötigt die Kennziffer. Aber die haben wir ja glücklicherweise gefunden.«

Sie tippte die mehrstellige Ziffer in den Computer, schüttelte aber sogleich den Kopf.

»Wie erwartet. Im digitalen Archiv ist nichts zu finden.«

Sie versuchte die Eingabe noch einige Male, jedoch ohne Erfolg. Schließlich gab sie mit einem missmutigen Schniefen auf.

»Es ist seltsam, dass Zachersky auf der einen Ebene existiert, auf der anderen aber nicht. Ich werde später noch hinunter an die Karteischränke gehen. So ein Digitalisierungsprozess ist fehleranfällig. Vielleicht haben wir ja Glück.«

»Und wenn nicht?«, fragte Elmar.

»Können Sie sich erinnern, wie die Akten aussahen?«, fragte Dr. Viezenz.

»Dunkel«, antwortete Beppo, »ich habe ja nur einen kurzen Blick darauf geworfen.«

»Erinnern Sie sich, ob die Akten von unserem Archiv gestempelt waren? Mit einem quadratischen Stempel in der rechten oberen Ecke.«

Sie zeigte ihnen die Kopie einer Seite. Die Dokumentennummer war handschriftlich in den Stempel eingetragen.

»Nein, ich glaube nicht«, sagte Beppo.

Dr. Viezenz nickte und zupfte sich dabei an der Nasespitze.

»Dann ist es vermutlich so, dass die Akten vor der Gründung der Bundesbehörde entwendet worden sind. In dieser Zeit sind viele Dokumente verschwunden. Nach dem überraschenden Fall der Mauer am 9. November hatte die Stasi noch einige Monate lang freie Hand, Aufzeichnungen von besonderer Brisanz verschwinden zu lassen, bevor die Bürger sie durch Besetzungen davon abhielten. Erst dann standen die Schredder still.«

»Die Akte sah alles andere aus als geschreddert.«

»Das ist das Seltsame«, sagte Dr. Viezenz nachdenklich, »dass die Stasimitarbeiter alles daransetzten, belastende Unterlagen zu beseitigen, liegt ja nahe. Es musste so schnell gehen, dass sie viele Seiten einfach nur grob zerrissen. Sechzehntausend Säcke voller Papierfetzen haben sie uns hinterlassen, von denen wir in den Archiven bisher erst fünfhundert wieder rekonstruieren konnten. Aber mir ist noch nie untergekommen, dass jemand Unterlagen aus dem Archiv entwendet hat, um sie zu retten. Um Aufklärung kann es nicht gegangen sein, denn sonst hätte man sie ja später dem Archiv übergeben.«

Beppo kratzte sich das Kinn.

»Der Inhalt muss eine Bedeutung gehabt haben«, überlegte er, »einen Wert für denjenigen, der sie gestohlen hat.«

»Und dass sie nun ein zweites Mal entwendet wurden«, sagte Elmar, »beweist, dass sie diese Bedeutung immer noch haben.«

»Der Dieb scheint verhindern zu wollen, dass etwas daraus bekannt wird«, mutmaßte Beppo. »Vielleicht eine Straftat?«

»Gut möglich«, bestätigte Dr. Viezenz, »die Staatssicherheit bewegte sich ja häufig im juristischen Graubereich, selbst nach DDR-Maßstäben. Das wurde nach der Wende zu einem Problem für ihre Mitarbeiter.«

»Aber dann wäre es tatsächlich sinnvoller gewesen, die Akte zu vernichten«, sagte Elmar, »anstatt sie zu stehlen und dann aufzubewahren.«

»Ohne diese Akten kommen wir einfach nicht weiter«, stöhnte Beppo.

»Seien Sie mal nicht so sicher, dass es mit besser wird. Sie haben ja gesehen, wie aufwendig es ist, sich den Weg ins Archiv zu bahnen. Das *Schild und Schwert der Par-*

tei hat alle seine Schritte aufgezeichnet. Aber sie waren äußerst raffiniert darin, ihre Taten so aufzuschreiben, dass nur Eingeweihte etwas damit anzufangen wussten.«

»Sie meinen verschlüsselte Dokumentation?«

»Ja, Zacherskys Name ist vermutlich der einzige Klarname darin. Die Namen der Stasimitarbeiter sind in der Regel Decknamen. Diese Codenamen zu entschlüsseln, kann leider zuweilen ganz schon kompliziert werden.«

»Als Profi haben Sie da doch sicher Ihre Tricks, Karin.«

Dr. Viezenz kicherte geschmeichelt.

»Manchmal ist es ganz einfach«, sagte sie, »die IMs waren bei ihrer ›Taufe‹ beteiligt, sie konnten selbst Vorschläge einreichen. Im einfachsten Fall wählte der IM seinen Vor- oder Familiennamen. Schwerer wird es bei Spitznamen, IM Queeni, IM Blümchen, IM Molly. Menschen des Umfelds können diese Codes leicht aufdecken, aber für uns Wissenschaftler ist das fast unmöglich. Und dann gibt es die Kreativeren, die ihren Namen aus ihrer beruflichen Tätigkeit herleiten, IM Bohrer für einen Zahnarzt, IM Figaro für eine Friseurin, solche Dinge. Besonders die Intellektuellen wählten auch Namen von Vorbildern, denen sie nacheiferten, Ärzte nannten sich IM Hippokrates oder IM Albert Schweitzer.«

»Albert Schweitzer als Namenspatron für einen Spitzel«, sagte Elmar kopfschüttelnd, »das denken Sie sich aus.«

»Es war Realität … Aber zurück zu unserer Akte.«

»Haben Sie irgendeine Idee, wo wir in diesem Archiv vielleicht doch noch auf eine Spur stoßen?«

Dr. Viezenz rieb nachdenklich die riesigen Plüschtigerkrallen gegeneinander, wobei sie mal wieder das gurgelnde Geräusch von heraufsteigendem Nasenschleim hören ließ.

»Wie schon gesagt, ich werde nachher noch hinuntergehen an den Karteischrank und überprüfen, ob sich dort nicht doch etwas findet. Mich beschäftigt jedoch gerade etwas ganz anderes. Das Seltsame an diesem Überfall ist«, sagte sie, »dass er im Grunde vollkommen überflüssig war.«

»Wieso?«, fragten Elmar und Beppo wie aus einem Mund.

»Weil die Täter schon seit Langem nichts mehr zu befürchten haben«, erklärte Dr. Viezenz. »Alle von Stasimitarbeitern begangenen Rechtsverstöße sind bereits seit dem 2. Oktober 2000 verjährt, nur Mord und Totschlag werden weiter juristisch verfolgt.«

Beppo hatte sich einen Kugelschreiber von Dr. Viezenz Schreibtisch gefischt, an dem er lustvoll herumknabberte.

»Ein Mord also«, sagte er, »ein zweiter Mord in der Vergangenheit.«

»Und warum sollte man das Dokument vor dem Schredder und der Archivierung bewahren?«, warf die Bibliothekarin ein. »Es bleibt doch so die Gefahr, dass das Verbrechen enttarnt würde.«

Für einen Augenblick herrschte angestrengtes Schweigen zwischen den am Tisch Sitzenden. Nur das Rauschen der Karl-Liebknecht-Straße drang durch das gekippte Fenster in die stillen Behördenmauern wie das Rauschen der verrinnenden Zeit.

»Ich hab's!«, schrie Beppo so laut, dass Dr. Viezenz sich an ihr Herz griff. »Erpressung! Die Akten wurden vor der Vernichtung bewahrt, weil mit ihnen jemanden erpresst werden konnte.«

Nicht schlecht, dachte Elmar und nickte. Auch Dr. Viezenz nickte zustimmend, sobald sie sich wieder etwas beruhigt hatte. Beppo nahm es huldvoll zur Kenntnis.

»Die Informationen dienten Hagen Zachersky dazu, eine andere Person zu was auch immer zu zwingen. Oder von etwas abzuhalten.«

»Aber Ihre Theorie hat einen Denkfehler«, mahnte Dr. Viezenz plötzlich, »Hagen Zachersky befand sich ja zum Zeitpunkt des Mauerfalls gar nicht mehr auf ostdeutschem Boden.«

Beppo nickte gezwungenermaßen. Jetzt hatte sie wieder die verschnupfte Nase vor.

»Vielleicht war er bei der Stürmung des Archivs dabei«, mutmaßte er daher sofort, »da haben sich doch die Bürger gewaltsam Zugriff verschafft.«

»Mag sein. Aber er hätte sich ohne Hilfe nicht in den Karteischränken zurechtgefunden. Dafür musste man schon eingeweiht sein. Und darüber hinaus hat unser Phantom so gründlich hinter sich aufgeräumt, dass nichts mehr aufzuspüren ist. Der wusste, was er tat. Wir haben es höchstwahrscheinlich mit jemandem aus dem inneren Zirkel zu tun. Nur diese Leute hätten die Zeit und das Wissen gehabt, die Dokumentation über die Bespitzelung einer Person vollständig verschwinden zu lassen.«

Wir bleiben also die Nacht über in Berlin«, sagte Elmar, als sie den grauen Plattenbau des BStU verließen.

Er fühlte sich wie ein Bär, der aus seiner Höhle kroch, auch wenn der Winter eigentlich gerade erst seine Vorboten vorausschickte. Die Sonne stand tief und der Herbstwind hier in der Hauptstadt wehte deutlich schneidender als der in Tübingen. Lindenblätter wirbelten zwischen den geparkten Autos hin und her.

»Bestimmt fällt uns über Nacht noch etwas ein, was wir in der Behörde abklären lassen müssen«, sagte Beppo hoffnungsvoll. »Oder die Viezenz findet noch etwas zu Zachersky, wenn sie die Archive durchstöbert. Einmal angesetzt, ist diese Karin skrupellos wie ein Dackel bei der Dachsjagd.«

»Eine solche Laudatio von dir?«, fragte Elmar. »Du hast dich doch nicht verliebt, Beppo?«

Der Privatdetektiv blieb stehen und tippte sich gegen die Stirn.

»Ich schlage vor, wir suchen uns erst mal ein Hotel«, sagte Elmar, »und später stürzen wir uns ins Großstadtgetümmel. Etwas Abwechslung kann auch nicht schaden.«

Er bemerkte Beppos Zögern.

»Keine Sorge, ich lade dich ein«, sagte er, aber Beppo wehrte ab.

»Such du mal alleine. Zwei Straßen von hier ist ein McFIT.«

»Du willst jetzt zum Bodybuilding?«

»Nein, ich schlafe im Bus. Zum Duschen gehe ich dann ins Fitnesscenter. Meine Mitgliedskarte gilt deutschlandweit.«

Elmar hätte wohl auch nicht verblüffter ausgesehen, wenn Karl Liebknecht höchstpersönlich die nach ihm benannte Straße entlangmarschiert wäre. Auch wenn er diesen Kauz von einem Privatdetektiv nun schon eine ganze Weile kannte, überraschte er ihn doch immer wieder. War die Idee, mitten in der Großstadt in einem VW-Bus zu übernachten, nicht ebenso abwegig wie gefährlich? Wer wusste schon, welche Nachtgestalten sich hier zu späterer Stunde herumtrieben. Beppo dagegen blieb tiefenentspannt.

»Ich sollte den Wagen umparken, damit mir die Sonne morgen beim Aufgehen nicht durch die Windschutzscheibe strahlt«, sagte er mit routiniertem Blick zum Himmel. »Also, in einer Stunde wieder hier? Ich habe übrigens nichts dagegen, wenn du mich zum Frühstück in dein Hotel einlädst.«

»Bar 3« lag in einer unscheinbaren Sackgasse in der Nähe der Karl-Liebknecht-Straße. Die Einrichtung war puristisch, graue Wände, große Fenster. Das Publikum, mehrheitlich Kunstschaffende über dreißig, duldete keine Ablenkung bei seinen Gesprächen über die aktuellen Inszenierungen an einem der zahlreichen Schauspielhäuser der Stadt. Über allem lag die Ernsthaftigkeit, sich im Herzen einer der innovativsten Kulturmetropolen Europas zu befinden.

Beppo verabschiedete sich schnell in Richtung VW-Bus. Das hier war nichts für ihn und sein ausgebeultes Cordjackett; zu sehr fiel er auf zwischen all den mit edlen Stoffen behängten Krähen, die ihre Reize so kurz vor dem Winter zur Schau stellten, als seien sie die letzten Ladenhüter beim Sommerschlussverkauf. Elmar blieb alleine an der Bar sitzen, um sich daran zu erfreuen.

Zwei Hände legten sich von hinten über sein Gesicht. Die Hände waren gepflegt, leicht kühl, Hände einer Nichtraucherin.

»Die Schönste der Welt?«, probierte es Elmar in seiner Ahnungslosigkeit.

»Richtig geraten!«

Die Hände gaben die Sicht wieder frei, Arme schlangen sich um Elmars Hals, eine kühle Wange legte sich an seine.

»Elmar Arnold. Der Tübinger Musikus in Mitte. Was für eine Überraschung.«

»Selma?«

Sie hatte sich verändert, ihr Stil war klarer geworden, reduzierter, die Kleider teurer. Gleichzeitig suchte Elmar vergeblich die Lebensfreude in ihren glasgrünen Augen. Die Abgründigkeit dieser Augen hatte ihn vor Jahren um den Verstand gebracht. Selma, die Unnahbare, die Unerreichbare.

»So ein Zufall, vor zwei Wochen ist Hartwig Hoppe in den Hackeschen Höfen aufgetreten. Ich habe es mir angesehen. Nostalgische Erinnerung an meine Zeit am Landestheater.«

Sie setzte sich ungefragt neben ihn an die Bar.

»Etwas provinziell diese Travestieshow, aber es leben mittlerweile genug Schwaben in der Stadt, die nach ein wenig verlorener Heimat dürsten.«

Elmar bestellte ihr ein Glas Wein.

»Und du?«, fragte sie. »Ziehst du auch her oder bist du am Ende nichts weiter als einer dieser AirBnB-Touristen, die bei uns die Mieten explodieren lassen?«

»Der Trend kehrt sich gerade um«, antwortete Elmar, »am LTT kann man schon fast von einer Berlinisierung Tübingens sprechen. Wann kommst du zurück?«

»Hagen Zachersky leitet jetzt das Landestheater«, gurrte sie lachend, »ich erinnere mich. Touché!«

»Leitete. Er ist ermordet worden.«

»Wie schrecklich«, sagte Selma.

Elmar berichtete, was sich in den letzten Tagen ereignet hatte, Selma lauschte den Skandalen aus dem fernen Süden. Dabei kontrollierte sie ihr Make-up mit einem Handspiegel.

»Wie macht sich Tarik?«

»Du kennst ihn?«

»Wer nicht. Unser Quotentürke hat hier in Berlin versucht, die ganz große Nummer zu werden.«

»Und? War er erfolgreich?«

»Er hätte sich nicht an Hagen Zachersky hängen sollen. Wenn der Schüler dem Meister die Ideen liefern muss, dann ist es mit der Meisterschaft nicht mehr weit her. Aber seinem Mentor haben die unkonventionellen Regieeinfälle den ›Faust‹ eingebracht. Jetzt steckt Tarik in der Klemme. Er kann nicht mehr seinen eigenen Stil fahren, ohne dass es abgekupfert wirkt.«

»Aber warum ist er ihm denn dann nach Tübingen gefolgt?«

»Verstehe einer die Männer.«

Später schwirrte sie an seiner Seite durch die erleuchteten Straßen der Hauptstadt. Als Elmar ins »Leonardo Royal« ging, kam sie mit. Sie schlief mit ihm. Um kurz vor vier erwachte Elmar alleine, Selma war verschwunden. Er stand am offenen Fenster und betrachtete den Verkehr auf dem Alex. Um diese Uhrzeit war in Tübingen bestimmt kaum noch ein Fahrzeug unterwegs. Er dachte an Tinka.

Sein Thermoschlafsack umgab Beppo wie ein schützender Kokon. Er schaute der Nacht im Bulli gelassen entgegen, auch wenn sie kühl zu werden versprach. Sicher verpackt lag er da, den Blick gegen die Decke gerichtet, die von den Scheinwerfern der vorbeifahrenden Autos immer wieder leicht erhellt wurde. Er dachte nach.

Welch dunkles Geheimnis verbargen die Papiere, nach denen sie so fieberhaft suchten? Wie sehr hatte das, was Zachersky erlebt und getan hatte, dazu beigetragen, dass er der wurde, der er war, als er starb? Ein Mann, der rücksichtslos mit jahrzehntelangen Traditionen brach.

Fast die ganze Belegschaft auf die Straße setzte. Schauspielerinnen bedrängte.

Künstlerisch hatte die Vergangenheit für Zachersky nie eine große Rolle gespielt. Im Vergleich zu vielen seiner Kollegen, die die eigene Biographie bis zur Erschöpfung ausschlachteten, war er ja berühmt dafür gewesen, alle Brücken hinter sich abzureißen, nicht zurückzublicken, die Gegenwart als Sprungbrett in die Zukunft zu verwenden. Avantgarde. Stand dahinter womöglich weniger künstlerischer Verwirklichungsdrang, sondern einfach der Wunsch zu vergessen? Zu verdrängen?

Die Plakate am Theatereingang. Beppo sah sie mit großer Klarheit vor seinem inneren Auge. Der Abend anlässlich des Jubiläums der Wiedervereinigung, bei dem Gollnisch singen sollte. Ein Gedenkabend. Das andere Plakat für *Der Besuch der alten Dame*, das Plakat mit dem Panther. Es war üblich, dass ein Intendant mit der ersten Inszenierung den Grundton für seine Intendanz anstimmte. Und was hatte Zachersky gewählt? Ein Stück über eine Milliardärin, die in eine Kleinstadt zurückkehrt, wo sie Rache üben will für das Unrecht, das man ihr als junge Frau angetan hat. Und jetzt saßen sie hier, in Berlin, auf der Suche nach Spuren, die mehr als fünfundzwanzig Jahre zurückreichten? Konnte das ein Zufall sein?

Beppo lauschte den Geräuschen der vorbeirauschenden Großstadt, während sich vor ihm zunehmend aberwitzigere Theorien auftaten wie neue Flussläufe in einem immer weiter ausfransenden Delta. Irgendwann glitt er endlich in den weiten Ozean des Schlafes hinüber.

Im Traum sah er sich selbst, wie er durch die endlosen Flure einer Behörde hastete. Was genau er suchte? Er hatte es vergessen. Er wusste nur noch, dass jemand sterben würde, wenn er es nicht bald fände. Vielleicht er selbst? Hinter jeder Tür öffneten sich neue Flure voller Regale. Irgendwo aus der Dunkelheit fauchte ein Raubtier – oder war es eine menschliche Stimme? Fast glaubte Beppo, Worte verstehen zu können.

»So muss auch unser Nahm, Lob, Ehr und Ruhm verschwinden.«

Wahllos griff Beppo in eines der meterhohen Regale, um eine Akte herauszuziehen. Statt einer Mappe hatte er jedoch eine von Sorayas Puppen in der Hand, die ihm die kleinen Ärmchen entgegenstreckte. Je länger Beppo sie betrachtete, desto mehr glichen sich die Gesichtszüge der Puppe denen Zacherskys an. Er schnappte nach Beppo, versuchte ihn zu beißen mit einem kleinen, bösartigen Gebiss. Beppo schleuderte ihn von sich, er krachte gegen eines der Regale und setzte durch seinen Aufprall die Aktenberge in Bewegung. Sie verloren ihren Halt, erste Papiere flatterten zu Boden, weitere Akten rutschten nach. Wie ein Kartenhaus sackte das ganze Regal zusammen, der Inhalt stürzte auf Beppo, begrub ihn unter sich, bevor er fliehen konnte.

Schwer atmend erwachte er.

Es dauerte einen Augenblick, bis Beppo realisierte, wo er sich befand und dass er in Sicherheit war. Draußen war es bereits heller Tag. Ein Auto hupte, eine Ampel piepte für blinde Passanten. Schwerfällig robbte Beppo zum Wasserkocher, um ihn einzuschalten. Normalerweise schätzte er an den Nächten im Bulli besonders die Morgen, wenn er vom Schlafplatz aus Kaffee kochte, während um ihn herum eine fremde Welt erwachte. Tatsächlich brachte auch heute das heimelige Blubbern ein wenig Beruhigung.

Beppo goss das kochende Wasser in eine Tasse mit Instantpulver. Er schob einen der Vorhänge zur Seite, um Tageslicht ins Innere zu lassen. Sein Blick fiel auf den nahen Fernsehturm, der mitten in der Stadt in den Himmel ragte wie ein drohender Finger.

Der Kaffee zeitigte nicht die gewünschte Wirkung, nach wie vor konnte Beppo kaum die Augen offen halten. In seinen Schläfen pochte es. Er schlüpfte in seine Hose, zog sein Cordjackett über, kämmte sich mit den Fingern notdürftig durch die Haare und öffnete die Autotür. Von draußen wehte kalt die Berliner Morgenluft hinein. Es musste geregnet haben, als er schlief. Die Luft roch frisch, unverbraucht, trotzdem nahm Beppos feine Nase sofort den Geruch nach Benzin wahr. Kein Regen der Welt würde ihn einer Stadt wie Berlin abwaschen können.

In der Nähe erblickte Beppo ein öffentliches Münztelefon, das in der Karl-Liebknecht-Allee stand wie ein Museumsstück. Es war ihm gestern gar nicht aufgefallen. Kurzerhand probierte Beppo, ob es funktionierte. Er hatte Glück. Natürlich fiel Rögge auf den Trick herein. Und gleich wieder aufzulegen, so dreist war er einfach nicht. Er würde noch viel lernen müssen.

»Du solltest dich doch bei mir melden, Björn.«

Beppo verzichtete auf jegliche Begrüßungsfloskel.

»Hör mal, Beppo, ich kann dir wirklich nicht ständig den Ermittlungsstand durchgeben. Es gibt auch Gesetze. Ich riskiere hier meinen Job.«

»Papperlapapp. Irgendwann werde ich es sowieso erfahren. Ist der Obduktionsbericht denn mittlerweile fertig?«

»Ja, seit gestern«, sagte Rögge, »im Wesentlichen haben die Kollegen meine Vermutungen bestätigt. Der Tod trat ziemlich unmittelbar ein, so ungefähr nach dem zweiten oder dritten Schlag.«

»Habt ihr die Leiche auch ansonsten untersucht?«

»Ja natürlich, das wird standardmäßig durchgeführt.«

»Lass mich raten, Zachersky hatte nicht mehr lange zu leben.«

»Woher weißt du das jetzt schon wieder?«

»War es Krebs?«

»Ja, in ziemlich fortgeschrittenem Stadium. Sag mal Beppo, hast du noch einen zweiten Informanten in der Rechtsmedizin?«

»Nein. Das ist alleine fundierte Detektivarbeit und Kombinationsfähigkeit.«

»Ich bin beeindruckt. Ja, es war Krebs. Seine Lunge war befallen, jahrelanger Kettenraucher.«

Beppo ließ einen kleinen Pfiff hören, als er seine Theorie bestätigt fand.

»Wie lange hätte er noch gehabt?«

»Die Kollegen vermuten maximal ein halbes Jahr. Es ging geradewegs auf das Ende zu.«

»Hätte er überleben können?«

»Das ist immer schwer zu sagen, aber so wie es aussieht, wäre hier jede Therapie zu spät gekommen.«

»Wusste Zachersky, wie es um ihn stand?«

»Ziemlich wahrscheinlich sogar. Die Symptome müssen bereits so heftig gewesen sein, dass er sie nicht mehr ignorieren konnte.«

Das also war es, dachte Beppo beim Auflegen. Der Mann, der immer nach vorne geprescht war, der sich jeden Schulterblick zurück verkniffen hatte, hatte mit dem nahenden Tod sein Ziel verloren, weil es eine Zukunft nicht mehr geben würde für ihn. Was tat ein solcher Mensch, der nichts mehr vor sich sah als Dunkelheit, die ihn verschlucken würde?

Er stellte sich infrage, er stellte alles infrage. Er hatte urplötzlich alle seine internationalen Verpflichtungen abgebrochen und sich auf eine Intendantenstelle in ein

Kleinstadttheater zurückgezogen. Um dort ausgiebig zurückzublicken.

Beppo schmunzelte. Ja, Berlin war tatsächlich eine gute Wahl gewesen.

»Nach meinen jüngsten Erkenntnissen«, sagte der Privatdetektiv, während er Rühreiberge vom Buffet an den Tisch balancierte, »glaube ich nicht, dass Zachersky ein Mörder ist.«

»Und wie kommst du darauf?«, fragte Elmar. Er hatte bereits lange vorher gegessen und rührte aus Langeweile in seinem vierten Cappuccino. »Hat dich seine unsterbliche Seele im Traum besucht?«

»Ganz einfach mit Logik.« Beppo ließ sich auf den Polstermöbeln nieder und schlüpfte ungelenk aus seinem Cordjackett. »Ich habe verschiedene Enden zusammengebracht. Ist dir nicht aufgefallen, wie sich plötzlich alles bei Zachersky nur noch um die Vergangenheit drehte?«

Elmar schüttelte den Kopf. Aus versteckten Boxen tröpfelten Gitarrenakkorde, eine kraftlose Mischung aus Yogamusik und Flamenco, die sich über die pastellfarbene Einrichtung der Frühstückslobby legte.

»Denk doch nur mal an den Gedenkabend«, fuhr Beppo fort, »urplötzlich war es Zachersky wichtig, über die Vergangenheit zu sprechen, genau das, was er vorher vollkommen abgelehnt hatte. Der Grund dafür ist leicht zu erraten.«

»Ist er das?«

»Natürlich. Zachersky hatte nur noch wenig Zeit, weil der Krebs seine Lungen durchfraß. Er wusste das.«

»Woher plötzlich diese Interna? Hast du seinem Hausarzt seine Patientenakte entwendet?«

»Ich habe es erraten – und mir dann von der Polizei bestätigen lassen.«

Während er von seinem Gespräch mit Rögge berichtete, fuchtelte er so aufgeregt mit den großen Händen, dass Elmar fürchtete, er könne die futuristische Lampe über ihnen erwischen oder den mit Rührei überladenen Teller vom Tisch fegen.

»Zachersky hatte also Krebs«, stellte der Musiker fest. »Muss hart gewesen sein für einen Egomanen wie ihn zu realisieren, dass er nicht unsterblich ist.«

»Ja, und deshalb glaube ich, hier könnte der Schlüssel für seine Verhaltensänderung zu finden sein.«

»Aber dann erklär mir doch mal, was die Absetzung von Theatersport mit Vergangenheit zu tun hat?«

»Ausnahme von der Regel. Daran hat er sich wahrscheinlich einfach aus künstlerischen Gesichtspunkten gestört.«

»Und die ganzen Entlassungen?«

»Damit hatte er doch nichts zu tun. Hier war eher Atasoy die treibende Kraft.«

»Fällt es nur mir auf?«, fragte Elmar. »Aber bisher haben wir einen Hinweis und zwei Ausnahmen von der Regel. Ich verstehe wirklich nicht, wie du daraus Rückschlüsse ziehen kannst.«

»Das Gedicht, das Marietta für ihn sprechen musste, das von Gryphius. Darin geht es um Vergänglichkeit. Mein Hauptanhaltspunkt ist aber sein Spielplan.«

»Sein Spielplan?«

»Ach, Elmar, ein Intendant kann durch seine Entscheidungen die thematische Ausrichtung eines Hauses prägen, ohne sich mit jemandem abstimmen zu müssen. Das mag der Grund gewesen sein, warum die Stelle für ihn attraktiv war, er wollte am Ende seines Lebens noch mal ein Zeichen setzen. Und was wählt unser Zachersky als Stück für die Spielzeiteröffnung?«

»*Der Besuch der alten Dame*«, sagte Elmar.

»Na also. Worum geht es in dem Stück?«

»Um Rache«, sagte Elmar, »Claire, die alte Dame, kehrt in ihre Heimat zurück, um Rache zu üben für ein Unrecht, das man ihr vor langer Zeit angetan hat.«

»Aber weil sie vor Gericht keine Gerechtigkeit bekommt, wählt sie den Weg der Selbstjustiz«, ergänzte Beppo, »genau.«

»Du meinst ...«

»Elmar, wer das eigene Ende so klar vor Augen hat, der fürchtet vielleicht um sein Seelenheil, aber nicht eine Erpressung. Er hätte doch selbst einer Verhaftung gelassen entgegensehen können«, sagte Beppo vor dem immer noch unberührten Teller. »Aber andersherum wird doch ein Schuh daraus.«

»Ich verstehe langsam, worauf du hinauswillst.«

»Stellen wir uns vor, Zachersky wusste von einem Verbrechen. Mit den Akten konnte er das beweisen – vielleicht hat er im Angesicht seines eigenen Todes beschlossen, hinter sich noch einmal so richtig aufzuräumen.«

»Nach fünfundzwanzig Jahren? Ein reichlich verspäteter Sinneswandel, findest du nicht?«

»So eine Krebsdiagnose verändert alles. Gerade für einen wie Zachersky.«

»Du glaubst also, dass Zachersky mit seinem Stück jemanden bloßstellen wollte?«

»Zachersky ist die alte Dame«, sagte Beppo in verschwörerischem Ton, »es hört sich ziemlich plausibel an, findest du nicht?«

»Ja, schon«, sagte Elmar zögerlich.

»Wofür könnte er sich gerächt haben?«

»Die Flucht«, sagte Elmar prompt, »jemand hat ihn verraten.«

»Genau! Bevor wir nichts anderes zu Tage fördern, ist

das das große Fragezeichen: Wer hat Zachersky verraten? Und warum?«

»Ich habe keine Ahnung.«

»Ich auch nicht. Aber wir kommen der Sache näher. Die Justiz hatte versagt. Und da Zachersky den Unbekannten nicht seiner gerechten Strafe zuführen konnte, wollte er ihn wenigstens öffentlich an den Pranger stellen. Es ist nur so ein Gefühl, aber ich könnte mir vorstellen, dass der Gedenkabend der Tag gewesen wäre, an dem die Bombe hätte platzen sollen.«

»Aber der Mörder war schneller. Hat er Wind davon bekommen?«

»Schon möglich.«

Elmar und Beppo schauten sich eine Weile an, während um sie herum gedämpfte Gespräche geführt wurden, der Singsang der Orte, an denen niemand zu Hause ist. Wortlos begann Beppo das mittlerweile kalte Rührei in sich hineinzuschaufeln. Elmar nickte noch einmal wie zur Bekräftigung seiner Theorie.

»Wenn er zu so radikalen Mitteln griff, dann hatte unser Mörder einiges zu verlieren. Wir brauchen diese Akten.«

»Genau. Denn ich kann mir immer noch keinen Reim darauf machen, wie Zachersky sich die Akten aus dem Archiv beschaffen konnte. Wobei –« Beppo stopfte sich den letzten Rest Ei in den Mund, kaute und sagte, noch bevor er runtergeschluckt hatte: »eine leise Ahnung habe ich vielleicht doch.«

Ich habe etwas gefunden, das Sie interessieren könnte«, sagte Dr. Viezenz schon, bevor Beppo und Elmar sich zu ihr an den Schreibtisch setzen konnten, »oder besser gesagt einen Namen: Erwin Klingenkamp!«

Sie zwinkerte Beppo verschmitzt mit dem rechten Auge zu und schob ihnen den Ausdruck des Personenregisters über den Schreibtisch. Ihr linkes Auge kreiste irgendwo in der Luft herum. Wenn Elmar nicht alles täuschte, hatte sie heute einen Hauch von Lippenstift aufgelegt. Beppo interessierte sich allerdings mehr für die Kopie auf dem Schreibtisch.

»Wer ist das?«, fragte er.

»Ein hauptamtlicher Mitarbeiter bei der Staatssicherheit«, antwortete die Archivarin. »Als ich gestern Abend noch mal im Zettelkatalog gestöbert habe, fand ich wie erwartet nichts. Die Karte ist vermutlich entwendet worden. Also habe ich mir das Einzige genauer angesehen, was wir bisher gefunden haben, Zacherskys Personenregisterkarte.«

»Und?«

»Klingenkamp ist der Name des Hauptamtlichen, der Zacherskys Fall betreut hat.«

»Sagt Ihnen der Name denn etwas?«

»Na und ob. Nach der Wende wurde Anklage gegen ihn erhoben, sie musste allerdings fallen gelassen werden, weil ihm nichts nachzuweisen war. Eigentlich muss man sagen: Weil wir nichts mehr gefunden haben.« Beim Wort »gefunden« überschlug sich ihre Stimme fast. »Wir hier gehen jedoch davon aus, dass Klingenkamp sich an der Durchführung und Planung zahlreicher Operationen beteiligt hat, sicherlich auch solcher, die sogar gegen die Gesetze der DDR verstoßen haben. Wie stark er in den Fall Zachersky involviert war, darüber können wir nur spekulieren.«

»Unvorstellbar bei elf Kilometern Aktenmaterial«, sagte Beppo.

»Selbst für ranghohe Funktionäre war es nicht leicht, die Vernichtung aller belastenden Beweise in die Wege zu leiten, aber es kommt immer mal wieder vor, dass über Menschen, die augenscheinlich Mitarbeiter waren, nichts mehr aufzufinden ist. Erwin Klingenkamp muss von Anfang an sehr strategisch vorgegangen sein. Und das passt zu der vollständig verschwundenen Akte von Zachersky.«

»Woher wissen Sie denn, dass Klingenkamp überhaupt seine Finger im Spiel hatte?«

»Die Gehaltszettel konnte selbst er nicht einfach verschwinden lassen. Noch dazu tauchte er unter, wenige Monate nach der Wende. Und raten Sie, wann er wieder auftaucht?«

»Am 2. Oktober 2000?«, riet Beppo.

Dr. Viezenz nickte ihm anerkennend zu.

»Gut aufgepasst, Beppo, die Verjährungsfrist für die meisten Stasiverbrechen«, sagte sie. »Der Fall ist eigentlich klar, aber unserem Rechtsstaat sind die Hände gebunden.«

Während Beppo Dr. Viezenz stolz angrinste, legte Elmar die Hände an seine Schläfen. Amnestie für ein Ausharren in der Deckung. Konnte das im Sinne eines Rechtsstaates sein?

»Dieser Klingenkamp hat also die Spuren seines Tuns hinter sich verwischt und möglicherweise im Zuge dessen auch alles Material über Zachersky beseitigt«, sagte Beppo. »Wir haben zwar immer noch nicht geklärt, auf welchem Wege die Akten zu unserem Intendanten gelangten, aber mit Klingenkamps Hilfe könnten sie das Ministerium verlassen haben.«

Plötzlich klatschte sich Beppo die Hand gegen die Stirn.

»Ich Idiot«, sagte er, »Klinge! So wurde jemand in der Akte bezeichnet, die ich kurz in den Händen gehalten habe.«

Nun klatschte auch Dr. Viezenz, allerdings in ihre großen Hände.

»Natürlich, sein Deckname. Die Klinge der Partei. Erinnern Sie sich, was über ihn in der Akte stand, Herr Vogel?«

»Er war in Zacherskys Wohnung, als dieser zum Volkstheater ging. Auf dem Schreibtisch entdeckte er etwas, ich denke, es war ein Pass.«

Dr. Viezenz war vor Aufregung auf ihre Stuhlkante gerutscht.

»Die Farbe?«, fragte sie atemlos. »Erinnern Sie sich an die Farbe?«

Beppo überlegte kurz.

»Dunkelgrün, glaube ich.«

»Damit hatten sie ihn in der Tasche!« Dr. Viezenz hieb mit der Faust auf den Tisch und strahlte. »DDR-Pässe waren blau.«

»Dann war das vermutlich die Fälschung, von der Soraya erzählt hat«, kombinierte Beppo.

»Wenn das stimmt, wissen wir endlich, wie er aufgeflogen ist«, führte Elmar den Gedanken weiter. »Dieser Klingenkamp hat sich Zugang zur Wohnung beschafft und dort das nötige Beweisstück gefunden.«

»Aber warum hat er ihn nicht gleich festnehmen lassen?«, fragte Beppo in die Runde. »Er hatte die Katze doch im Sack? Stattdessen lässt er ihn noch zwei Wochen frei herumlaufen, bevor er ihn dann kurz vor der Grenze festsetzt. Das ergibt doch alles keinen Sinn – Wenn wir nur diese Akte hätten!«

Karin Viezenz und Beppo sahen sich an und seufzten wie aus einem Mund.

»Apropos Akte«, meldete sich wieder Elmar, »wenn Zachersky sie hatte, muss er sie ja Klingenkamp irgendwie entwendet haben. Klingenkamp hat das herausgefunden und Zachersky ermordet, um sie sich zurückzuholen. Zuerst war er enttäuscht, weil er im Büro nur Kopien vorfand, aber dann hast du, Beppo, ihn direkt zu seinem Schatz geführt.«

»Das klingt plausibel, Elmar!«

Beppo nickte so lange zustimmend, bis er den Blick bemerkte, mit dem Karin Viezenz ihn schon eine Weile belustigt musterte.

»Dass Erwin Klingenkamp Sie niedergeschlagen hat, halte ich für sehr, sehr unwahrscheinlich, Beppo«, sagte sie mit einem Augenzwinkern.

»Wieso denn das auf einmal?«

Ausgiebig schnäuzte sich die Archivarin noch einmal in ihr Taschentuch, bevor sie den Trumpf ausspielte, den sie sich vorsorglich bis jetzt aufgespart hatte.

»Erwin Klingenkamp ist gestorben«, sagte sie mit Genugtuung, »vor einem Jahr schon!«

Beppo klappte den Mund auf wie ein Fisch. Bei diesem Anblick konnte Elmar ein Kichern kaum noch unterdrücken. Fröhlich knuffte er den Privatdetektiv in die Seite.

»Ich hatte doch recht, Beppo«, juchzte er, »es war ein Geist. Ein untoter Stasioberst. Das erklärt auch das geschlossene Fenster.« Er wischte sich Lachtränen aus den Augenwinkeln. »Verklickerst du es Baumann, oder soll ich?«

Aber der Privatdetektiv stellte sich taub für Elmars Sticheleien und reagierte mit keiner Miene. Stattdessen dachte er angestrengt nach.

»Wenn Erwin Klingenkamp tot ist, wer könnte dann in Tübingen gewesen sein?«, wandte er sich an Dr. Viezenz, die ebenfalls kicherte und ihren Sieg mit einem weiteren Taschentuchritual auskostete, bevor sie mit einem Schulterzucken antwortete:

»Ein Bruder? Ein Sohn? Eine Tochter? Eine Frau? – Werdet doch mal selbst kreativ, Jungens.«

Eine getigerte Katze saß auf dem Fenstersims und blickte über die Plattenbauten von Marzahn, die die DDR in den Achtzigern mit der Entschlossenheit eines sterbenden Dinosauriers aus dem Boden gestampft hatte. Die Hausherrin schien viel Zeit zu haben, ihre Habseligkeiten regelmäßig abzustauben, denn nirgendwo zwischen den zahlreichen Porzellanfiguren war auch nur das kleinste bisschen Schmutz zu entdecken. Sie häufte Kaffeepulver vom Discounter in den Filter, bevor sie sich zu Beppo und Elmar setzte, die Hände nebeneinander auf die abwischbare Tischdecke gelegt.

Die Adresse dieser Frau herauszufinden, über die sie nicht mehr wussten, als dass Erwin Klingenkamp mit ihr verheiratet gewesen war und ein Kind gezeugt hatte, war für Dr. Viezenz eine Fingerübung gewesen. Jetzt war Beppo an der Reihe. Er hatte sie als Journalisten vorgestellt, die das Schicksal von Stasiangehörigen untersuchten. Zum Glück war sie eine Frau, die gerne erzählte.

»Ich wusste selbst kaum etwas über Erwins Arbeit«, sagte sie, während das Wasser leise durch den Filter tröpfelte. »Es war eine unverbindliche Sache zwischen uns, er lebte nicht dauerhaft bei uns in der Wohnung. Kam aber trotzdem immer vorbei und hat dem Kleinen Schokolade mitgebracht. Schönes Westzeug, so etwas bekam nur, wer da gearbeitet hat.«

»Sie wissen also nichts über seine Tätigkeit?«

»Nein, gar nichts. Verschwiegenheit war bei denen ja oberstes Gebot. Ich wusste nur, dass er dabei war. War schon viel, dass er das nicht abstritt. Aber was er da machte? Da fragen Sie die Falsche.«

»Hat Sie das nie interessiert?«

»Hallo? Man stellte keine Fragen, machte man nicht damals. Und wenn ich es tat, dann konnte Erwin auch anders werden. Zum Fürchten. Da habe ich es mir abgewöhnt. Nur der Junge hat gefragt. Immer und immer wieder. Und wie soll eine Mutter ihrem sechsjährigen Sohn erklären, warum der Vater über Nacht aus seinem Leben verschwindet? Er war doch noch so klein, der Junge.«

Die Katze war vom Fenstersims gesprungen, sie kam an den Tisch, rieb sich an ihrem Bein. Wie automatisiert griff sie in das Fell des Tieres, um es zu kraulen.

»All diese Veränderungen haben mich überfordert. Alles, was unser Leben ausmachte, wurde über Nacht wertlos.«

Sie stand auf, schlurfte zur Küchenzeile, goss dünnen Kaffee in drei Porzellantassen und kam zurück an den Tisch.

»Ich hätte es dem Jungen niemals erzählen dürfen.«

»Was?«

»Was sein Vater war. Aber er hörte und hörte nicht auf zu fragen.«

Sie stand auf, knetete ihre Fingerknöchel, die in der klammen Wohnung starr geworden waren und ging zum Heizkörper. Glucksend floss das Wasser hinein.

»Wie hat Ihr Sohn denn reagiert?«, fragte Beppo, den es ebenfalls fröstelte.

»Zuerst war da vor allem Entsetzen.« Sie legte die Hände um die gefüllte Kaffeetasse, um sie zu wärmen. »Dann Scham, die immer mehr in eine kalte Wut kippte. Ich fand das ja immer übertrieben, schließlich war das eine andere Zeit damals. Das muss man ja auch bedenken.«

»Hatte Ihr Sohn denn noch Gelegenheit, mit seinem Vater persönlich zu sprechen?«

»Er hat es versucht. Aber Verschwiegenheit war bei der Stasi eine Kardinaltugend, der Alte rückte mit keiner Silbe heraus, bis zum bitteren Ende.«

»Wo ist Ihr Junge denn jetzt?«

»In Tübingen, vermute ich. Er hat Geschichte an der Universität studiert und schreibt jetzt seine Doktorarbeit. Er meldet sich nur selten bei mir.«

Elmar bemerkte, dass Beppos Finger bereits triumphierend auf der Tischplatte spielten, bevor er die nächste Frage stellte.

»Und wie heißt er?«

»Daniel!«

»Und wie hießen Sie mit Mädchennamen?«

»Lurke.«

»Bingo«, sagte Beppo in Elmars Richtung.

Die Frau, die sich als Daniel Lurkes Mutter entpuppt hatte, blickte ihn verstört an.

»Darf ich nicht vergessen«, sagte der Privatdetektiv entschuldigend, »also Bingo zu spielen. Nachher.«

Elmar schüttelte den Kopf, wenigstens das Ende der Geschichte von Klingenkamps Witwe konnte er sich jetzt noch in Ruhe anhören, so viel Anstand sollte selbst ein ungehobelter Wagenbarbar aufbringen. Sie war zum Glück nicht ganz bei der Sache.

»Hat immer so viele Fragen gestellt, der Junge, so viele Fragen.«

Die Katze nahm Anlauf, ohne dass Elmar sie bemerkte, und sprang ihrem Frauchen auf den Schoß. Mechanisch streichelte sie ihr das Fell.

»Woher er das hat, weiß ich auch nicht. Sicher nicht von mir.«

Auf der Heimfahrt erschien es Elmar, als kröchen sie noch langsamer dahin als auf dem Hinweg, eine zähe Odyssee von siebenhundert Kilometern, einmal quer durch Deutschland in einem klapprigen VW-Bulli, der laut aufheulend gegen die Höchstleistungen protestierte, die sein Besitzer ihm abverlangte. Wenn nur der Motor der Dieselschleuder mitmachte.

Sie sprachen wenig. Was gab es auch zu bereden, jetzt galt es vor allem, den nächsten Ermittlungsschritt zu gehen. Daniel Lurke musste gestellt werden. Gemeinsam hatten sie vereinbart, ihn nicht telefonisch vorzuwarnen. Wer wusste schon, wie tief Daniel in die Geschehnisse der Mordnacht verstrickt war. Lieber keine schlafenden Hunde wecken.

Nach zwei Stunden Schweigen fühlte sich Beppo anscheinend so alleine, dass er begann, genüsslich in der Nase zu bohren. Elmar kommentierte es nicht weiter, sondern begann, die vorbeirauschenden Leitpfosten zu zählen. Als sie am Stuttgarter Kreuz endlich zu den erlösenden gelben Straßenschildern wechselten, schloss Elmar dankbar die Augen.

Beppo parkte den Bulli in der Gartenstraße auf einem Anwohnerparkplatz. Sie hörten das heisere Keuchen der Lüftung noch, als sie bereits durch die Neckargasse in die Altstadt hineineilten.

Die Eingangspforte ließ sich einfach aufschieben, sie erklommen eine schmale Treppe, die vor einer Tür mit abblätterndem Lack endete. Sie klingelten und warteten. Klingelten erneut und warteten. Als sich die Tür öffnete, blinzelte ihnen Daniel Lurke schläfrig entgegen, die roten Haare so wild verstrubbelt, dass er einem Orang-Utan glich, der aus seinem Versteck lugte. Hatte der Doktorand etwa auf der faulen Haut gelegen, während sie auf der Jagd nach ihm einmal quer durch die Republik gerast waren? Elmar brodelte, Beppo ging es anscheinend nicht anders. Schnell, bevor Daniel Lurke die Tür hätte zuschlagen können, ergriff der Privatdetektiv ihn am Schlafittchen.

»Jetzt reden wir mal Tacheles!«

Beppo bugsierte Daniel Lurke gegen halbherzigen Protest vor sich her in dessen eigenes, schmales Reich hinein. Die Wohnung war winzig. Eine überfüllte Garderobe konkurrierte im Eingangsflur mit einer Küchenzeile und einem ausklappbaren Esstisch um wenige Quadratmeter. Links ging das Bad ab. Dahinter der einzige Bereich der Wohnung, der die Bezeichnung Zimmer auch wirklich verdiente. Dachfenster, Pressspanschrank, ein Regal voller Bücher, Zettelablagen und Ordner. Mittendrin ein dämmriges Bett, auf dessen Laken eine Studentin in ihre Kleider schlüpfte. Die Mittelmäßigkeit ihrer Schönheit erfüllt Elmar mit einer gewissen Genugtuung.

»Warum haben Sie uns nicht gleich die ganze Wahrheit erzählt?«, fragte Beppo, nachdem er den jungen Mann auf den Schreibtischstuhl hatte fallen lassen.

Daniel Lurke starrte den Überraschungsbesuch an, der sein Schäferstündchen gestört hatte. Mochte das ein Traum sein?

»Was wollen Sie von mir?«

»Jetzt hören Sie schon auf, sich hier vor Ihrer kleinen Freundin lächerlich zu machen«, polterte Beppo, »wir wissen, dass Ihr Vater Oberst bei der Staatssicherheit war. Und wir wissen, dass Sie uns an der Nase herumführen.«

»Ihr Vater, Erwin Klingenkamp, hat Hagen Zachersky festnehmen lassen«, setzte Elmar nach.

»Ach, darum geht es«, sagte Daniel Lurke matt, »ja, das hat er tatsächlich.«

»Mit unlauteren Mitteln«, fügte Beppo hinzu.

»Ja, ich weiß«, antwortete der Journalist. »Ich bin der letzte, dem Sie das erzählen müssen.«

So langsam dämmerte es ihm, womit er das ganze Brimborium verdient hatte. Sein stoßender Atem verebbte zu gleichmäßigeren Wellen.

»Sie bestreiten es also nicht?«

Elmar war näher herangekommen, um das Mienenspiel des jungen Mannes besser beobachten zu könne. Zwei hellgrüne Augen blickten unschuldig aus einem sommersprossenbefleckten Gesicht.

»Warum sollte ich? Mein Vater war ein Unmensch. Einer von der ganz üblen Sorte.«

»Sie wissen das alles?!?«, fragte Beppo. »Dabei hat Ihr Vater doch nie mit Ihnen über seine Vergangenheit geredet.«

»Das stimmt. Aber als mein Vater vor einem Jahr starb, hinterließ er mir ein Haus im brandenburgischen Nirgendwo, eine verwohnte Bude, in der er sich jahrelang versteckt gehalten hatte. Auf dem Dachboden fand ich bergeweise Aktenmaterial. In Kisten hatte er es verwahrt. Säuberlich beschriftet, archiviert wie für die Ewigkeit.«

Daniel Lurke hielt in seiner Erzählung inne, als sei plötzlich die Verbindung abgebrochen. Die Studentin nutze die Pause, um hastig ihre Habseligkeiten zusammenzusuchen.

»Ich gehe dann mal besser.«

»Bis bald«, rief Daniel ihr hinterher.

»Mal sehen«, flüsterte sie dem Türrahmen zu, bevor sie aus der kleinen Wohnung schlüpfte.

Für Beppo und Elmar war ihr Abgang nicht mehr als eine Werbeunterbrechung. Beppo knüpfte nahtlos wieder dort an, wo er aufgehört hatte:

»Haben Sie die Akten gelesen?«

»Natürlich. Es überstieg meine Vorstellungskraft. Ich brauchte Wochen, um mich durchzuarbeiten.« Daniel schaute in Richtung des Fensters, durch das man einen winzigen Ausschnitt der alten Ritterakademie erblicken konnte. »Es begann mit Gerd Blömeke, einem jungen Pianisten. Dieser Gerd spielte in seinen Konzerten auch mal ungenehmigtes Liedgut. Mein Vater schickte ihn zur Bewährung in die Produktion. Da war Gerd sechsundzwanzig; etwa so alt wie ich, als ich von ihm erfuhr. In der Fabrik gerieten Gerd die Hände ins Walzwerk. Ein tragischer Unfall? Dass ich nicht lache!«

Elmar schluckte. Er war ja selbst Musiker.

»Konnte er jemals wieder spielen?«, fragte er.

»Nein. Die Brüche verheilten nie vollständig. Ein Berufsverbot war nicht mehr nötig. Als mein Vater Gerd in die Reste seines Leben zurückkehren ließ, musste der eine Hausmeisterstelle annehmen; zwei Jahre danach erhängte er sich mit einer Wäscheleine im Keller. – Mein Vater hat die Todesanzeige archiviert wie einen getrockneten Schmetterling.«

Daniel schwieg für einen Augenblick und betrachtete das Regal neben seinem Schreibtisch.

»Gerd Blömeke war nur einer von vielen. Je weiter ich mich durchgearbeitet habe, desto klarer wurde ich mir über meine Aufgabe. Ich konnte nichts ungeschehen machen, aber ich würde die Taten meines Vaters vor dem Vergessen bewahren.«

»Sind das die Dokumente, die Sie auf dem Dachboden Ihres Vaters gefunden haben?«, fragte Beppo. Daniel nickte, ohne ihn anzusehen.

»Warum hat Ihr Vater sie aus den Archiven gerettet«, fragte Elmar, »sie haben ihn doch belastet?«

»Andere Menschen kleben Fotoalben, um die flüchtige Zeit fassbar zu machen, mein Vater archivierte Dokumente«, erwiderte Daniel Lurke bitter, »Dokumente seiner Macht.«

Er hielt für einen Moment inne und wischte sich einige seiner roten Haare aus der Stirn.

»Wissen Sie, warum er das getan hat?«, fragte Beppo.

»Er nahm seinen Beruf sehr ernst. Das taten wohl alle im inneren Zirkel. Aber mein Vater genoss es. Er liebte das Gefühl, im Leben Fremder herumwirken zu können, ihre Ängste gegen sie zu wenden, sie in seiner Hand zu wissen. Für ihn war das ein Spiel, in dem er als Puppenspieler Marionetten steuerte, bis sie sich in den von ihm gesponnenen Schicksalsfäden verhedderten. Für die Firma war er ein geschätzter Mitarbeiter. Keiner nahm es an Effizienz mit ihm auf. Oft reichten schon Andeutungen, um sie umfallen zu lassen. Künstler waren übrigens seine Spezialität. Es hieß, dass er ihre Ängste riechen könne.«

»Haben Sie in diesem menschenverachtenden Privatarchiv auch Unterlagen über Hagen Zachersky gefunden?«, fragte Beppo so überraschend scharf, dass Daniel zurückwich.

Langsam, in argwöhnischem Blickkontakt mit Beppo, fanden seine schlanken Finger einen Ordner und zogen ihn aus dem Regal hervor. Er knallte ihn so heftig auf den Tisch, als wolle er sich ein Geschwür aus dem eigenen Leib reißen.

»Zacherskys Akte?! Bitteschön!«

»Das waren Sie auf der Platanenallee?«, fragte Beppo.

Aber Lurke zog verständnislos die Brauen zusammen. Er hatte keine Ahnung, wovon Beppo sprach.

»Es sind nur Kopien«, begann er eine blinde Verteidigung, »die Originale habe ich Zachersky ausgehändigt.«

»Wann?«

»Vor zwei Wochen.«

Beppo klappte den Ordner auf. Die erste Seite kam ihm bekannt vor. Es war genau die Seite, die er bereits selbst einmal in den Händen gehalten hatte, die Seite mit Zacherskys Foto. Nur diesmal in Kopie.

»Was wissen Sie über Zacherskys Fall?«, fragte Beppo mit gespitzten Lippen.

»Eigentlich unspektakulär, der letzte, den mein Vater in seiner Karriere ›betreute‹. Die Stasi wurde auf Hagen Zachersky aufmerksam, weil er in einem seiner Bühnenbilder über einer Kneipe ein Schild mit der Aufschrift »kleine Freiheit« aufhängen ließ. Nach der Pause war das Schild verschwunden. Das genügte meinem Vater, um seine Netze auszuwerfen. Aber Zachersky war zu vorsichtig, um sich gleich darin zu verfangen. Er ließ sich nichts zuschulden kommen. In den Akten finden sich sogar Empfehlungen von der unruhigen Hand meines Vaters, den Fall ruhen zu lassen. Doch dann kam die Republikflucht.«

»Bei der er gefasst wurde«, sagte Elmar. »Wir wissen bereits, dass Ihr Vater persönlich den gefälschten Reisepass in Zacherskys Wohnung entdeckt hat.«

»Das ist nur die halbe Wahrheit.« Daniel blätterte durch die Akte, während er sprach. »Der Pass alleine hätte gereicht, um Hagen Zachersky festzunehmen. Aber das war meinem Vater nicht genug. Stattdessen nutzte er die Gelegenheit, um im Vorbeigehen noch einen Informanten aus dem Umfeld Zacherskys zu ›krümmen‹. Er zwang diesen Menschen zu einem völlig unnötigen Verrat. So liebte mein Vater dieses Spiel. Hagen Zachersky sollte sich bis zuletzt in Sicherheit wähnen. Sein Gift ließ er langsam tropfen.«

»Wissen Sie mehr über diesen informellen Mitarbeiter?«, fragte Beppo, während er sich ebenfalls zu den Akten hinunterbeugte.

»Ein Mann vermutlich. Ich konnte den Decknamen aber bis heute nicht entschlüsseln. Deswegen habe ich mich ja an den Intendanten gewandt.«

Beppo und Elmar nickten einander zu.

»Ich bin schon lange an Zachersky dran, schon bevor klar wurde, dass er nach Tübingen ziehen würde. Aber er lehnte ein Treffen stets ab. Also griff ich zu meinem letzten Trumpf. Ich meldete mich am Telefon mit dem Nachnamen meines Vaters, obwohl ich ihn eigentlich abgelegt habe. Nun bekam ich umgehend einen Termin. Mein Vater hat Hagen Zachersky persönlich verhört, das verbindet ihn tragischer Weise.«

»Und wann übergaben Sie Zachersky die Akten?«

»Nicht gleich, nicht bei unserem ersten Treffen. Ich versuchte zuerst, ihm die Information irgendwie zu entlocken, aber Hagen Zachersky roch den Braten sofort. Als Opfer hatte er mich schnell an dem Punkt, dass ich offenlegte, wer ich war und warum ich bei ihm vorstellig wurde. Es geht mir ja um Aufarbeitung.«

»Und dann?«, fragte Beppo.

»Bestand er darauf, die Originale zu bekommen.«

»Die Sie ihm überreichten?«

»Selbstverständlich nahm ich ihm das Versprechen ab, die Akten der BSTU zu übergeben, sobald er es für richtig hielt.«

»Warum haben Sie das eigentlich nicht schon längst selbst getan?«, fragte Beppo.

Daniel Lurke zuckte bei der Frage zusammen. Der Privatdetektiv hatte die kritische Stelle aufgespürt, die unter der ansonsten makellosen Fassade des geläuterten Nachkommen vor sich hin moderte.

»Selbstsucht«, sagte Daniel Lurke nach einer Weile unsicher, »ich wollte Gerechtigkeit, unbedingt. Deswegen arbeite ich ja auch alles in meiner Doktorarbeit auf. Sie ist fast fertig. Danach hätte ich die Akten selbstverständlich en bloc dem Archiv übergeben.«

»Selbstverständlich«, sagte Elmar bitter.

»Ich sehe es ja ein. Es war ein Fehler, die Lorbeeren einheimsen zu wollen. Ich dachte nur, dass ich es ja auch für meine Karriere nutzen könne, wenn ...«

»Dieser Fehler hat womöglich einen Menschen das Leben gekostet«, fuhr Elmar ihm über den Mund.

»Und mich eine Beule am Hinterkopf«, ergänzte Beppo und tippte sich in die schütteren Haare. »Hat Zachersky denn wenigstens aus dem Decknamen herauslesen können, wer ihn verraten hat?«

Daniel Lurke nickte, atmete tief ein, ließ den Inhalt seiner Lungen jedoch zischend wieder ausströmen. Erst beim zweiten Anlauf gelang ihm die Antwort.

»Ein Blick – und er wusste es. Das sah ich ihm an.«

»Wer war es denn nun?«, fragte Beppo ungeduldig.

»Zachersky wollte es mir nicht sagen«, sagte Lurke, »er rückte einfach nicht damit heraus.«

»Das kann doch alles nicht wahr sein!« Elmar begann nun seinerseits in den Akten zu blättern. »Es muss doch irgendwelche Hinweise geben, die uns weiterbringen. Wie lautete denn der Deckname? Mein Gott, lassen Sie sich doch nicht alles aus der Nase ziehen!«

Daniel Lurke deutete auf ein Wort in einer der Observationsakten: *IM HH.*

Elmar und Beppo starrten die vier Großbuchstaben an, die an den Rändern bereits anfingen zu verbleichen. Da war er also, der Deckname, auf dessen Fersen sie bereits vierzehnhundert Kilometer deutsche Autobahn hinter sich gebracht hatten. *IM HH.*

»IM ist die Abkürzung für informeller Mitarbeiter«, sagte Daniel Lurke kleinlaut, »aber das wissen Sie ja bereits.«

Elmar schielte zu Beppo. Der Privatdetektiv dachte konzentriert nach, man sah es an seiner verengten Nasenspitze. Ob er auch schon draufgekommen war? Elmar schloss die Augen. Konnte das nicht irgendwann aufhören, dass immer die eigenen Freunde im innersten Zirkel der Verdächtigen Platz nahmen, als wären dort Karten für sie reserviert? Aber es war zu naheliegend. Beppo schwieg noch immer. Vielleicht aus Rücksicht. Elmar war klar, er musste derjenige sein, der das Offensichtliche aussprach.

Wenn es die immer vernetzte Wünschelrute des dritten Jahrtausends noch nicht gegeben hätte, wären sie wohl schnurstracks in die Sackgasse des Bebenhauser Funklochs gerauscht, so aber hatte Elmar mit wenigen Klicks herausgefunden, dass Hartwig Hoppe heute Abend nicht zu Hause sein würde, weil er im Sudhaus am Rande Tübingens mit seinem Comedy-Programm auf der Bühne stand. Unschlagbar diese Technik, musste Beppo neidlos zugeben, auch wenn sie eine solide Detektivarbeit niemals ersetzen könne, wie er sich nicht verkneifen konnte hinzuzufügen. Aber jetzt nichts wie hin, damit sie Hartwig erwischten, bevor der Kabarettabend begann. Zum Stadtrand war es nicht weit.

»Es passt alles zusammen«, sagte Elmar, als Beppo seinen Bulli endlich in eine freie Lücke des vollkommen zugeparkten Wohngebiets kurbelte, »Hartwig Hoppe hat Zachersky verraten. Als Zachersky das erfahren hat, beschloss er, Hartwig bei einer groß angelegten Gedenkfeier öffentlich zu demütigen. Er wollte seinen Ruf ruinieren. Die Besetzung für die alte Dame hängt ganz bestimmt auch damit zusammen. Vielleicht wollte er ja auch nur das Bild verwenden?«

»Wenn du meinst«, sagte Beppo, während er mit der Stoßstange gegen einen schwarzen SUV dotzte, sodass der Bulli zitternd zum Stehen kam.

»Wenn der Zachersky etwas anpackte, dann machte er es gleich richtig. Nur muss Hartwig seinerseits Wind davon bekommen haben und ist der Demaskierung zuvorgekommen.«

Sie hasteten über die kaum noch befahrene Bundesstraße, vorbei am bizarren Außenbereich des Statuen-Verkäufers, der vor dem Veranstaltungshaus ein Potpourri aus gipsgewordenem schlechtem Geschmack offerierte.

»Komm, Beppo, der Bühneneingang ist da hinten die Treppe rauf.«

Als sie die Garderobe betraten, auf deren Wänden sich unzählige mehr oder weniger prominente Namen mit Edding verewigt hatten, war Hartwig bereits verschwunden. Statt seiner klebte sich vor der Spiegelfront Fräulein Gonzales mit äußerster Akkuratesse künstliche Wimpern auf die Lider.

Elmar machte den Anfang.

»Hartwig«, sagte er, »du musst uns ein paar Dinge erklären.«

Das halb vollendete Fräulein hob die rechte Augenbraue, eine Geste, die anscheinend zu ihren beiden Erscheinungsformen gehörte.

»Wer ist nur immer dieser Hartwig, auf den mich heutzutage Hinz und Kunz anspricht?«, sagte sie mit konturiertem Schmollmund. »Sehe ich ihm etwa ähnlich?«

»Keiner ist zum Scherzen aufgelegt, Hartwig«, sagte Elmar. »Warum spielst du uns die ganze Zeit etwas vor?«

»Vorspielen?«, gackerte der Paradiesvogel, wobei er die Arme so in die Luft warf, dass die Ketten an seinen

Handgelenken klirrten. »Das würde mir im Traum nicht einfallen.«

»Du hast für die Stasi gearbeitet«, sagte Elmar.

Mit einem Mal fiel all das tuntige Gebaren in sich zusammen, der leicht überstreckte Rücken, das Rollen der Augen, die in den Raum greifende Gestik – alles wie weggewischt. Trotz der burlesken Aufmachung war es jetzt ein schlichter Hartwig, der den Kopf schüttelte. Er wirkte irritiert, aber nicht nervös.

»Ausgemachter Blödsinn. Wie kommst du darauf, dass ich für Horch und Guck …«

»Sie haben dich in der Kartei als IM geführt«, unterbrach ihn Elmar streng.

»Ach, das meinst du«, sagte Hartwig.

Ein wenig – einmal erweckt, ließ sie sich wohl nicht mehr so leicht verscheuchen – schlich sich das Gebaren des Fräuleins in die abgespreizten Finger zurück.

»Das war das übliche Prozedere. Uns Künstler haben sie doch ganz besonders unter die Lupe genommen.«

»Du streitest es also nicht ab?«

»Nein, wieso auch? Ich war jung und stand am Beginn meiner Karriere. Da sagt man schon mal Ja, wenn die einem eine Zusammenarbeit anbieten. Im ersten Moment fühlte es sich an wie ein gutes Geschäft.«

»Aber Hartwig«, sagte Elmar ehrlich schockiert über das, was Hartwig gerade so bereitwillig zugab, »das war – die Stasi.«

»Das ist mir doch auch klar geworden«, beeilte sich Hartwig zu erwidern, »aber ich habe ja niemandem geschadet.«

»›Ich habe zwar mitgemacht, aber niemandem geschadet‹«, sagte Beppo mit beißendem Spott. »Wollen Sie uns für dumm verkaufen, Herr Hoppe? Zachersky ist Ihretwegen eingebuchtet worden.«

Hartwig fuhr so wütend von seinem Stuhl auf, dass Beppo einen Schritt zurückweichen musste. Seine bizarre Aufmachung verlor alle Albernheit, ließ ihn noch Furcht einflößender wirken, wie eine Mänade, die sich im nächsten Moment auf den Detektiv stürzen würde, um ihn mit ihren falschen Fingernägeln in der Luft zu zerfetzen.

»Ich habe niemals kooperiert!«, brüllte Hartwig. »Niemals! Hört ihr? Niemals! Und das habe ich teuer bezahlt.«

»Beruhige dich erst mal«, schrie Elmar wie gegen die Brandung eines aufgepeitschten Meeres. Selten hatte er Hartwig derart erregt gesehen. »Wir sind ja hier, um die Wahrheit herauszufinden.«

Zitternd, den Rücken gegen einen der Spiegel gepresst, kämpfte Hartwig die Wut so weit nieder, bis er in annähernd normaler Lautstärke zu sprechen vermochte.

»Drei Treffen«, sagte er, »es gab drei Treffen, Elmar, in denen ich mich habe anwerben lassen, aber nichts weiter zu berichten hatte. Dann habe ich nachgedacht. Lange. Ich konnte es nicht. Ich konnte meine Freunde nicht anscheißen. So einer war ich nicht. Meine Entscheidung habe ich ihnen dann unmissverständlich aufs Brot geschmiert.«

»Und das haben sie einfach so akzeptiert?«

»Was sollten sie tun? – Aber sie haben mich dafür bezahlen lassen. Wehe, du legst dich mit Horch und Guck an. Wie durch ein Wunder durfte ich zu Ende studieren, aber mein Notenschnitt rutschte von einem Tag auf den anderen ab. Ich bekam so vernichtende Empfehlungsschreiben, dass mich beim Film später niemand auch nur zum Vorsprechen einlud. Film! Die wichtigste aller Künste, hat Lenin gesagt. Selbstverständlich waren sie bei dieser heiligen Kuh besonders vorsichtig. Als Theaterschauspieler in der zweiten Reihe haben sie mich auftreten lassen, immerhin, aber selten mehr als ein Dutzend Sätze, wenn überhaupt. Und das alles wegen eines simplen Neins zur falschen Zeit. Was glaubst du, Elmar, warum ich diesen Käfig Richtung gelobter Westen verlassen habe?«

Elmar hörte betreten zu, wie Hartwig vor ihnen eine Vergangenheit entblätterte, wie sie sie aus Romanen kannten. Er kaute auf seiner Lippe, während er jedem Blickkontakt mit Beppo auswich. Wie froh er war, dass er den Wagenbürger dabeihatte, der weit genug von den emotionalen Verstrickungen entfernt war, um auch jetzt noch weiterfragen zu können.

»Mal angenommen Ihre Geschichte stimmt«, sagte Beppo dann tatsächlich, »wie können Sie das beweisen?«

»Wie wollen Sie mir das Gegenteil beweisen?«

Beppo dachte nach: Was hatten sie schon groß in der Hand? Eine Akte mit einem Decknamen, hinter dem sich die Initialen Hartwig Hoppes verbergen mochten. Mochten, nicht mussten. Vieles in ihm war bereit, Hartwig Glauben zu schenken, und doch widersprach es seinem Berufsethos als Detektiv, ohne den kleinsten Beweis hier eine Amnestie zu gewähren. Noch dazu einem Schauspieler, der wer weiß was für einen Monolog auf die Beine stellen könnte, um sich selbst aus der Bredouille zu winden.

»Unter welchem Decknamen wurden Sie in der Datei der Staatssicherheit geführt?«

Seltsamerweise schien diese Frage Hartwig zu entspannen. Seine Züge wurden weich, seine Hüfte schwang in weitem Bogen von der Spiegelwand weg in den Raum, der Rücken streckte sich, die Arme vollführten in der Luft eine Kreisbewegung, bevor Fräulein Gonzales nach vollendeter Metamorphose in einer Pose verharrte wie aus Gips gegossen.

»Sand im Getriebe von Anfang an. Es war mein erster großer Auftritt als Fräulein«, sagte sie, als stünde sie bereits im Scheinwerferlicht. Ihren Mund riss sie dabei grotesk weit auf, weil ihr Lachen daraus herausbrach. »Mein Deckname war Gonzales!«

Keiner der beiden anderen lachte mit.

»Zachersky glaubte, dass du es gewesen bist«, sagte Elmar.

»Horch und Guck hatten die Finger überall«, sagte Fräulein Gonzales bitter. »Wenn sie dich nicht gewinnen konnten, dann haben sie dich vernichtet. Als der Zachersky verschwand, verbreitete sich plötzlich in der Szene das Gerücht, ich stecke hinter seiner Verhaftung. Dabei kannst du davon ausgehen, dass die Firma selbst das Gerücht gestreut hat. So betrieben die Herrschaften Rufmord.«

Vorsichtig fummelte das Fräulein die zweite Wimper aus ihrem Schminkkoffer. Das letzte fehlende Detail.

»Meine alten Freunde begannen mich zu meiden, Gespräche verstummten, wenn ich den Raum betrat. Jetzt war es genug. So viele Gründe zur Flucht, das war der letzte Tropfen. Mit dem Mord habe ich nichts zu tun. Absolut nichts. Wenn mir etwas heilig wäre, ich würde darauf schwören.«

»Komplette Fehlanzeige«, sagte Elmar wenig später vor dem Sudhaus.

»Das würde ich so nicht sagen«, erwiderte Beppo.

Mit Delphinohren hätten sie bis hier draußen den Applaus hören können, in dem Fräulein Gonzales jetzt ausdauernd ihre komödiantischen Runden schwamm. So hörten sie nicht mehr als die Ahnung von fernem Meeresrauschen. Sie standen vor dem mit Gittern verschlossenen Statuen-Wald, durch den einige buntbemalte Tiger und Schäferhunde streiften, wie im Passgang versteinert. Im hereinbrechenden Dunkel des Abends wirkten die mit Feigenblättern verhüllten Davids und Aphroditen wie ein überfrachteter Mafia-Friedhof, obszön gerade in ihrer Schicklichkeit.

»Wir müssen einfach noch tiefer in die Vergangenheit eintauchen, Elmar. Noch einen Schritt weiter zurück.«

»Wie meinst du das?«

»HH 88«, sagte Beppo, »klingelt da bei dir gar nichts?«

Er schmunzelte überlegen. Manchmal hasste Elmar die Art, wie Beppo ihn vorführte. Warum war der Detektiv nicht Lehrer geworden? Dann hätte er jetzt nach Lust und Belieben seine Besserwisserei an Schülern auslassen können, die sich nicht wehren würden. Aber da er wusste, dass Beppo nicht eher von ihm ablassen würde, als bis Elmar sich von ihm wie von einer sanften Hebamme auf den Pfad der Erkenntnis führen ließ, löste er das Rätsel lieber schnell selbst auf:

»Die Abkürzung HH steht für Heil Hitler, die Zahlenkombination 88 ebenfalls, weil H der achte Buchstabe des Alphabets ist.«

»Und das bedeutet?«

»Wir haben es wahrscheinlich mit Neonazis zu tun.«

»Mit ostdeutschen Neonazis«, korrigierte Beppo, »die Sache wird wirklich verworren.«

Elmar hätte wetten können, dass Beppo dieser Einfall bereits gekommen war, als sie sich zu Hartwig aufgemacht hatten. Trotzdem ließ er ihn ins Leere laufen. Es schien ihm Spaß zu machen. Elmar wollte nur noch ins Bett.

Die Sonne war schon untergegangen, als Beppo seinen Bulli am französischen Viertel vorbei lenkte. Der Bus stotterte. Beppo war so in seinen Gedanken versunken gewesen, dass er die blinkende Tankleuchte übersehen hatte. Der Sprit reichte bis zur Wagenburg. Gerade noch. Er würde sich morgen mit dem Kanister Richtung Tankstelle aufmachen müssen.

Die Siedlung der Aussteiger besaß keine Straßenlaternen, weshalb Beppo seine Taschenlampe anknipsen musste, die er immer griffbereit irgendwo in seinen Hosentaschen verwahrte. Im Strahl des Lämpchens wirkten die bunt zusammengeschreinerten Wagen noch verschachtelter, wie Kulissen aus einem Wildwestfilm tauchten sie aus der Dunkelheit auf. Zwischen den Bauwagen führten schmale Trampelpfade hindurch, die die Bewohner lediglich mit ein wenig Kies bestreut hatten, um den Boden nicht dauerhaft zu versiegeln. Nicht dass wir vorhaben, von hier zu verschwinden, dachte Beppo bei sich, aber wenn, dann werden wir keine Spuren hinterlassen. Ein absurdes Ansinnen eigentlich aus Sicht eines Privatdetektivs, wir hinterlassen immer Spuren.

In dem einen oder anderen Wagen brannte Licht, Wagenbürger beim Abendessen, beim Geschirr spülen, beim Werkeln. Vorhänge waren verpönt, man lebte eng aufeinander und die dünnen Holzwände grenzten die Privatsphäre mehr schlecht als recht von der Welt der anderen ab. Ein Paradies für einen wie Klingenkamp. Aber so waren sie hier nicht. Man gewöhnte sich daran, dass jedes drinnen geführte Gespräch auch draußen zu hören war. Leben und leben lassen. Jeder nach seinem Gusto. Nur mit mir haben sie hier ihre Probleme, seufzte Beppo, als er Yeti gewahr wurde, der im Schein einer flackernden Petroleumlampe vor seinem Wagen stand und seine Ankunft misstrauisch beäugte.

»Unsere Burg wird der reinste Taubenschlag«, grummelte der Wagenbürger und kratzte sich so fest am Kinn, dass Haarschuppen im Licht der Lampe aus seinem Bart in die Dunkelheit sprangen.

»Ich habe siebenhundert Kilometer Autofahrt hinter mir«, erklärte Beppo, um nicht unhöflich zu wirken, »ich muss wirklich ins Bett.«

Ihm stand der Sinn überhaupt nicht nach nachbarschaftlichem Austausch, am wenigsten mit dem Steinbeißer von gegenüber. Aber Yeti war anderer Ansicht. Mit großen Schritten hechtete er auf Beppo zu und hielt ihn fest, bevor dieser in seinen Wagen entschlüpfen konnte.

»Findest du das eigentlich okay«, fragte Yeti, »dass man hier jeden Dackel einfach anschleppen kann? Unser Platz ist immer noch 'ne Basisdemokratie.«

Beppo verdrehte die Augen, sollte der selbst ernannte Oberdruide doch verstehen, was er wollte.

»Ich meine nur«, fuhr der ungebremst fort, »Kai hat Besuch von zwei Rastas aus Berlin, bei Sylvie hat sich seit Monaten dieser Langzeitstudent eingenistet, dieser Hannes oder wie der heißt, der, der hier den Sinn seines Lebens finden möchte, und Hedwig vermietet ihren Wagen an völlig Fremde, wenn sie nächsten Monat auf Weltreise geht. – Das ist 'ne Wagenburg, keine Jugendherberge, klar. Überfüllt bis zum Anschlag. Und mit keinem abgesprochen. Also mich hat keiner gefragt. Dich vielleicht?«

Beppo gab es auf, schnell zu entkommen, und ließ die Tasche, die noch immer auf seiner Schulter lastete, auf den Boden sinken. Wenigstens hatte Yeti bisher nicht auf ihn geschossen.

»Früher haben wir über so was abgestimmt. Alle. Und jetzt fängt sogar die kleine Prinzessin an, unsere Burg in ein Rentnerhotel zu verwandeln.«

»Du meinst Tinka.«

»Ja, die hat ihren Vater hier einquartiert. Verstehst du: ihren Vater!«

Yeti ließ die flache Hand vor seinem Gesicht hin und her pendeln wie einen Scheibenwischer. Beppo zuckte mit den Schultern. Wenn ihn das Leben in einer Wagenburg etwas gelehrt hatte, dann, dass es in einer basisdemokratischen Form des Zusammenlebens manchmal die beste Überlebensstrategie sein konnte, die Klappe zu halten. Es gab Meinungen, die sich schon lange nicht mehr aus Argumenten speisten.

»Ist doch nett, wenn sie zu ihrem Alten ein besseres Verhältnis hat als du, Yeti«, sagte er schließlich doch, weil Yeti sowieso keine Ruhe geben würde.

»Was?! ›Trau keinem über Dreißig‹!« Yeti verschränkte die behaarten Arme vor der Brust. »Schon vergessen? Wir hatten mal Ideale.«

Jetzt musste Beppo lachen, er konnte nicht anders.

»Yeti, du bist selbst fünfundfünfzig!«

»Das ist doch was ganz anderes«, grummelte der vor sich hin, »kann man doch gar nicht vergleichen.«

»Gute Nacht, Yeti«, rief Beppo ihm noch hinterher, aber der Wagennachbar stapfte ohne ein weiteres Wort in die Richtung des Kneipenwagens davon.

Elmar hatte lange geschlafen, dann einen Espresso nach dem anderen getrunken, hatte am Flügel lange mal wieder fällige Fingerübungen absolviert, bevor er sich über die Menüfolge Gedanken machte. Seine noch blanke Küchenzeile lag vor ihm wie ein Versprechen, er war ehrlich erleichtert, den restlichen Vormittag nichts tun zu müssen, als sie zum Leben zu erwecken. Den Ermittlungen wollte er sich erst wieder widmen, wenn sie in Form von Beppo und Daniel Lurke zur Mittagszeit vor der Tür standen. Ein gut gefüllter Magen würde dann sicherlich auch seinen Anteil leisten.

Das selbst gemachte Senf-Honig-Eis für die Vorspeise gefror bereits unter trägem Rühren in der Eismaschine, als er sich auf den Weg in die Stadt machte. Zum Glück kannte Elmar die Geheimtipps, wo man in der Stadt zuverlässig das frischeste Fleisch erstehen konnte, ein Muss bei einem Rindercarpaccio, für das das Eis nur das krönende Topping darstellen sollte. Aber obwohl er bei seinem Stadtbummel im Feinkostladen erste Burgundertrüffel hatte auftreiben können, die später ein liebevoll von Hand gerührtes Risotto veredeln würden, stellte sich die Entspannung nicht recht ein, die ihm das Kochen sonst bereitete.

Als sie dann an der Tür klingelten, kam ihm Daniel Lurkes kaum verhohlene Bewunderung schal vor. Dabei freute er sich sonst immer an den aufgerissenen Augen, mit denen Besucher in die lichtdurchflutete Wohnetage traten, in deren Mitte sich die metallene Wendeltreppe zur Dachterrasse hinaufschraubte wie in eine andere Sphäre. Auch das Rindercarpaccio mit Senf-Honig-Eis knallte Elmar mehr auf den Tisch, als dass er dem Gang die Aufmerksamkeit entgegenbrachte, die er verdiente. Er hatte Beppo noch nicht verziehen, das mussten jetzt beide Besucher ausbaden. Daniel Lurke ließ sich jedoch kaum irritieren.

»Ich habe euch alles kopiert, wie abgesprochen«, sagte er und legte zwei Ordner auf den Tisch zwischen die geleerten Vorspeisenteller. »Übrigens köstlich, wenn auch ungewöhnlich, mit herzhaftem Eis zu starten.«

Elmar lächelte gequält. Beppo grunzte. Daniel Lurke hatte den ersten Meter verlorenen Landes wiedergutgemacht. Er gab sich wirklich Mühe, sie nach Kräften zu unterstützen. Er musste den ganzen Vormittag am Kopierer gestanden haben, so gewaltig erschien Elmar das Material, das er vor ihnen in doppelter Ausfertigung ausbreitete.

»Hier vorne findet ihr die Arbeitsfassung meiner Doktorarbeit, aber wichtiger für euch ist vermutlich das Aktenmaterial selbst. Da sind zuerst einmal die Abhörprotokolle, in denen immer wieder von unserem Unbekannten HH die Rede ist.«

»Hat Beppo dir schon von seiner Neonazi-Theorie berichtet?«, fragte Elmar, während er den Hauptgang auftrug.

»Ja, auf dem Weg hierher«, sagte Daniel und sog staunend den Geruch ein.

»Und. Was hältst du davon?«

»Fantastisch.«

Daniel tauchte seinen Löffel in den sämigen Reis.

»Nein, nicht das Risotto. Beppos Theorie.«

Daniel nahm sich alle Zeit der Welt, um sich den ersten Bissen genussvoll auf der Zunge zergehen zu lassen, bevor er antwortete:

»Neonazi u n d Stasi? Das halte ich für sehr unwahrscheinlich. Es ist eines der großen Missverständnisse, dass drüben im Osten alle Neonazis sind und schon immer waren. Aber wer weiß, was wir noch alles finden, wenn wir uns tiefer in die Halbwelt der menschlichen Abgründe hineinbewegen.«

Immer wieder musste er seine Rede für den nächsten Happen unterbrechen, was er mit zahlreichen Lauten des Wohlbefindens unterstrich. Während Elmar es genoss, endlich mal wieder jemanden zu verköstigen, ohne auf der Hut sein zu müssen, dass wegen der Zutaten gleich eine politische Diskussion entbrannte, langweilte sich Beppo demonstrativ. Er selbst hatte seinen Tellerinhalt schon lange verschlungen.

»Ihr glaubt also, dass diese Person der Mörder Zacherskys sein könnte?«, fragte Daniel, als er unendlich langsam mit einem Stück Baguette die letzten Soßenspritzer aus seinem Teller aufsaugte.

»Es wäre zumindest naheliegend«, sagte Beppo.

»Wisst ihr sonst noch etwas über diesen Mörder, was die Suche eingrenzt?«

»Nicht sehr viel«, erklärte Elmar, »nur, dass er um die eins achtzig groß ist, keine Fingerabdrücke hinterlässt und durch ein verschlossenes Fenster fliehen kann.«

Daniel Lurke nickte.

»Na dann wollen wir mal.«

Er schob seinen Teller beiseite, um sich durch den Papierstapel auf dem Tisch zu blättern wie durch einen Möbelkatalog.

»Einweisungsbescheinigung. Hier die Protokolle der Verhöre mit meinem Vater. Berichte aus der Gefangenschaft.«

Elmar staunte, wie souverän Daniel Lurke wirkte, wenn er seine roten Haare frisch gekämmt hatte. Kaum etwas erinnerte an die beinahe affenartige Kreatur, die ihnen gestern die Tür geöffnet hatte. Der Strahlemann arbeitete sich Schicht um Schicht durch den Ordner nach unten wie ein Archäologe durch versteinerte Ablagerungen von Jahrmillionen, nur dass die Zeitreise rückwärts ging, da sie sich mit jedem Umblättern der Gegenwart um ein Blatt näherten. Und er schätzte gutes Essen.

»Und was ist das?«, fragte Beppo, als Daniels Ausgrabung die Kopie eines Zeitungsartikels freilegte.

»Eine neue Phase der Observation«, erklärte Daniel.

»Als mein Vater untertauchte, konnte er seine Opfer ja nicht mehr mit Hilfe des alten Apparats überwachen. Aber er fand Wege, seine Opfer weiter aus der Ferne im Blick zu behalten. Ich stelle es mir so vor: Mein Vater vegetierte in diesem einsamen Haus im Wald vor sich hin, irgendetwas musste er ja tun, außer Fische fangen, Pilze sammeln und Holz hacken für den Winter. Aus Langeweile begann er, Zeitungen nach Meldungen über seine früheren Zielpersonen zu durchforsten. Und auch wenn der Fall Zachersky vorher eigentlich unspektakulär war, so versorgte sein kometenhafter Aufstieg in der Theaterszene meinen Vater jetzt mit jeder Menge Material zum Archivieren. Ihr findet hier Interviews und Stückbesprechungen zu allen seinen Premieren.«

»Hochinteressant.«

Während Daniel weiter erklärte, griff Elmar nun selbst nach den kopierten Zeitungsartikeln. Er überflog nur die Überschriften und betrachtete die Bilder. Meist zeigten sie apokalyptische Szenarien, bevorzugt wenig bekleidete Schauspielerinnen, die mit grotesk weit aufgeklappten Augen und Mündern in die Kamera stierten, etwa die Hälfte von ihnen überströmt mit literweise Kunstblut, dahinter irgendeine treppenartige Konstruktion, meistens aus Stahl. Der typische Zachersky-Stil.

Es gab auch andere Artikel. Überrascht registrierte Elmar sogar eine Seite aus der *Bunten*, auf der Feiernde in Abendgarderobe bei einer Benefizgala abgelichtet waren, darunter auch Zachersky und seine Frau.

»Seht ihr, zwei Jahre nach seinem Freikauf ist Zachersky schon voll angekommen im kulturellen Leben Berlins«, sagte Elmar.

Hagen wirkte gelöst, lachte mit der Andeutung eines Winkens neben seiner Soraya, die ihre Rechte um seinen Oberarm schlang, während die Linke auf ihrem Bauch ruhte, als müsse sie ihren Mann und sich selbst fest zusammenhalten, damit das gemeinsame Glück nicht durch die Linse des Fotografen entfleuchte. Elmar hatte jedoch nur Augen für die dritte Person, die mit dem Ehepaar auf dem Kanapee feixte.

»Sieh mal einer an«, sagte Beppo, als Elmar auf Olga Biesingers blassrosa gefärbte Technofrisur tippte. Kaum war das jüngere Ich der Maskenbildnerin zu erkennen unter diesen schrillen, zu vielen Kringeln aufgedrehten Haaren.

»Die kennen sich also auch schon seit den Neunzigern.«

Jetzt fiel es auch Elmar wieder ein, dass Olga manchmal mit vom Premierensekt gelockerter Zunge Anekdoten aus ihrer wilden Phase im technodurchtanzten Nachwende-Berlin erzählt hatte. Er würde sie fragen müssen; wenn sie damals vor Ort gewesen war, dann wusste sie vielleicht auch etwas über das nähere Umfeld Zacherskys, und vielleicht konnte sie ihnen mit dem IM-Kürzel weiterhelfen. Wer weiß.

Das Surren von Daniels Handy riss sie aus ihren Überlegungen.

»Mein Redakteur«, sagte Daniel entschuldigend.

Er stand vom Tisch auf, um mit Blick aus dem Küchenfenster leise zu telefonieren. Er würde das Panorama bemerken, dachte Elmar. Nach kurzem Telefon kehrte Daniel jedoch mit betroffener Miene an den Tisch zurück.

»Ich muss leider sofort los.«

»Und der Nachtisch? Ich habe Birnentarte mit Thymian gebacken.«

Daniels Gesicht offenbarte seinen Zwiespalt, aber ein Stückchen Tarte würde sich schon noch einrichten lassen, wenn es auch nicht mehr zum Espresso reichte.

Obwohl es ihm wieder sichtlich schmeckte, wirkte er abwesend.

»Ist etwas Schlimmes passiert?«, fragte Elmar.

Daniel fuhr sich mit den Handflächen durch das Gesicht, bevor er antwortete:

»Von wegen heiles Tübingen. Sie haben ein totes Baby in einer Mülltonne gefunden. Schrecklich. Großstadtverhältnisse. Ich muss hin. Bin der einzige mit Kapazitäten. Aber ihr kommt hier sicherlich auch erst mal alleine klar. Meldet euch, wenn ich weiterhelfen kann.«

Als er verschwunden war, fragte Beppo:

»Können wir ihm trauen?«

»Er gibt uns keinen Anhaltspunkt, es nicht zu tun«, erwiderte Elmar.

»Gerade das macht mich stutzig«, sagte Beppo, »vor allem, wie er dein Essen gelobt hat. Das war vollkommen übertrieben.«

»Vielleicht will er einfach nur nett sein.«

»Er hat ein schlechtes Gewissen. Deshalb schleimt er sich ein.«

Elmar stellte die Teller so in die Spülmaschine, dass es schepperte.

»Jeder Mensch mit Geschmack ist von meinem Essen begeistert«, sagte er mit Nachdruck, »und dieses ›nix geschwätzt isch Lob gnuag‹ geht mir schon die ganze Zeit auf den Senkel!«

Beppo tat, als hätte er nichts gehört. Er machte auch keine Anstalten, Elmar beim Abräumen zu helfen. Stattdessen blätterte er in den Akten.

»Wir sollten auf jeden Fall Vorsicht walten lassen. Wer weiß, was der gute Lurke noch vor uns geheim hält.«

»Und jetzt?«

»Fährst du ans Theater, um Olga auf den Zahn zu fühlen, und ich sehe mir noch mal in Ruhe das Aktenmaterial durch. Du bist ja eher so der zwischenmenschliche Typ.«

Elmar biss die Zähne zusammen.

Olga war nicht in ihrem Büro, sollte aber im Hause sein, weshalb Elmar sich in den Gedärmen des Theaters auf die Suche nach der Maskenbildnerin machte. In allen Abteilungen begegneten ihm mürrische Gesichter, die sich ohne Ehrgeiz den Vorbereitungen für ein Stück widmeten, das keiner von ihnen gewollt hatte.

Er erkannte ihre Stimme, als er von oben ins Treppenhaus trat. Olga musste ganz unten stehen, am Fuß des Treppenschachtes. Sie sprach mit jemandem, laut, aber das tat sie ja immer. Trotzdem ließ ihr Tonfall Elmar sofort aufhorchen. Mit wem sprach sie? Elmar schlich die Stufen nach unten, um besser hören zu können.

»Virginia, Hase, wohin ist deine Loyalität verschwunden?«, hörte Elmar Olga sagen.

Aha, die schöne Sekretärin also. Bahnte sich da ein Streit an?

»Ich war immer loyal«, antwortete Virginia.

»Aber warum kämpfst du dann nicht endlich für deine Kolleginnen? Wir sind doch immer eine große Familie gewesen. Du gehörst doch auch schon fast zum Theaterinventar.«

»Ich bin hier nur das ausführende Organ. Tut mir leid«, entgegnete die Sekretärin, »die Personalentscheidungen liegen bei Tarik.«

»Wenn noch jemand Einfluss haben könnte auf ihn und seine Taktik der verbrannten Erde, dann du, Hase.«

»Olga, was willst du damit andeuten?«

»Hast du geglaubt, du könntest das Techtelmechtel vor uns geheim halten? Bitte, Hase, das hier ist Tübingen.«

»Olga Biesinger«, sagte Virginia mit Nachdruck, »ich verbitte mir deine Unterstellungen.«

»Er ist ein Schwein, so wie alle anderen Männer auch«, sagte Olga aufgebracht. »Versteh das doch endlich. Sonst hätte er sich doch nicht so auf Sigrid von Schnackenberg eingeschossen. Siggi ist unschuldig.«

»Tarik hat Sigrid von Schnackenberg aus dem Büro kommen sehen«, sagte Virginia, »mit blutigen Händen. Was gibt es daran falsch zu verstehen?«

»Hat er das so bei der Polizei zu Protokoll gegeben?«

»Gol da Alemanha. Natürlich.«

»Rede noch mal mit ihm«, insistierte Olga, »diese Geschichte kann nicht stimmen.«

»Das soll die Polizei entscheiden.«

»Hase, noch mal in Ruhe. Tarik spielt ein Spiel mit dir. Er nutzt das Chaos, um im Windschatten des Mordes alle kritischen Stimmen auszuschalten.«

»Olga Biesinger«, sagte Virginia scharf, »wir sind am Ende dieses Gesprächs angekommen. Du hältst den Mund, sonst gebe ich weiter, dass du dich beim Abstecher in Albstadt früher abgemeldet hast, por Dios, das schwöre ich dir.«

Beppo war froh, endlich wieder in seinen vier Bretterwänden zu sein. Warum verschwendete Elmar nur immer dann seine Energie mit Nebensächlichkeiten, wenn es am wenigsten passte? Diese überzogenen Gelage vernebelten den Geist. Essen und verdauen war einfacher als zu denken. Und sobald es dann wirklich mal was zu knobeln gab, zog er sich raus. Am Ende würde doch wieder alles an ihm, Beppo, hängen bleiben.

Hier im Bauwagen hatte er seine Ruhe. Bis auf die Pfauen mit ihren Schreien natürlich. Aber im Augenblick verhielten sie sich ruhig. Selbst sein aufmerksamer Nachbar Yeti hatte noch kein Lebenszeichen von sich gegeben. Es war so klamm im Wagen, dass Beppo sich Wollsocken über die Füße gezogen und einen Schal um den Hals geschlungen hatte. Für ein Feuer im Ofen war er zu faul.

Die nächsten Stunden verbrachte er mit Lesen. Er vollzog nach, was Daniel ihnen als Kurzfassung bereits geliefert hatte, wie sich die Schlinge um Zachersky immer mehr zugezogen hatte. Leider ließ sich aus den Aktennotizen wenig über den Menschen hinter dem Decknamen schließen. IM HH. Dass es sich um einen Mann handelte, das schon, aber das wussten sie ja bereits. Fehlanzeige also. Er versuchte es in Berlin bei Dr. Viezenz, aber die skrupellose Karin ging nicht ans Telefon. Schade eigentlich.

Nach den Akten wandte er sich den Zeitungsartikeln zu. Auch ohne die spitzzüngig-geistreichen Kommentare von Heiderose Lübke konnte Beppo nachvollziehen, wie sich die Ausgestaltung des zachersky-typischen Stils über die Jahre vollzog. Direkt nach seiner Freilassung waren die Kostüme noch verhältnismäßig farbenfroh gehalten, im psychedelischen Farbenrausch einer Technoparty. Frühlingsstimmung auf Grund der neuen Freiheit? Aber schon bald setzten sich düstere Töne durch, schwarz, weiß, metallisch, hier und da schmutzige Farbakzente. Auch die Stahlkonstruktionen, die das Treppenmotiv in immer neuen Varianten durchspielten, gehörten zu der Formensprache, die sich Zachersky ein Jahr nach der Wende zulegte und die ab dann zu seinem festen Repertoire gehören sollte. Es sah fast so aus, als ob die Inszenierungen immer pessimistischer wurden, je höher Zacherskys Stern am Himmel der Theaterwelt stieg. Alles nur Koketterie des Künstlers? Oder verbarg sich dahinter etwas anderes? Und immer diese Treppen. Was hatte es nur damit auf sich?

Olga stritt es nicht ab, als Elmar sie später abfing und mit ihrem geplatzten Alibi konfrontierte. Dass er sie belauscht hatte, verschwieg er vorsorglich. Er konnte ja auch einfach etwas genauer in die Dienstpläne gesehen haben.

»Es gab nicht mehr viel zu tun«, schnaubte sie, »da kann sich die Dienstälteste schon mal ein wohlverdientes Päuschen gönnen.«

»Warum hast du mir das nicht gesagt? Du hättest zum richtigen Zeitpunkt am Tatort sein können«, sagte Elmar.

»Weil ich nicht am Tatort war, als es passierte.«

»Etwas mehr Mithilfe von deiner Seite wäre langsam angebracht.«

Olga hob die Hände und lachte ihr Seehundlachen.

»Das kann ich mir vorstellen, Hase, das kann ich mir vorstellen.«

Die nächste Station war Virginia in ihrem Büro. Auf Elmars vorsichtigen Hinweis auf ihre Affäre mit dem Oberspielleiter hin, verbat sie sich jegliche weitere Einmischung und betitelte Elmar im Abgang als einen »filho da puta«. Das Handy brachte Aufklärung. Hurensohn. Elmar hatte gar nicht gewusst, dass die Sekretärin über ein solches Vokabular verfügte.

Auch Tarik versuchte Elmar abzupassen, aber der Oberspielleiter hatte sich dünngemacht. War er vorgewarnt worden? Von Virginia? Also machte Elmar sich unverrichteter Dinge auf den Heimweg.

Sie saß auf der breiten Steintreppe, in ihrem Rücken die steil aufragende Tübinger Stiftskirche. Einige Tauben flogen in den Häuserschluchten, tanzten im Wind wie zerbrechliche Faltdrachen. Nun war es zu spät. Tinka schaute ihm frank in die Augen, beinahe angriffslustig. Elmar bemerkte verärgert, dass etwas in ihm sich freute, sie zu sehen.

»Wie geht's?«, fragte er unbeholfen.

»Gut.« Sie schwieg länger als eine halbe Minute, bevor sie noch ein »Na dann« in die Stille setzte.

Schon wandte sie sich wieder den beiden Freundinnen zu, die neben ihr auf den Steinstufen hockten. Conny? Lilian? Elmar war sich nicht sicher.

»Ich war in Berlin«, probierte er es erneut.

»Ich weiß.«

Sie trug ihre gelben Stoffschuhe. Natürlich, schließlich wurde es ja auch immer kälter draußen.

»Tu doch nicht so, als ob nichts wäre!«, blaffte er sie an.

»Was hast du eigentlich?«

Sie schien ehrlich verblüfft. Genau das machte Elmar rasend.

»Wurmt es dich immer noch, dass du *Flussmöwen* nicht verstanden hast?«, fragte sie.

»Und wenn schon.«

»Jeder Fluss hat ein Ziel, Elmar.«

Sie drehte sich zur Seite, zurück zu ihren Freundinnen, hatte das Gespräch anscheinend beendet.

»Ist er im Bett so vorhersehbar wie auf der Gitarre?«

Tinka und ihre Begleiterinnen schnappten nach Luft. Er war zu weit gegangen, er erkannte es an der Art, wie sie die Augenbrauen hob. Auf die Schnelle fiel ihm nichts ein, um es wieder auszubügeln.

»Verpiss dich, Elmar«, sagte sie mit einer Kälte, die ihn seltsamerweise schlimmer traf als ihre schlimmsten

Tobsuchtsanfälle es vermochten. »Und, Elmar!« Sie wischte mit ihrer Hand ihre Kehle entlang bis zum Kinn. »Werd' erwachsen.«

Er starrte sie an.

»Selber!«, war alles, was er herausbrachte. Nicht besonders schlagfertig.

Als er weiterging, sich an seinem Fahrrad festhaltend, kreuzte ein Taubenpaar seinen Weg. Der Täuberich gurrte mit aufgeblasenem Kropf um das Weibchen herum, blasiert zog sie ihrer Wege, wich ihm mit geschickt geschlagenen Haken aus, stieg schließlich in den Himmel auf, um sich auf dem Sims eines Fachwerkhauses neben einer eisernen Krähe niederzulassen.

Dieser Gollnisch war mehr als ein Vierteljahrhundert älter als Tinka. Im Herbst seines Lebens wollte er wohl mit der jungen Tübingerin seine Jugend wiederbeleben, so wie Tausende Männer vor ihm. Caesar, Ludwig XIV., Goethe, Sarkozy – die Liste war endlos. Frauen ließen sich so leicht beeindrucken. Junge Frauen ganz besonders. Und er hatte tatsächlich geglaubt, Tinka sei anders.

Zu Hause im Bad stand er lange vor dem Spiegel. Er betrachtete sein hageres Gesicht, in das sich die ersten Falten unwiderruflich eingegraben hatten. Und du, Elmar Arnold? – Du benimmst dich keinen Deut besser. Sei einmal im Leben ehrlich zu dir selbst. Du vermisst sie. Diese Frau hat dir mehr bedeutet als eine Romanze, die den Sommer überlebt hat. Das Etikett passt nicht.

Du liebst sie.

Zum ersten Mal in seinem Leben dachte er das in dieser Eindeutigkeit, du liebst sie, und jetzt bist du verletzt, weil ein anderer dich ausgestochen hat. Er schaute in den Abfluss, auf dem sich feine Kalkränder gebildet hatten, die wirkten, als würden sie die Umrisse von ermordeten Wölkchen anzeigen.

Ein Gedanke schlich daher, unauffällig, wie eine pestkranke Ratte in die Mauern einer gut verschanzten Stadt, unbemerkt und deshalb doch nicht weniger ansteckend. Was, wenn Gollnisch sich hinter dem Decknamen verbergen würde? Wäre das nicht auch eine Lösung?

Wie erbärmlich du bist, dachte er sogleich, das ist einfach nur peinlich, Elmar Arnold, nichts weiter als eine Reaktion aus verletzter Ehre. Außerdem gab es ja wohl niemanden, der aufrichtiger getrauert hatte als Kurt Gollnisch.

Oder sollte er sich verstellt haben? All das Gutmenschengerede von Freunden an der Elbe, über denen die Möwen zogen. Nichts weiter als Fassade?

Dieses verflixte Lied. So schwer konnte das doch nicht sein. Wie hatte Tinka gesagt? Jeder Fluss hat ein Ziel. Elmar zückte sein Smartphone, um die Elbe in seinem Routenplaner zu suchen. Er war überrascht, wie weit östlich Dresden lag, beinahe schon an der Grenze zur Tschechischen Republik. Mit den Fingern scrollte sich Elmar die blauen Windungen entlang. Meißen. Torgau. Wittenberg. Magdeburg. Lauter Städte, die Elmar nie besucht hatte. Er bemerkte, wie fern ihm die neuen Bundesländer geblieben waren. Schnackenburg? Elmar scrollte heran. Ein winziger Ort nahe der Landesgrenze von Niedersachsen. Sollte Siggi etwa am Ende doch in der Geschichte drinstecken? Sogleich verwarf er den Gedanken wieder. Was sollte Siggi mit einem Ort verbinden, der zufällig einen ähnlichen Namen trug. Außerdem hätte Gollnisch wohl kaum in ein Lied aus den Achtzigern eine Andeutung auf Siggi hineingeschrieben. Also weiter, den Fluss entlang. Hitzacker. Und dann, bevor die Elbe sich verbreiterte: Hamburg.

Elmar schlug sich gegen die Stirn. Natürlich. Wie hatte er darauf nicht kommen können. Die alte Hansestadt war ja bereits Westdeutschland. Unerreichbar für den Musikstudenten Gollnisch. *Ziehen aus den grauen Wolken und sind viel zu schnell vorbei.* Das also hatte er mit seinem Lied ausdrücken wollten. Für die Möwen gab es keine Mauer, sie konnten einfach darüber hinwegfliegen. Die Flussmöwen standen für die Sehnsucht nach der Freiheit.

Hamburg. Hansestadt Hamburg. Elmar schaute wieder in den Spiegel, erstaunt über das Blitzen, das die eigenen Augen um Jahre verjüngte. Die Abkürzung HH war kein Code für den verbotenen Hitlergruß. Es war viel einfacher. Das war das Autokennzeichen der Hansestadt Hamburg. Gollnischs Sehnsuchtsort. Elmar sah seinem Spiegelbild dabei zu, wie es so fassungslos den Kopf schüttelte, dass ihm der Mund offenstand.

Beppo war schnell erreicht und noch schneller überzeugt.

»Frappierend simpel«, zischte er, »frappierend simpel. Hätte ich selbst draufkommen müssen. Klar, Gollnisch war dabei, als ich Tinka den Schlüssel zeigte. Er musste mir nur am rechten Ort auflauern.«

»Und wie gehen wir jetzt weiter vor?«, fragte Elmar.

»Wir müssen ihn aufspüren und zur Rede stellen.«

»Also Hamburg«, seufzte Elmar. »Ich packe meine Tasche. Holst du mich ab?«

»Nicht so eilig«, stoppte ihn Beppo, »Gollnisch ist doch nie aus Dresden weggezogen. Aber glücklicherweise hat er ja mit deiner Tinka angebändelt.«

Elmar stand wie vom Donner gerührt.

»Was heißt denn hier glücklicherweise?«, entfuhr es ihm.

Beppo schwieg für einen Moment. Diesen Unterton hatte selbst er bemerkt.

»Er scheint vorläufig bei ihr zu wohnen«, tastete er sich vorsichtig voran.

»Er tut was???«

»Ja, er wohnt bei ihr. In der Wagenburg. Mein Mitbewohner hält ihn für Tinkas Vater. Witzig was?«

Elmar lachte nicht.

»Und das sagst du mir jetzt!«

»Du warst sowieso schon so genervt in den letzten Tagen.«

»Wie auch immer«, sagte Elmar, weil er nichts anderes zu erwidern wusste, »ich schwinge mich aufs Rad.«

»Zieh dir was über, Elmar, es beginnt gleich zu regnen.«

Die Pappeln, die die Wagenburg umstanden wie Wachposten, ließen ihre vom Herbst vergilbten Blätter im Regen grau und erschöpft zu Boden hängen. Lange würde es nicht mehr dauern, bis sie sie abstoßen würden, um einem nackten Winter ohne Chlorophyll entgegensehen zu können, kahl, Natur im Stand-by-Modus. Der feuchte Geruch von zu Erde werdendem Holz lag in der Luft, als Elmar vom Rad stieg, um es zu Fuß durch die schlammigen Trampelpfade der Aussteigersiedlung zu schieben. Beppos Wagen lag im Zentrum dieser Favela der Unangepassten. Der Weg dorthin führte vorbei am schönsten Wagen der Siedlung.

Sie stand auf der Veranda und kippte Spülwasser über das Geländer in die abgeernteten Gemüsebeete. Als ob es nicht schon genug regnete. Elmar blieb in einiger Entfernung stehen, um sie zu beobachten. Tinka stellte sich auf die Zehenspitzen, inspizierte ein Leck in ihrer Regenrinne, aus dem das Wasser auf die roten Holzbohlen darunter tropfte. Sie fluchte.

»Du musst dringend was daran machen«, sagte Elmar, »sonst fault dir das bis nächstes Jahr durch.«

Elmar sah deutlich, wie sich ihr drahtiger Körper verspannte, als sie seine Stimme erkannte.

»Kann der nächste Bewohner machen«, sagte sie in den Garten hinein, »ich bin eh bald weg.«

»Nach Dresden?«

Sie schaute ihn mit schief gelegtem Kopf an wie eine Straßenkatze einen Unbekannten.

»Was wäre so schlimm daran?«

»Tübingen würde dich vermissen«, sagte Elmar, während er sich mit dem Handrücken das Regenwasser aus der Stirn wischte, »und ich vermutlich auch.«

Den letzten Satz hatte er hastig hinzugefügt, wie ein kaum lesbares Post Skriptum an das Ende eines Briefes. Sie aber hatte ihn genau verstanden, auch wenn er sie mit seinen Worten anscheinend so sehr überraschte, dass sie ihn schweigend betrachtete, während ihm das Regenwasser durch die Jacke sickerte.

»Was willst du, Elmar Arnold?«

»Ist er da drin?«

»Und wenn schon.«

»Heißt das: Ja?«

Sie nickte.

»Werd' nicht gleich wieder sauer«, befahl er, mehr als dass er bat, »aber ich muss dich das jetzt fragen: In dieser Nacht, also als wir im Besen waren, … hast du da die ganze Nacht mit ihm verbracht?«

Womit auch immer sie gerechnet hatte, das war es

nicht. Ihr Gesichtsausdruck pendelte irgendwo zwischen »was hat er sich jetzt wieder einfallen lassen« und »scher dich zum Donnerdrummel«. Wie schön sie aussah, wenn sie nachdachte.

»Ich frage nicht aus persönlichen Gründen«, fügte Elmar betreten hinzu, »zumindest nicht nur. Eigentlich geht es mich auch gar nichts an.«

»Nein, das tut es nicht. Aber gut, wenn es dir dermaßen wichtig ist. Ich habe Kurt durch die Stadt bis zum Theater begleitet. Dann wollte er alleine sein. Nachdenken.«

»Es passt alles zusammen«, unterbrach Elmar sie.

»Worauf willst du hinaus?«

»Soll ich dir eine Geschichte über deinen Minnesänger erzählen?« Er spürte, dass er sie an dem Punkt hatte, an dem sie ihm bis zum Ende zuhören würde. »Er hat Beppo niedergeschlagen, um ihm die Akten zu entwenden, die dieser in den Schließfächern der UB gefunden hat.«

»Was? Das ist …«

»Akten, die er verschwinden lassen wollte, weil sie beweisen, dass er in eine weitere, weit größere Lüge verwickelt war: Er hat seinen Freund an die Staatssicherheit verraten.«

Jetzt sagte sie überhaupt nichts mehr, starrte Elmar einfach an mit vor Überraschung tiefgefrorenen Gesichtszügen, die ihm nichts verrieten. Also sprach er weiter, was hatte er jetzt auch noch für eine Wahl.

»Gollnisch handelte nicht aus freien Stücken. Er wurde gezwungen, von einem Mann, der mit Menschen spielte wie mit Puppen. Aber für Hagen Zachersky bedeutete das Geständnis trotzdem viele Monate Gefängnis. Er ging wohl jahrelang davon aus, dass Hartwig Hoppe der Verräter war. Erst als Zachersky vor zwei

Wochen Einblick in seine Akten erhielt, begriff er, dass sein Freund, Kurt Gollnisch, ihn all die Jahre getäuscht hatte. Jetzt wollte er sich rächen. Auf dem Gala-Abend sollte alles öffentlich werden.«

Ihre sommersprossige Stirn kräuselte sich wie ein See unter starken Böen.

»Willst du damit sagen ...«

»In deinem Wagen ...«

Elmar kam zwei Schritte näher zu ihr heran. Durch die Veranda, auf der sie stand, überragte sie ihn, als stünde sie auf einem Balkon.

»... liegt der Mörder von Hagen Zachersky.«

Den Schluss des Satzes hatte er beinahe geflüstert. Sie schaute nach unten, er steil hinauf, sodass sein Gesicht, vom Schutz des Regenponchos entblößt, direkt in die fallenden Tropfen geriet, die sich beim Hinablaufen in seinen Wimpern verfingen. Mehrere Male nahm sie Anlauf zu sprechen, stets besann sich etwas in ihr, bis sie die Hände zu Fäusten ballte, die sie vor ihrem Kinn aneinanderlegte.

»Nein«, sagte sie entschieden, »das ist nicht wahr, Elmar Arnold. Das ist nichts als deine Eifersucht.«

Elmar fragte sich, woher er die Hoffnung genommen hatte, dass sie ihn verstehen würde.

»Ich gehöre dir nicht, Elmar Arnold, verschwinde von hier! Verschwinde aus dieser Wagenburg und setze nie wieder einen Fuß hinein, bis ich weg bin. Ich will dich nie, hörst du, nie mehr wiedersehen! Dich und deine versponnenen Geschichten. Hör auf, mir mein Leben mit deiner wilden Fantasie kaputtzumachen.«

Elmar war einige Meter in den Schlamm zurückgewichen, der unter seinen Schuhen quakende Klagelaute von sich gab. Er bemerkte, wie seine Tränen sich dem Strom der Regentropfen anschlossen, die sein Kinn hinabrannen. Er brüllte durch die Regenwand, was er gestern gedacht hatte. Aber er wusste, dass sie ihm gar nicht mehr zuhörte.

Er hatte sie verloren. Verloren an einen Rattenfänger. Endgültig.

»Halt!«

Die Tür des Bauwagens schwang auf. Gollnisch stand in der Tür. Barfuß. In Hose und Hemd. Das Gesicht rot geweint.

»Bleib stehen, Elmar«, befahl er. »Du tust ihm Unrecht, Katinka.«

Seine gewaltige Hand ergriff das Geländer, als müsse er sich festhalten, um nicht umgeblasen zu werden von dem, was sich anbahnte. Würde das schmale Geländer den riesigen Mann überhaupt tragen können mit seinen sanften Fingern, den behaarten Armen, dem kräftigen, immer leicht gebeugten Rücken?

»Du bist ein Mörder?«, fragte Tinka fassungslos.

»Hört mich doch erst einmal an«, bettelte Gollnisch.

»Elmar hatte also recht! Sie verbergen sich hinter dem Decknamen IM HH?«, fragte Beppo, der wie aus dem Nichts neben Elmar im Regen aufgetaucht zu sein schien.

Endlich die erhoffte Verstärkung. Tinkas Brüllen musste ihn aufgeschreckt haben. Gollnisch nickte.

»Sie haben Ihren Freund Zachersky an die Stasi ausgeliefert?«

Wiederum nickte Gollnisch, als gehorche sein Kopf einem mechanischen Prozess.

»Und Sie haben mir auf der Neckarinsel aufgelauert?«, fragte Beppo entgeistert.

Kurt schüttelte traurig den Kopf.

»Nein, nicht aufgelauert, ich war auf die Insel gekommen, um nachzudenken. Mit Blick auf den Turm, in dem

Hölderlin die zweite Hälfte seines Lebens verbracht hatte. Ich wusste, jetzt, da ihr kurz davor wart, die Akten zu finden, da konnte es nicht mehr lange dauern, bis mein Kartenhaus zusammenfiele. Auch ich stand vor der zweiten Hälfte meines Lebens. Ich wollte bereit sein. Als ich dich erkannte, Beppo, warst du alleine, weit und breit keiner zu sehen. Da ergriff ich diese irrwitzige Hoffnung beim Schopfe, doch noch einmal davonkommen zu können.«

»Ein selten hirnloses Ansinnen«, stellte Beppo mit einem überlegenen Blick in die Runde fest, »von Vornherein zum Scheitern verurteilt.«

»Ich weiß. Mir bleibt nichts, als um Verzeihung zu bitten.«

Tinka hatte sich jetzt soweit gefasst, dass sie langsam Schritt um Schritt zurückwich, die Hände am Geländer wie am Handlauf einer Treppe, an dem sie das gefährdete Gleichgewicht austarieren konnte.

»Dann ist alles wahr, was Elmar gesagt hat: Du hast Hagen Zachersky umgebracht?«

»Nein«, sagte Gollnisch bestimmt, »nennt mich einen Lügner, einen Verräter, einen Verbrecher. Ihr habt mit allem recht. Aber nennt mich nicht Mörder, denn das bin ich nicht.«

»Wollen Sie uns weismachen, dass Hagen Zachersky sich selbst mit seinem ›Faust‹ erschlagen hat?«, rief Beppo.

»Nein natürlich nicht.«

»Dann behaupten Sie also, nicht im Büro gewesen zu sein?«

Beppos Finger kreiste durch die Luft, als wollte er Gollnisch damit aufspießen.

»Oh doch, ich war da an jenem ungesegneten Abend. Nach unserem Treffen am Nachmittag bereitete ich mich in meinem Zimmer auf den Gedenkabend vor. Dabei hatte ich eine Idee, die ich mit Hagen besprechen wollte. Statt ihn anzurufen, ging ich kurz hinüber, es ist ja nur einmal über die Straße.«

»Wann war das?«, hakte Beppo nach.

»Ich habe nicht auf die Uhr gesehen. Am frühen Abend.«

»Und so kam es zu einem zweiten Gespräch?«

»Nein, Hagens Büro war vakant, auch im Sekretariat saß gerade niemand. Deshalb ging ich hinein, um auf ihn zu warten. Sein Schreibtisch war voll mit den Vorbereitungen für sein Stück. Im Gegensatz zum Nachmittag, da hatte er offenbar alles weggeräumt. Und jetzt wusste ich auch warum: Als ich mitten in den Papieren die Akten erkannte, setzte mein Herz aus. Hagen wusste alles. – Ohne nachzudenken raffte ich zusammen, was ich fand, alle Notizen, alle Unterlagen.«

»Und das Foto von Hartwig«, fragte Beppo dazwischen, »haben Sie das extra dagelassen, damit der Verdacht auf ihn fällt?«

Kurt Gollnisch schüttelte matt den Kopf, nein, es musste ihm im Eifer des Gefechts aus den Händen gerutscht sein.

»Da mich niemand erwischt hatte, floh ich in mein Zimmer und schloss mich ein. Erst dort begriff ich, dass ich Kopien gestohlen hatte, wertlose Kopien. Ich hätte es wissen müssen, ich kannte Hagen doch. Als ich die Notizen las, die Skizzen durchsah, begriff ich, wie ernst es Hagen mit seiner Rache war. Zurückzugehen brachte ich nicht über mich. Also wartete ich einfach, während die Zeiger der Uhr um ihr Zentrum kreisten. Von Hagens Tod erfuhr ich, als die heimgekehrten Schauspieler sich spätnachts im Flur unterhielten. Die Türen im Hess sind dünn.«

»Irgendwelche Beweise, dass Sie wirklich auf Ihrem Zimmer waren, als der Mord geschah?«, fragte Beppo und tippte gegen das morsche Holz.

»Mein Wort.«

»Was ist das schon wert?«

»Es ist alles, was ich noch habe«, sagte Gollnisch dem Schlamm zu seinen Füßen entgegen, »ich korrigiere mich, was ich wiedergewonnen habe. Denn die Wahrheit ist heraus.«

»Aber warum hast du das getan?«, fragte Tinka entgeistert. »Er war dein Freund! Warum hast du ihn verraten?«

»Ich habe Dinge erlebt, die ich nicht einmal jetzt über die Lippen bekomme. Ich bin niemals so mutig gewesen wie Hagen oder all die anderen«, sagte Gollnisch mit einer Stimme, die über ihnen zu flattern schien wie ein Drachen an seiner Schnur. »Meine Kraft ist erschöpft. Aber du sollst die Wahrheit erfahren, Tinka, mein Wort darauf.«

Dann ging er. Die Hände in den Taschen vergraben. Er sah sich nicht um, kein einziges Mal. Sie blickten ihm hinterher, wie er langsam im Gewirr der Bauwagen verschwand, bis Dunkelheit und Regen den gewaltigen Mann so vollkommen verschluckten, als hätte es ihn nie gegeben. Keiner machte Anstalten, ihm zu folgen oder ihn aufzuhalten.

»Du glaubst ihm also?«, sagte Elmar zu Beppo.

»Ich dachte mir gleich, dass etwas an deiner Geschichte nicht stimmen konnte«, erwiderte Beppo und schüttelte sich dabei den Regen aus den Haaren. »Alleine der Mantel; der hätte ihm doch niemals gepasst. Aber einen Versuch war's wert. Wäre doch auch toll gewesen, Elmar, wenn's mal gestimmt hätte.«

Elmar versteinerte. Er hatte es schon wieder getan, er

hatte es tatsächlich schon wieder getan. Es war genug. Seine Faust traf den Privatdetektiv so unerwartet gegen die Brust, dass es den kleinen, dicklichen Mann der Länge nach in den Schlamm warf, der bei seinem Aufprall in alle Richtungen spritzte. Der Angriff hatte ihn überrumpelt.

Aber Beppo war kein Opfer, das sich kampflos ergab. Schneller als Elmar es jemals für möglich gehalten hätte, zog er ihn so fest am rechten Hosenbein, dass Elmar seinerseits auf dem rutschigen Untergrund ausglitt und unsanft auf dem Hosenboden landete. Dann warf sich Beppo über ihn.

Der Privatdetektiv besaß eine bemerkenswerte Ausdauer. Was ihm an Kraft und Größe fehlte, glich er durch strategischen Einsatz seines Gewichts wieder aus. Verbissen kämpfte Elmar um jeden Zentimeter. Sie wälzten sich über- und untereinander durch den morastigen Untergrund. Minutenlang. Als Elmar einmal unten lag, bekam er Schlamm in den Mund. Er schmeckte nach Waldboden und Lausbubenstreichen, ein bisschen auch nach Eisen. Irgendwann gingen ihnen die Kräfte aus. Beinahe synchron ließen sie voneinander ab, wälzten sich zur Seite, blieben nebeneinander liegen und starrten in den Nieselregen, japsten nach Luft, während ihr heftiger Atem über ihren Gesichtern filigrane Wölkchen bildete.

»Du Klugscheißer«, sagte Elmar und knuffte Beppo kraftlos gegen die Schulter, »du hast es überhaupt nicht gewusst.«

»Aber ich habe es früher durchschaut als du«, gab Beppo zurück.

Kein Knuff. Das traute er sich nicht. Und dann lachten sie, lagen nebeneinander, lehmverschmiert wie zwei Golem und lachten, lachten, während sich Tinka besorgt über sie beugte, ob auch nichts passiert sei.

Bis Elmar all den hartnäckigen Schlamm abgewaschen und sich in seiner Sauna wieder einigermaßen aufgewärmt hatte, war es spät geworden. Tinka war ihm kommentarlos durch die Stadt gefolgt. Nicht mal ein Regencape hatte sie übergezogen, hatte sich auf ihren Drahtesel geschwungen und unter Aufbietung aller ihrer Kräfte versucht, mit seinem Mountainbike mitzuhalten. Ab der Blauen Brücke fuhr er langsamer, sodass sie ihm mit Abstand folgen konnte. Vor seinem Haus hatte sie ihn von hinten umarmt, so fest, dass er spürte, wie sie vor Kälte und Nässe bibberte. Dann endlich hatte sie Worte gefunden. Wenige, aber die waren entscheidend.

»Wir müssen rauf«, sagte er. »ins Warme.«

Nach der Sauna war lange nicht an Schlaf zu denken. Ihre Versöhnung war so leidenschaftlich gewesen wie der Streit davor.

Sie weckte ihn mit frischem Kaffee. Auf der Frühstückstafel wetteiferten Melonen mit Orangen und Feigen um den Preis der Schönsten, Süßesten, Reifsten. Tinka saß in der Mitte in seinem T-Shirt, die Haare lose nach oben gebunden, feine blonde Härchen standen von ihrem bloßen Nacken ab. Sie tunkte ihr Croissant in den Milchschaum und stützte die nackten Ellenbogen auf die Tischplatte, sodass man den Glücksdrachen sehen konnte, der sich über ihren rechten Oberarm schlängelte wie ein Armband. Nichts liebte Elmar so sehr wie ihre Versöhnungen.

Sie hatten kaum gegessen, als Beppo schon wieder vor der Tür stand. Der Privatdetektiv hüpfte von einem Bein auf das andere, atemlos wie ein Dackel vor seinem Napf.

»Gollnisch war noch mal da, heute Morgen«, sagte er.

Tinka verdrehte die Augen.

»Er brachte alle Originaldokumente, die er mir gestohlen hatte. Daniel Lurke wird's freuen. Und für dich, Tinka, hat er diesen Brief abgegeben. Unter Aufbietung aller mir zur Verfügung stehender Selbstbeherrschung habe ich mir verkniffen, auf eigene Faust hineinzusehen, das kannst du nachprüfen.«

Tinka öffnete den Brief sogleich mit dem Frühstücksmesser, das roten Spuren von der Himbeermarmelade auf dem Papier zurückließ. Aus dem geöffneten Umschlag fiel ein Foto, aufgenommen in einem Park. Auf einer Bank saßen ein Kurt Gollnisch mit vollem Haupthaar und eine junge Soraya Zachersky in inniger Zweisamkeit, die Körper zum Kuss ineinander verschlungen.

»Hossa!«, entfuhr es Beppo.

»Was schreibt er dazu?«, drängelte Elmar. »Lies schon!«

Und Tinka las:

Meine kleine Katinka,

ich versprach dir Wahrheit. Hier ist sie. Da ich nicht weiß, wie ich dir jemals wieder unter die Augen treten soll nach allem, was die Zeit über uns ausgeschüttet hat, müssen diese Worte die Last der Wahrheit tragen.

Wir Menschen sind fehlbare Wesen, das Böse ist unser steter Begleiter, wie ein zweites Gleis neben dem, das wir für unser unscheinbares, gelingendes Leben halten. Wie schnell sind die Weichen verstellt. Das kann keine Entschuldigung sein, denn die gibt es nicht.

Als Erwin Klingenkamp mich zum ersten Mal in Untersuchungshaft nehmen ließ, wartete ich stundenlang alleine in einer dieser Zellen, in denen das Neonlicht niemals verlischt. Er betrat den Raum, sah mich an, von oben bis unten. Wie lange? Mir waren es Stunden. Dann sagte er nur den einen Satz: »Schöne Hände, Herr Gollnisch, wirklich schöne Hände!« Daraufhin ging er, kam erst Stunden später wieder, um mir das freundliche Angebot einer Zusammenarbeit zu machen. Er kennt uns Künstler. Er kennt unsere verwundbaren Stellen, unsere Eitelkeiten, unsere schlimmsten Albträume. Ich sagte Ja zur Stasi aus Angst um mein Talent. Ich verriet Hagen aus Angst. Als die DDR zerfiel, schwieg ich aus Angst, die eine neue Farbe bekommen hatte.

Ich fürchtete um so vieles. Meinen guten Namen, meine Karriere als Sänger, meine Freundschaften, allen voran die Freundschaft zu Hagen. Ich bin vor einem Schatten davongelaufen, der sich schon lange auf mich gelegt hatte und nie mehr von mir abgehen wird. Aber nun ist es genug. Ich werde nicht länger davonlaufen. Alle sollen wissen, was ich tat. Den Schritt werde ich gehen, mit allen Konsequenzen.

Aber das Fass der Wahrheit ist noch immer nicht voll ausgeschöpft. Ich habe ein Foto beigelegt, das mich in Zeiten der größten Schande zeigt. Als Hagen ins Gefängnis ging, blieb Soraya alleine, alleine mit ihrer Trauer, alleine mit der Ungewissheit, alleine, alleine. Sie war eine schöne Frau. Wir klammerten uns aneinander wie Ertrinkende, sie in ihrer Einsamkeit, ich in meiner Schuld. Wir wollten beide vergessen, und sei es für Stunden. Nie ließ ich mich von der Illusion blenden, dass ich seinen Platz einnehmen könnte. Es war ein kurzer Rausch. Aber die Stasi hatte ihre aufmerksamen Vögel in allen Bäumen sitzen. Jahre später bekam ich dieses Foto, von unbekanntem Absender aufgegeben. Ob Hagen es kennt? Ich weiß es nicht.

Damit ist alles gesagt.

Kurt

P.S.
Gib deinem Freund diesen Brief zum Lesen. Er hat die Sonne erkannt, die in deinem Herzen leuchtet, kleine Katinka.

Natürlich war Beppo der Erste, der sich zu Wort melden musste.

»Der wirft uns doch Sand in die Augen«, schimpfte er. »Was will er mit diesem Brief bezwecken? Soll das ein halbes Geständnis sein, dass er Zachersky nicht wegen der Stasiakte umgebracht hat, sondern aus Eifersucht? Dass er ein toller Hecht ist, der nicht nur Tinka, sondern auch die verrückte Soraya abgeschleppt hat?«

»Damit keine falschen Gerüchte die Runde machen, Beppo«, sagte Tinka, »zwischen uns ist nichts gelaufen. Er war einfach ein interessanter Gesprächspartner für mich.« Sie rollte mit den Augen und fuhr halb vorwurfsvoll, halb spöttisch fort: »Als ob Frauen mit Männern nichts anderes anzufangen wissen!«

Beinahe hätte Beppo noch etwas erwidert, aber im letzten Augenblick – die Erinnerung an den gestrigen Faustschlag tat wohl auch ihr Übriges – hielt ihn das Blitzen in Elmars Augen davon ab.

»Wir sollten vielleicht erst einmal ganz sachlich überlegen, was sich an der Gemengelage durch die neue Information verändert«, sagte er daher. »Kurt Gollnisch hatte eine Affäre mit Soraya. Was fällt dir dazu ein, Elmar?«

Elmar drehte die Handflächen nach oben, die Geste des Besiegten.

»Dass es Hagen Zachersky nicht gefallen hat, wahrscheinlich?«

»Woher wissen wir denn, dass Hagen Zachersky überhaupt Bescheid wusste?«, fragte Tinka, die von Elmar im Laufe des Frühstücks auf den aktuellen Stand der Ermittlungen gebracht worden war.

»Guter Punkt«, sagte Beppo und knabberte an seinem Stift, »wir wissen es nicht. Das halten wir fest. Und jetzt kommen drei Fragen. Erste Frage: Glaubt jemand an diesem Tisch, dass Gollnisch es ihm gebeichtet hat?«

Elmar musste ein Lachen unterdrücken. Nicht einmal Tinka verteidigte ihn noch. Der Liedermacher hatte sich gestern so gründlich selbst demontiert, dass von seiner Aura nicht mehr übrig geblieben waren als ein paar seichte Akkorde.

»Zweite Frage: Hat Soraya es ihm gebeichtet?«

Da Beppo der einzige war, der die Witwe bisher persönlich kennengelernt hatte, gab er sich die Antwort gleich selbst, auch sie würde zur Geheimhaltung tendieren. Beppo nickte, zufrieden mit seiner eigenen Erkenntnis.

»Dritte Frage: Wie hätte Zachersky reagiert, wenn er es erfahren hätte?« Beppo sah sich am Tisch um. »Elmar!«

»Du machst es schon wieder, Beppo.«

»Was?«

»Das Oberlehrerhafte.«

Beppo duckte sich ertappt.

»'tschuldige, aber wir stehen kurz davor, Elmar, ganz kurz. Einer wie der Zachersky wäre doch nicht mit dieser Frau zusammengeblieben, wenn er Wind davon bekommen hätte, dass sie ihn mit seinem besten Freund betrogen hatte, als er im Knast saß.«

»Es gibt ja auch offene Beziehungen«, gab Tinka zu bedenken.

»Nein«, wischte Beppo den Einwurf vom Tisch, »so progressiv war der Zachersky im Privatleben nicht. Konservativer als die Was-sich-ewig-bindet-Nummer mit einer Verrückten geht ja wohl gar nicht.«

»Das habe ich immer noch nicht gerafft. Die behandelt zwei Puppen tatsächlich wie ihre Babys?«, fragte Tinka dazwischen. »Das ist total irre.«

»Ist es, jaja«, bestätigte Elmar, »die hatten da irgendwie eine Abmachung, dass Hagen den Tick tolerierte, auch wenn er nicht begeistert war.«

»Wollte sie keine eigenen Kinder oder konnte sie keine bekommen?«, fragte Tinka immer noch nicht überzeugt, dass Soraya eine Person aus Fleisch und Blut und nicht Beppos Fantasie entsprungen sein sollte.

»Irgendwo hier ist ein Bild von ihr«, sagte Elmar und blätterte in den Unterlagen, die sie von Daniel bekommen hatten, »das von der Benefizgala. Hier: Soraya Zachersky, natürlich um einige Jahre jünger.«

»Das ist sie also.« Tinka betrachte das Paar gründlich. Ihr Finger wanderte zu Sorayas linker Hand. »Die ist doch eindeutig schwanger. Seht ihr das nicht? So fassen nur Schwangere ihren eigenen Bauch an.«

Elmar und Beppo versicherten sich mit einem Blick, dass die Schwangerschaft auf dem Bild so eindeutig nun auch wieder nicht sei, schließlich war von einem schwellenden Bauch höchstens ein Ansatz zu erahnen, mussten aber gleichzeitig zugeben, dass Sorayas Handhaltung tatsächlich etwas sehr Schwangeres an sich hatte.

»Haben die beiden also doch ein Kind bekommen?«, fragte Elmar.

»Oder es ist von Kurt Gollnisch«, schlug Beppo vor.

Elmar zeigte dem Vogel den Vogel.

»Beppo, schau doch mal aufs Datum. 1991. Da war der kurze tragische Frühling längst davongeflattert.«

Ohne ein weiteres Wort riss Beppo Elmar das Foto aus der Hand, das die Turteltauben auf der Parkbank zeigte. So angestrengt starrte er darauf, dass Elmar schon fürchtete, dass er entweder mit seinen Blicken ein Loch hineinbrennen oder sich selbst demnächst wegen Überhitzung in den Ruhemodus versetzen würde. Mit einem Mal sprang Beppo auf und klatschte in die Hände.

»Ich hab's! So muss es gewesen sein.« Er tanzte um den Tisch wie Rumpelstilzchen um das Feuer. »Ich muss Daniel anrufen! Elmar, gib mir dein Handy!«

Der Journalist meldete sich prompt. Er war in bester Plauderlaune.

»Guten Morgen die Herren Detektive. Irgendetwas Neues von unserem informellen Mitarbeiter HH?«

»Jaja«, sagte Beppo ohne Anteilnahme, »es war tatsächlich Kurt Gollnisch.«

»Kurt Gollnisch! Aber das ist ja ein Skandal …«

»Andere Frage«, unterbrach ihn Beppo, »diese Babyleiche gestern, die wurde nicht zufällig im Müllcontainer des Egeria-Viertels gefunden?«

»Doch. Aber es …«

»Es war überhaupt kein echter Säugling, sondern eine täuschend echt nachgebildete Puppe.«

»Ja, das … «, sagte Daniel.

Aber bevor er etwas fragen konnte, hatte Beppo bereits aufgelegt.

»Theorie bestätigt«, erklärte er einem kopfschüttelnden Elmar und einer ebenso ratlosen Tinka. »Los, Leute, wir müssen zu Soraya Zachersky. Der Fall ist gelöst!«

Woher wusste du, dass es sich nur um eine Puppe handelte?«, fragte Elmar, als er sein Mountainbike an einem der dürren Neubauviertel-Bäume festschloss. Ernsthafte Fahrraddiebe würde dieser halbe Ast kaum abhalten, aber sie waren ja immer noch in Tübingen. Der Privatdetektiv wippte schon unruhig neben ihm. Er war auf dem Gepäckträger mitgefahren, eine wackelige Angelegenheit, aber das Rad blieb einfach das schnellste Fortbewegungsmittel, um sich durch den Tübinger Einbahnstraßendschungel zu schlängeln.

»Keine Zeit für Erklärungen«, sagte Beppo verschmitzt, packte Elmar und zog ihn mit sich an der Baustelle vorbei, auf der gerade metallene Fahrradständer in den Boden versenkt wurden. »Wir wollen ja nicht, dass uns auf den letzten Metern die Bullen zuvorkommen, oder?«

Beppo klingelte Sturm. Die Tür ging bereits nach kurzer Zeit langsam auf. Mit vernebeltem Blick blinzelte Zacherskys Frau Beppo entgegen.

»Du schon wieder?«

»Frau Zachersky.«

»Du solltest doch klopfen …«

Bevor sie Verdacht schöpfen konnte, schob er sie zur Seite und trat ein.

»Sie haben uns angelogen.«

»Was wollt ihr von mir?«, fragte sie mit empörtem Blick auf den Unbekannten, den Beppo mit in ihre Wohnung schleifte.

»In einem Müllcontainer Ihres Viertels wurde gestern eine Babyleiche gefunden«, begann Beppo. »Vermutlich hat Ihre umweltbewusste Nachbarin beinahe einen Herzstillstand bekommen, weil sie die Puppe für echt hielt. Einem Säugling zum Verwechseln ähnlich.«

Im Bruchteil einer Sekunde wich alle Farbe aus Sorayas Gesicht. Sie gab sich alle Mühe, die Fassung zu bewahren.

»Wo hat man sie denn gefunden?«, drang sie zutraulich in den Privatdetektiv.

»Sie vermissen also jemanden«, stellte Beppo fest. »Da ich annehme, dass Sie weder Susanna noch Cherubino entsorgt haben noch ihren Neuzugang, muss also eine weitere Puppe existiert haben. Ich frage mich, wie Ihr Mann darauf reagiert hat.«

Sie stieß einen markerschütternden Schrei aus. Schneller als Beppo es ihr zugetraut hätte, rannte sie hinter die Küchenzeile, als wolle sie sich für eine Belagerung verschanzen.

»Verlasst auf der Stelle meine Wohnung«, kreischte sie, »auf der Stelle, habt ihr gehört!«

Weil weder Beppo noch Elmar Anstalten machten, ihrer Aufforderung Folge zu leisten, griff sie wahllos eine Vase von der Küchenzeile. Sie pfiff knapp an Beppos Kopf vorbei und zerschellte an der Wand hinter ihm. Blau-weiß bemalte Scherben rieselten zu Boden.

»Frau Zachersky«, schrie Beppo mit einem Sprung zur Seite, »beruhigen Sie sich auf der Stelle!«

»Erst wenn ihr von hier verschwindet!«

Bei ihrem zweiten Wurf zielte sie besser. Mit einem dumpfen Geräusch knallte die Teekanne gegen Elmars Kopf, der augenblicklich in sich zusammensackte.

»Sind Sie denn von allen guten Geistern verlassen!«

»Ihr werdet mir mein Leben nicht kaputtmachen, oh nein, das schafft ihr so wenig wie Hagen!«

Angriffslustig ergriff Soraya das nächste Geschirrstück, dessen sie habhaft wurde.

»War das gegen die Regeln?«, fragte Beppo, die Hände schützend vor seinen Kopf gepresst. »Zwei Puppen, aber keine weitere?«

Sie schmetterte das Glas vor sich auf den Boden, sodass die Scherben über die Kacheln spritzen. Wie eine Maschine griff sie augenblicklich nach dem nächsten. Glas um Glas riss sie von dem offenen Bord und ließ es auf den Fliesen zerschellen. Über das Klirren schrillte ihre Stimme:

»Pamina … war … unschuldig … Sie … hat … ihm … nichts … getan!«

Das erste Bord war abgeräumt. Erschöpft stützte sich Soraya mit der Hand an der Theke ab, sie rang nach Luft.

»Wo haben Sie Pamina aufbewahrt«, fragte Beppo unerbittlich, »damit Ihr Mann nichts entdeckt?«

Mit ihren Teeraugen blickte sie den Privatdetektiv an, plötzlich ganz ruhig.

»Pamina? Ganz unten im Schrank, unter meinen Wolldecken für die kalte Jahreszeit. Dort hatte sie es warm und geborgen. Sie besaß so ein reizendes Gesichtchen, so einen milden Blick. Stets achtete ich darauf, dass sie sicher in ihrem Versteck verstaut war, wenn Hagen abends nach Hause kam. Doch vor einigen Tagen war sie verschwunden. Warum hat er das getan, warum nur, Sebastian? Warum!?!«

Sie starrte Beppo mit aufgerissenen Augen an. Weil der Privatdetektiv nicht sogleich antwortete, schrie sie erneut, wandte sich zum nächsten Bord und ließ eine weitere Salve Geschirr niederprasseln. Aus den Augenwinkeln bemerkte Beppo, dass Elmar auf dem Boden sein Bewusstsein wiedererlangte. Mit einer Kopfbewegung wies Beppo in Richtung der drei Puppen, die wie Händchen haltende Gartenzwerge das Spektakel vom Sofa aus beobachteten. Richtig hinzusehen oder gar etwas zu sagen, wagte er nicht, um Sorayas Aufmerksamkeit nicht von sich selbst abzulenken. Er konnte nur hoffen, dass Elmar auch von alleine verstand. Er hatte Glück, der Musiker robbte los. Währenddessen überlegte Beppo fieberhaft, wie er die Rasende beruhigen könnte.

»Frau Zachersky«, sagte er eindringlich, »Ihr Mann hätte die Puppe nicht wegschmeißen dürfen.«

»Du bist doch keinen Deut besser!«, fauchte ihn die Witwe an. »Tauchst hier einfach auf und beschuldigst mich! Das wird mir zu viel! Mir wird einfach alles zu viel!«

Das nächste Glas pfefferte sie nicht mehr auf den Boden, sondern auf Beppo. Der hechtete hinter die Garderobe. Die hellen Alpakamäntel federten den Aufprall der Glasgeschosse ab.

»Frau Zachersky, hören Sie auf oder wollen Sie, dass Ihrem kleinen Liebling etwas geschieht?«

Beppo atmete auf. Elmar sei Dank. Der Musiker hatte die Balkontür aufgeschoben und stand dort, eine der Puppen in der Hand. Bereit zum Wurf. Beppo hatte keine Ahnung, welche der drei es war.

»Sie würden sie niemals wiedersehen. Ich treffe den Neckar«, drohte Elmar. »Und jetzt beruhigen Sie sich endlich!«

Soraya sackte zusammen. Statt schrill zu schreien, weinte sie nur noch tonlos.

»Als Sie Pamina nicht fanden, fuhren Sie ans Theater, um ihn zur Rede zu stellen. Hat er Sie erwartet?«

Soraya schüttelte nur den Kopf, die Hände vor das Gesicht gepresst.

»Was Sie auch sagten, wie sehr Sie auch flehten, Ihr Mann gab Pamina nicht heraus«, sagte Beppo in einem beruhigenden Tonfall, den Elmar noch nie zuvor von ihm gehört hatte. Er hätte die Bürger der DDR davon abgehalten, die Öffnung der Grenzen zu erzwingen. »Wir verstehen, dass sie wütend waren wegen der Puppe. Aber da ist noch mehr. Da gibt es noch eine Geschichte, die viel weiter zurückreicht. Was ist es, Frau Zachersky? Was hat sie so verletzt, dass Sie nach der Trophäe gegriffen haben?«

Beppo ging beim Sprechen in die Hocke. Seine Hand hatte ihre Schulter gefunden, was sie geschehen ließ wie betäubt. Sie saß in den Scherben, die um sie herum auf den Fliesen verteilt lagen wie die Reste eines grotesken Polterabends. Langsam kehrte die Erinnerung zurück.

Die Treppe wurde mit jeder Woche ihrer Schwangerschaft beschwerlicher zu gehen. Der kleine Mensch, der in ihr heranwuchs, machte sie unförmig, aber es war eine köstliche Schwere. Sie liebte es, wie ihre Brüste anschwollen, die Höfe der Warzen sich dehnten, ihr Hintern sich verbreiterte, wie sich alles an ihr vorbereitete auf die Bestimmung, die vor ihr lag: Das Gefäß für ein Menschlein zu sein. Manchmal schob sie alle Möbel beiseite, um sich mit geschlossenen Augen auf das Esszimmerparkett zu legen, den Blick an die weiße Stuckdecke gerichtet, und sich alles vorzustellen, die Augen, die Beschaffenheit der Haut, der Geruch, der die leeren Wohnräume ausfüllen würde. Endlich nicht mehr alleine.

In der Hand trug sie eine Tasse Kaffee, die sie ihm in sein Arbeitszimmer bringen wollte, wo er die Tage verbrachte, wenn er nicht an eines der Theater musste, um seine Stücke zu inszenieren. Wie gerne sie ihn umsorgte. Sie freute sich über seinen Erfolg. Hagen wurde herumgereicht, war oft auf Reisen, viel im Ausland. Besser hätte seine Karriere kaum verlaufen können. Und doch vermisste sie ihn schmerzlich, immer wenn er außer Haus war. Sie hatte so lange gewartet auf ihn. Erst stahl ihr eine Diktatur ihren Liebsten, jetzt die Kunst. Wie oft in der Stunde sie die Hand auf ihren Bauch legte, um Bewegungen zu spüren, zählte sie nicht. Bisher hatte sie nichts gefühlt.

»Sie haben Ihren Mann immer geliebt«, sagte Beppo, »nicht wahr? Zu wenig Liebe war nie das Problem. Nur Menschen, denen Sie diese Liebe hätten geben können, an denen fehlte es.«

Sie griff mit der zweiten Hand nach Beppo, sodass einer der Träger ihres Kimonos verrutschte und eine bleiche Schulter entblößte, von feinen Falten durchzogen wie edler Marmor.

»Wohin mit all der Liebe? Als Ihr Mann im Gefängnis verschwand, da betäubten sie den Schmerz mit Kurt Gollnisch, einem der besten Freunde Ihres Mannes. Es war alternativlos. Sie wären versunken ohne seinen stärkenden Arm. Aber sie wissen wenig über den Mann mit den Worten wie Zaubersprüche: Er war derjenige, der Ihnen Ihren Hagen genommen hatte. Nicht freiwillig. Er war selbst ein Opfer. Aber am Ende war er es, der Hagen an die Stasi verraten hat.«

Sie schaute zum ersten Mal auf, Beppo direkt in die Augen. Tränen und Mascara hatten schwarze Kreise um ihre Augen gebildet, dunkle Tümpel, die an das schwermütige Gesicht eines Pandas erinnerten, ein Raubtier, das sich das Fressen von Fleisch schon vor Jahrtausenden abgewöhnt hatte.

Als sie klopfte, blieb es so still, dass sie schon überlegte, ob er womöglich gegangen sein könnte, ohne ihr Bescheid zu geben. Dann plötzlich die Tür, Hagen vor ihr mit heißem Atem, der ihr entgegenschlug wie aus einem offenen Feuer. Die Tasse riss er ihr aus den Händen und schleuderte sie gegen die Wand, sodass sie zerschellte und bräunlicher Kaffee über die Tapeten lief.

»Treibt ihr es immer noch?«, schrie Hagen und schob sie mit kräftigen Armen in den Flur hinein gegen die Wand mit dem Kaffeefleck. »Ich habe gefragt, ob ihr es immer noch treibt hinter meinem Rücken.«

Sie wand sich in seinem Griff, der sie mit beiden Armen an der Wand fixierte, während sie darüber nachdachte, wie man diesen Kaffeefleck jemals wieder würde beseitigen können, auf dem sie sich hin und her rieb, um Bewegungsfreiheit kämpfend.

»Von wem redest du?«

Sie wusste, von wem er redete, natürlich wusste sie es. Hatte sie etwas mehr gefürchtet in den letzten Jahren, als dass der kurze Augenblick ihrer Schwäche aus dem Schlick auftauchen könnte, in dem sie ihn vergraben hatte wie eine gut beschwerte Leiche? Wie dankbar war sie Kurt für sein Schweigen gewesen. Hatte er die Gewichte gelöst? Warum hatte er sie nicht vorgewarnt?

Er ließ sie los, eilte ins Büro, kam wieder zu ihr, hielt ihr etwas hin. Ein Foto. Das Foto. Sie wich vor seiner schäumenden Wut langsam zurück in Richtung der Treppe.

»Bleib stehen, du Schlampe«, schrie er und griff nach ihr, um sie aufzuhalten.

»Und Sie haben keine Ahnung, woher dieses Foto kam?«

Sie schüttelte den Kopf.

»Wir haben nie mehr darüber gesprochen.«

»Ich kann es Ihnen erklären«, sagte Beppo, »diese Aufnahme ist im Auftrag der Staatssicherheit gemacht worden, in deren Fängen sich Ihr Mann und sein sogenannter Freund Gollnisch unentwirrbar verfangen haben. Sie standen immer unter Beobachtung. Kennen Sie Erwin Klingenkamp?«

Sorayas Pupillen waren schwarze Monde, in denen sich nichts spiegelte, winzig, obwohl durch die gekippten Jalousien kaum Sonnenlicht ins Innere der Wohnung fallen konnte.

»Sie kennen ihn nicht, dabei hat er Ihr Leben bestimmt wie niemand sonst. Er war der grausame Dirigent hinter der Fassade Ihres Unglücks. Ein Stasioberst, ein Sadist, der mit den Opfern, die die Macht des Apparats in seine

Hände spülte, spielte wie eine Katze. Wenn die Beute schrie, war es ihm am liebsten. Er hat Gollnisch gezwungen, Hagen zu verraten, obwohl er genug Beweise an der Hand hatte, um ihn festzusetzen. Er hat das Foto anfertigen lassen. Er hat es an Ihren Mann geschickt, als er Sie am verletzlichsten wusste.«

Das Licht fiel gedämpft durch Gardinen auf ein Blumenmeer, so gewaltig, wie sie es nicht einmal nach einer ihrer Premieren erhalten hatte. Verwelkender Ausdruck der höchsten Verehrung. Vom Bett aus konnte sie manche der Zettel entziffern, zum Aufstehen fehlte ihr die Kraft. Es waren die Namen von Herren, die sich Abonnentenkarten in der ersten Kategorie leisteten. Der Duft der Blumen war zu schwer, zu intensiv für ihren Geschmack, aber er vertrieb wenigstens den Geruch nach Desinfektionsmitteln. Die Krankenschwestern waren freundlich und behandelten sie so zuvorkommend, wie es derjenige erwartete, der die Kosten eines Einzelzimmers nicht scheute.

Der zuständige Arzt war jung, tadellos rasiert und präzise in der Art und Weise, in der er sie anfasste, um sie auf die linke Seite zu drehen, wenn er sie untersuchte. Sie hörte Worte wie Gebärmutter, Quetschungen irreparable Schäden, alternative Methoden der Kinderwunscherfüllung. Ihr schien es, als seien diese Worte im falschen Zimmer abgegeben worden. Es konnte nicht um sie gehen, das war nicht möglich.

Also ließ sie es geschehen und nickte zu allem. Der junge Arzt würde sicher verärgert reagieren, wenn herauskam, dass er die Diagnosen verwechselt hatte. Am Beginn der Karriere war man da eigen, das wusste sie. So nickte sie also wohlwollend zu allem, lächelte und schaute dabei an seinem Namensschild vorbei, auf dem er stolz seinen Titel vor der Brust durch die Flure trug. Sie sah die Sträuße ihrer Verehrer.

Hagen kam dreimal am Tag, morgens, mittags, abends. Dann saß er inmitten der Blumen wie ein riesiger Spielzeugaffe, küsste ihr die Schweißperlen von der Hand und versprach, dass alles wieder gut werden würde, wenn sie wieder laufen könne.

Einmal bat er sie, ihm vorzusingen. Der Mond ist aufgegangen. Sie versuchte es vergeblich. Da begriff sie, welche Diagnose man vor ihr geheim hielt. Sie hatte ihre Stimme verloren. Diese Ahnungslosen. Als wenn das Singen ihr etwas bedeutete.

»Unser Glück war so nah«, hauchte sie Hagen zu, »es hatte schon an der Tür geklingelt.«

Alles was davor war, blieb eine schwarze Wolke, durch die sie nicht zu dringen vermochte, selbst wenn sie das stärkste Licht der Welt zur Hand gehabt hätte.

Mit einem Mal verschwand der Blick aus Sorayas Augen. Ihre Muskeln versteiften sich, sie kippte gekrümmt zur Seite und schrie wie unter größten Schmerzen. Ihre Hände presste sie dabei fest auf ihren Bauch.

»Ich glaube, es reicht jetzt«, sagte Olga Biesinger, die aus einer der Zimmertüren auftauchte wie ein Walross aus der Tiefe, »der Hase braucht jetzt ein bisschen Ruhe.«

Mit Engelsgeduld half die sonst so resolute Maskenbildnerin Soraya aufzustehen und geleitete sie auf wackeligen Beinen ins Schlafzimmer. Wie ein Kind ließ sie sich von Olgas Griff auf einem Pfad durch das zerbrochene Porzellan führen.

Als Olga zurückkam, setzte sie sich an den Tisch, so selbstverständlich, dass Elmar und Beppo stumme Blicke tauschten.

»Ich brauche erst mal was Starkes«, befahl sie.

Dann, nachdem sie das rasch herbeigeschaffte Gläschen Cognac auf einen Zug gekippt hatte, begann sie mit ihren Erklärungen:

»Soraya dissoziiert. Wenn uns etwas passiert, das so schrecklich ist, dass wir es nicht aushalten, wird die Erinnerung abgespalten, um das Erlebnis aushaltbar zu machen. Soraya hat keine Ahnung, was damals in diesem Treppenhaus in Berlin geschehen ist ...«

»Und was ist passiert?«

»Der einzige, den wir fragen könnten, ist tot«, sagte Olga, »aber vermutlich kam es zu einem Streit, bei dem Soraya die Treppe hinuntergestürzt ist. Die Ärzte konnten ihr Leben retten, aber durch die inneren Verletzungen, die sie sich bei dem Sturz zuzog, verlor sie ihr Kind. Außerdem sollte sie nie wieder eines bekommen können. Ich habe das damals alles nur aus der Distanz mitbekommen. Erst jetzt, in den letzten Wochen, komme ich langsam dahinter, was geschehen ist.«

»Aber warum kann sie sich denn nicht erinnern?«, fragte Elmar entsetzt.

»Sie hat unterbewusst entschieden, dass der Streit und der Sturz zu schrecklich waren, um sich daran zu erinnern. Deshalb hat ihr Unterbewusstsein das Ereignis aus ihren aktiven Erinnerungen ausgelagert. Ich bin damals, 1991, bereits in sie gedrungen, mit der Wahrheit herauszurücken. Aber statt ihren Mann zu verlassen, legte sie sich diese Puppenkinder zu, mit denen sie ihr verhindertes Muttersein nachspielte. Aber ein Körper kann nicht vergessen. Ein vertrauter Geruch, ein vertrautes Geräusch, ein vertrautes Wort und sie erlebt das ganze Ereignis noch einmal, so als ob es jetzt, in diesem Moment geschieht.«

»Und das ist gerade passiert?«, fragte Elmar.

Olga schenkte sich einen zweiten Cognac ein, den sie ebenso schnell leerte wie den ersten.

»Sie hätte sich von Hagen trennen sollen.«

»Immerhin hatte er ein schlechtes Gewissen.«

»Wie kommst du darauf?«

»Wäre er sonst all die Jahre mit ihr verheiratet geblieben, obwohl sie immer tiefer in ihrem Wahnsinn versank?«

»Ein schwacher Trost«, lachte Olga bitter, »hinterher tut es den Kerlen immer leid. Zum Glück ist die alte Olga da, um ein bisschen auf arme Hasen wie sie achtzugeben.«

»Hast du gesehen, wie es geschah«, fragte Elmar.

»Der Mord? Nein. Als ich früher vom Abstecher kam, sah ich aus dem Fenster der Maske ihren Streit. Hagen hat rumgeschrien wie ein Berserker. Das muss sie ebenfalls getriggert haben. Sie fühlte sich in die damalige Situation zurückversetzt und schlug vermutlich blindlings zu. Sie war nicht mehr zurechnungsfähig. Ich eilte nach unten, ihr zu helfen, aber als ich auf dem Dach ankam, hatte sie die Sache schon erledigt.«

»Und dann hast du ihr bei der Flucht geholfen?«, fragte Elmar, obwohl er die Antwort bereits kannte.

»Bei häuslicher Gewalt bin ich parteiisch«, sagte Olga mit einem Schulterzucken, das nichts entschuldigte. »Ich habe ihr saubere Sachen gebracht und durch das Fenster hineingereicht. Das war doch das Mindeste, damit sie unbemerkt aus dem Gebäude und nach Hause kommt.«

»Und sie hat das Fenster geschlossen, bevor sie ganz normal durch das Sekretariat das Gebäude verlassen hat, nachdem Sie die blutige Wäsche entgegengenommen und über den Balkon in die Wäschekammer neben der Schneiderei getragen haben. Einmal Schnellwaschgang und Sie konnten ihr die Kleider ohne verdächtige Spuren zurückbringen, als Sie ihr einen Kondolenzbesuch machten«, kombinierte Beppo. »Damit habt ihr uns aber ganz schön was zum Knobeln gegeben.«

Olga schmunzelte ertappt und blickte auf die Eulen über ihnen, die unbeirrt vor sich hin schaukelten.

»Und den Flur haben Sie auch gewischt?«, fragte Beppo weiter.

»Das hatte ich abends bei all der Aufregung vergessen«, gab Olga zu, »und erst erledigt, nachdem ich euch beide im Foyer entdeckt hatte. Mir war schon klar, dass du, Elmar, und dein Privatdetektiv genauer hinschauen werdet.«

»Wie kommt es eigentlich, dass auf der Trophäe keine Fingerabdrücke von Soraya waren?«, fragte Elmar dazwischen. »Da es eine Tat im Affekt war, wird sie sich darüber wohl kaum Gedanken gemacht haben.«

»Soraya verließ das Haus nur noch selten, weil sie sich vor Bakterien und Keimen fürchtete«, erklärte Olga. »Bei den vereinzelten Gelegenheiten trug sie immer Seidenhandschuhe. Da hatte sie einfach Glück.«

Beppo lachte auf. So simpel konnten Erklärungen am Ende sein, die einem Privatdetektiv schlaflose Nächte bereiteten.

»Wenn wir schon in der offenen Fragerunde angekommen sind, hätte ich auch noch eine«, sagte Elmar. »Warum dieser Männermantel? Der war ihr bestimmt drei Nummern zu groß. Sie muss auf der Straße auffällig gewesen sein wie Momo auf der Flucht vor den grauen Herren.«

»Da seid ihr der alten Olga wohl auf den Leim gegangen, ihr Spürnasen«, sagte Olga und ein erster seehundlauter Gluckser prustete aus ihr heraus. »Ich bin doch nicht so blöde und klaue denen aus der Schneiderei Sachen, deren Fehlen die sofort bemerken. Ich kenne doch

Biggi. Oben bei mir habe ich genug eigenen Krempel. Mit dem Mantel wollte ich die Bullen ablenken. Ist mir ja beinahe auch gelungen.«

»Wo ist der eigentlich hingekommen?«, fragte Elmar.

»Der Mantel?«, erwiderte Olga. »Der ist als Altkleiderspende wahrscheinlich schon auf dem Weg nach Afrika, Hase! Für das Stück werden sie schon irgendwo einen Ersatz auftreiben.«

Als ihr Lachen verebbte, sahen sich die drei eine Weile schweigend über die Tischplatte hinweg an. Das konnte das erste Mal überhaupt sein, dass in dieser Neubauwohnung gelacht wurde. Aber die Ausgelassenheit verschwand ebenso schnell, wie sie aufgekommen war.

»Und was machen wir jetzt mit dir?«, fragte Elmar.

»Die alte Olga wird wohl in diesem Hundeleben auch noch ein Gefängnis von innen kennenlernen«, seufzte sie, »ihr habt uns ja jetzt überführt. Sehr lange hätte ich mir den Zirkus auch nicht mehr angeschaut. Bevor es Tarik und Virginia gelungen wäre, Sigrid von Schnackenberg erfolgreich im Gefängnis verschwinden zu lassen, hätte ich schon rechtzeitig das Maul aufgemacht.«

»Gut, dass du bis jetzt ausgehalten hast«, sagte Elmar.

Olga verzog überrascht das Gesicht.

»Elmar, ich schäme mich. Ich hätte gleich reagieren müssen.«

»Das schon«, antwortete Elmar, »aber da wir jetzt die echte Täterin überführt haben, hat sich jemand anderes ein echtes Problem eingehandelt …«

»Du meinst Tarik Atasoy?«, sagte Beppo.

»Genau! Er war sich so sicher, dass Siggi die Mörderin sein musste, dass er sich zu einer Aussage bei der Polizei hinreißen ließ, die sich im Nachhinein als frei erfunden herausstellt. Er kann sie nicht im Flur mit blutüberströmten Händen gesehen haben. Juristisch werden wir ihm kaum an den Karren fahren können, schließlich fand keine Aussage vor Gericht statt, aber um seine kommissarische Intendanz wegen Befangenheit anzufechten, könnte es reichen.«

»Oder er ist so weise, freiwillig seinen Hut zu nehmen«, sagte Beppo.

»Leg dich nie mit den Theatersportlern an«, grunzte Elmar.

»Wenn wir das Theater von diesem Berliner Hipster erlöst haben«, sagte Olga, »dann hatte das Ganze wenigstens etwas Gutes.«

»Soraya wird wegen Unzurechnungsfähigkeit sicherlich keine große Strafe erhalten«, sagte Elmar. »Und was dich angeht, Olga, muss die Polizei von deiner Fluchthilfe ja nichts erfahren. Dadurch ist ja niemand zu Schaden gekommen. Oder was meinst du, Beppo?«

Der Privatdetektiv sah aus, als hätte er in ein ganzes Kilo Zitronen gebissen. Ihm fiel es sichtlich schwerer als Elmar, sich zu einem Nicken durchzuringen, schließlich gehörte es zu den Grundüberzeugungen seines Daseins, dass man Verbrechen aufspüren musste, um die Verantwortlichen zur Rechenschaft ziehen zu können.

»Von mir persönlich erfährt die Bullerei nichts«, lenkte er schließlich ein. »Ich kann aber nicht garantieren, dass die Ihnen nicht selbst auf die Schliche kommen. Jeder, der nur über ein klein bisschen Grips verfügt, wird wissen wollen, wie sich das Fenster von alleine schließen konnte und wohin der Mantel verschwunden ist…«

»Aber unter dieser Voraussetzung stehen Olgas Chancen gar nicht so schlecht«, sagte Elmar, während er Beppo ungefragt einen Cognac einschenkte.

»Stimmt«, gab Beppo zu und betrachtete seufzend das erhobene Glas in seiner Hand. »Nur schade für mich. Ich werde wohl auch diesmal nicht die Lorbeeren für meine Ermittlungen ernten dürfen. Aber wenn nicht ich, dann wenigstens Björn Rögge. Ich rufe ihn gleich an, stecke ihm das mit Soraya und bringe Lurke sein Quellenmaterial zurück! Damit soll er möglichst noch heute an die Öffentlichkeit treten: die Wahrheit über Hagen Zachersky und seinen Freund Kurt Gollnisch. Damit verschafft Daniel seiner Karriere den nötigen Schub und Björn Rögge die fehlenden Hintergründe. Den Rest überlassen wir dem Schicksal.«

Dann stieß er mit Elmar und Olga an und kippte den ersten Cognac seines Lebens, bevor er es sich anders überlegen konnte.

»Ist er nicht brav?«, fragte Elmar zu Olga gewandt und prostete ihr zu.

Olgas Augen wurden glasig vor Rührung. Sie zog den Musiker an sich heran und drückte ihm einen dicken Schmatzer auf die Wange.

»Weißt du Elmar, du bist keiner von diesen Schweinekerlen. Wenn du nicht diesen Zipfel da zwischen deinen Beinen baumeln hättest, ich könnte mich glatt in dich verlieben.«

Das Intendantenbüro hatte sich merklich verändert. Zacherskys »Faust« war verschwunden. Außer Elmar und Siggi wussten nur Eingeweihte, dass er jetzt Beppo als Briefbeschwerer in seinen Büroräumen diente. Nachdem die Witwe eine Rücknahme abgelehnt hatte, ging der Preis an das Theater und Siggi reichte ihn kurzerhand an Beppo weiter. Der Privatdetektiv hatte Tränen der Rührung in den Augen gehabt, konnte er doch nun seine Räumlichkeiten mit einer echten Tatwaffe schmücken.

Das Büro am Landestheater hatte dagegen an Stilsicherheit eingebüßt. Überall waren Papierstapel in den Himmel gewachsen, während an die weißen Wände Dutzende Zeichnungen gewandert waren, die Elmar noch aus Sigrid von Schnackenbergs Wohnung kannte. Aber nicht nur das. Direkt hinter Siggi, die im nagelneuen Blazer hinter dem Schreibtisch thronte, prunkte eine großformatige Karikatur, die erst in den letzten Tagen entstanden sein musste. Dass sie dafür überhaupt Zeit fand. Abgebildet war ein verschmitztes rothaariges Rumpelstilzchen, das mehrere Bären mit verbundenen Augen tanzen ließ. Ein besonders tollpatschiger trug eine Polizeimütze. Der Eingeweihte erkannte den Kommissar sofort an seinem verkniffenen Gesichtsausdruck, dem nach vorne gewölbten Bauch und dem Schnauzbart.

»Und«, fragte Elmar, als er das hastig beschriebene Notenblatt vor Siggi auf den Tisch legte, »auf den Geschmack gekommen?«

»Ach weißt du, Elmar, eine Spielzeit kommissarische Intendanz, das kann ich mir gut vorstellen, aber danach will ich mich wieder auf Theatersport konzentrieren. Zu viel Verwaltungsgedöns«, sagte Siggi mit einer kreisenden Handbewegung über das Chaos, das sie innerhalb weniger Tage herangezüchtet hatte. »Da keiner den Laden so lange kennt wie ich, war ich die erste Wahl, um den Karren wieder aus dem Dreck zu ziehen. Das mache ich gerne, aber ich kenne meine Grenzen.«

»Gehen wir runter zur Probe?«

»Und ob«, sagte die Spielleiterin und stemmte sich aus ihrem Bürostuhl. »Es war ja im Grunde deine Idee, Hartwig Hoppe in dieser Rolle zu besetzen. – Und er macht seine Sache großartig.«

»Er wird die beste alte Dame, die Tübingen jemals gesehen hat«, lachte Elmar.

Sigrid von Schnackenberg stolzierte an ihm vorbei zur Tür. Dort blieb die kleine, rothaarige Frau stehen und dreht sich noch einmal zu ihm um.

»Die zweitbeste«, sagte sie und kniff Elmar großmütterlich in die Wange, »die zweitbeste!«

Liebe Leser,

es gibt keinen Hagen Zachersky und auch keinen Kurt Gollnisch, keine Soraya, keine Sigrid von Schnackenberg, weder Elmar noch Beppo und leider auch keine Katinka. Alle Figuren des Romans sind frei erfunden.

Was es jedoch gibt, ist das Landestheater Tübingen, an dem das Harlekintheater – bis auf ein dreijähriges Zwischenspiel im Sudhaus und im Foyer – seit achtundzwanzig Jahren mit Theatersport auftritt. Mit aktuell eintausendvierhundertsechsundneunzig Spieltagen ist Tübingen damit uneinholbar Europas Theatersportmetropole Nummer eins.

Sollten Sie beim Lesen also Lust darauf bekommen haben, Theaterluft zu schnuppern, dann finden Sie unsere aktuellen Termine auf:

www.harlekintheater.de
oder
www.landestheater-tuebingen.de

Danke

Danke an alle Spieler und Spielerinnen des Harlekintheaters und seinen Leiter Volker Quandt für die vergangenen zehn Jahre. Es ist immer wieder eine Freude, mit euch auf der Bühne die Fantasie losgaloppieren zu lassen.

Danke dem Oertel + Spörer-Verlag, insbesondere meiner Lektorin Elga Lehari-Reichling für die konstruktive Zusammenarbeit.

Ein besonderes Dankeschön an Stefan Töpelmann, der mir akribisch aufgezeigt hat, wenn man den Wessi aus meinen Formulierungen heraushörte.

Danke Philipp und Svenja Binder. Wie passend, als Krimiautor der Trauzeuge einer Rechtsmedizinerin zu sein.

Danke allen meinen Flussmöwen, ganz besonders denjenigen, die mit ihren Augen und Ohren an der Entstehung dieses Romans beteiligt waren: Johanna Zehendner, Laura Hermenau, Susanne Wasmann, Steffen Hickel und Matthias Gather.

Danke Frida, Noa und Jael.

Danke Julia! Für alles!

Samuel Zehendner,

Jahrgang 1984, lebt seit 2003 in Tübingen. Er steht regelmäßig als Schauspieler mit Theatersport auf der Bühne, ist Lehrer, Ehemann und Vater dreier Töchter. Außerdem schreibt er. Sein Debütroman mit dem ungleichen Ermittlerteam Elmar Arnold und Beppo Vogel erschien 2015 unter dem Titel »Ausgespielt«.

Postfach 1642 · 72706 Reutlingen

Titelbild: © canstockphotos
Gestaltung: PMP Agentur für Kommunikation, Reutlingen
Autorenbild: Fani Fazii
Satz: Uhl + Massopust, Aalen
Druck und Bindung: CPI books GmbH, Leck
Printed in Germany
ISBN 978-3-88627-583-0

»Ausgespielt« – Ein Tübingen-Krimi von Samuel Zehendner

Das Tübinger Improvisationstheater Teatro Arlecchino bereitet sich auf sein fünfundzwanzigstes Jubiläum vor. Doch ausgerechnet am Tag vor der großen Theatersport-Vorstellung wird das Nachwuchstalent Patrick Bräuer tot vor der Bühne gefunden. Ein epileptischer Anfall, so der notärztliche Befund. Die Theaterleitung drängt darauf, zur alten Routine zurückzukehren. So manchem Schauspieler kommt das Ausscheiden Patricks sogar ganz gelegen. Nur Elmar Arnold, der Musiker des Ensembles, fängt an, Fragen zu stellen. Hilfe bekommt er von zwei Bewohnern der Tübinger Wagenburg, dem Privatdetektiv Beppo Vogel sowie der sommersprossigen Tinka, die Elmars Privatleben gehörig durcheinanderwirbelt. Die Nachforschungen führen Elmar in immer neue Abgründe, bis die Bühne auch für ihn zur Gefahr wird.

Samuel Zehendner, Jahrgang 1984, kam als Student nach Tübingen und lernte dort das Harlekintheater kennen, mit dem er seit 2007 regelmäßig als Theatersportler auf der Bühne steht. Neben dem Theater ist das Schreiben seine zweite große Leidenschaft. Mit Ausgespielt erwarb er das Zertifikat der Tübinger Schreibschule »Studio Literatur und Theater«.

ISBN 978-3-88627-381-2, 10,95 €

»Friedwald« – Ein Schwabenkrimi von Mario Haas

Eine Tote im Friedwald? Eigentlich hatten sich die Freunde aus der späten Tübinger 68er-Generation im Schloss Hohenentringen nur mal wieder so getroffen. Doch dann liegt die Reporterin Petra Kleinert tot im Friedwald. Die unbequeme Journalistin recherchierte einige brisante Themen. Für Kommissar Bergmann und seine Kollegen ist schnell klar, dass sie bei ihren Recherchen wohl jemandem zu nahe gekommen war. Ihre Ermittlungen führen sie in die jüngere politische Vergangenheit der Tübinger Szene und in die Geschichte des Schönbuchs. Auch dubiose Grundstücksspekulationen im Neckartal könnten der Hintergrund für die Tat sein. Nur ein Ortstermin kann hier helfen, denkt sich der Kommissar. Nach einer dramatischen Flucht wird der Täter gestellt.

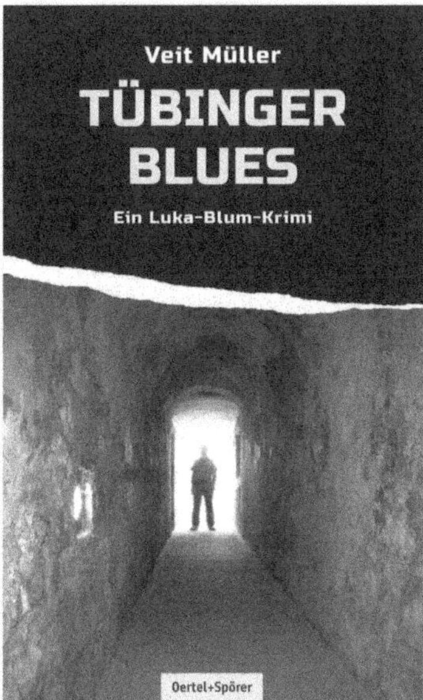

»Tübinger Blues« – Ein Luka-Blum-Krimi von Veit Müller

In seinem vierten Kriminalroman schickt Veit Müller seinen Protagonisten, den Tübinger Journalisten Luka Blum, auf eine emotionale Achterbahnfahrt. Seine Freundin Nelly reist Hals über Kopf nach Irland ab, um ihren kranken Vater zu pflegen. Kurz darauf trifft Luka Blum eine alte Liebe aus Studientagen wieder. Längst verdrängte Gefühle kommen zurück. Doch die kurze Romanze wird von einem brutalen Mord im Schönbuch unterbrochen. Dann stürzt auch noch ein Mann von der Blauen Brücke in Tübingen in den Tod. Hatte da jemand nachgeholfen? Und wenn ja, gibt es einen Zusammenhang zwischen den beiden Fällen? Luka Blum beginnt zu recherchieren. Und als ginge es nicht schon turbulent genug zu, kehrt Nelly nach Tübingen zurück. Luka Blum hat den Blues – den Tübinger Blues.

Veit Müller ist in Kaiserslautern geboren und in der Pfalz aufgewachsen. Er studierte in Tübingen Germanistik und Anglistik. Seit 1988 arbeitet er als Journalist und Autor. In der beliebten Luka-Blum-Reihe erschienen bisher »Zwischen den Zeilen lauert der Tod«, »Tod im Schönbuch« sowie »Flucht im Neckartal« und »Tod am Kreuzweg«.

ISBN 978-3-88627-917-3, 10,95 €